远航

邹元辉 著

中国工人出版社 浙江科学技术出版社

图书在版编目（CIP）数据

远航 / 邹元辉著. —
北京：中国工人出版社；杭州：浙江科学技术出版社，2023.10
ISBN 978-7-5008-8301-2

Ⅰ. ①远… Ⅱ. ①邹… Ⅲ. ①长篇小说－中国－当代 Ⅳ. ①I247.5

中国国家版本馆CIP数据核字（2023）第209793号

远　航

出 版 人　董　宽
责任编辑　宋　杨　陈培城　马瑶瑶
责任校对　张　彦
责任印制　黄　丽
出版发行　中国工人出版社　浙江科学技术出版社
地　　址　北京市东城区鼓楼外大街45号　邮编：100120
网　　址　http://www.wp-china.com
电　　话　（010）62005043（总编室）
　　　　　（010）62005039（印制管理中心）
　　　　　（010）62379038（社科文艺分社）
发行热线　（010）82029051　62383056
经　　销　各地书店
印　　刷　三河市万龙印装有限公司
开　　本　880毫米×1230毫米　1/32
印　　张　10
字　　数　230千字
版　　次　2023年12月第1版　2023年12月第1次印刷
定　　价　58.00元

目录

一 新地巧遇

当再次踏上向东的行程，李阿牛开始留心车窗外土地颜色的变化。火车驶入辽宁地界后，果然土地不再是黄色，也不同于镇海李记打铁铺屋后菜地的颜色，而是稠如墨般的黑，李阿牛自然联想起常戴墨黑色袖套的阳早。

在离开延安前，李阿牛特地抽空去养殖场与阳早告别。得知李阿牛将调往沈阳工作，阳早立马托付他："李同志，到沈阳想办法寄包当地的土给我。"

"土？"李阿牛以为听错了，沈阳又不是阳早的家乡，要土干吗？

"对！黑土。"阳早应声强调后，满脸憧憬地比画起手指，"土可分为黑土、白土、黄土、红壤、棕壤、灰漠土、黄绵土、红黏土、风沙土、沼泽土、水稻土、灌淤土和灌漠土等。腐殖质和矿物质是土壤的调色师，它们可以让土壤呈现不同的颜色。所以，颜色在一定程度上反映了土壤的物质组成，可以直观地传达出土壤属性、土壤肥力等有效信息。黑土不但有机质含量高，而且土壤肥沃、土质疏松，最适农耕。"

对于阳早如数家珍且带艺术感染力的介绍，李阿牛时而明白，时而糊涂，只能择重点追问：“沈阳的土是黑土？”

“世界上能称为黑土区的只有三处，其中一处就是中国东北松辽流域。我在美国上大学时，就知道中国东北植被条件好，植物根系残体和凋落物日积月累，土壤有机质不易矿化且含量高，非常适合种植。”

虽然这次阳早没有正面答复，但这样的解释反而让李阿牛揣摩出了寄土的缘由，他继续试探着问道：“您计划要去东北养殖牛羊？”

不料，阳早斜身搂过坐在边上的寒春，朝女孩身上一指，那张大嘴坏坏一笑，说：“我现在不再是独行侠，一切行动得听指挥。”

寒春和阳早一样，也来自美国。去年从上海转到延安后，也在养殖场工作。不久前，在众人的祝贺声中，两人热热闹闹却简简单单地结了婚。寒春在延安一带可谓是家喻户晓的人物，李阿牛在见这位核物理学家前，想象不出对方长什么样，只知道寒春是美国曼哈顿计划中少数的女科学家之一，是“原子能之父”费米的助手，曾在武器试验室工作。李阿牛一度把寒春与穆桂英和花木兰相比，可在看到寒春后，当即否定了原先的想象。说书中穆桂英和花木兰两位女英雄不是头戴金盔捧将印，就是铁甲战袍跨战马，英姿飒爽，而眼前的寒春身穿宽松的军装，脚踩一双布鞋，再配以齐耳的短发，如果不是那双蓝眼睛和那头金发的“出卖”，别人根本看不出寒春和邻家女孩有什么区别，甚至因为黝黑的皮肤和额头上的道道皱纹，使她看上去更像个整天忙碌日常生活的大嫂。但接触交流后，李阿牛对寒春的敬仰之心越发强烈。即便对方没有传说中的治军有方、打仗有术、有勇有谋，也让李阿牛瞬间读懂了苏轼“粗缯大布裹生涯，腹有诗书气自华”所表达的含义。望着阳早幸福的笑容，李阿牛由衷地报以会意的一笑。

“对了，李同志，我记得你也有24岁了，去沈阳得抓紧找对象，可不能像我这么晚才结婚。”

阳早的直白提醒，让李阿牛脸“唰”的一下就涨红了。当初来延安虚报的年龄现在成了他的软肋，不光刘福贵这两个月多次明言或暗示让自己抓紧考虑婚姻，如今远在养殖场的阳早居然也催起了自己。慌乱不已的李阿牛垂下头，声如蚊蚋地应了一声：“嗯！”

看着对方的窘迫样，寒春和阳早乐得前俯后仰……

车厢中突然响起的掌声把李阿牛的思绪拉了回来，扭头看到有个年轻人在车厢中部吹起了唢呐。熟悉的《解放区的天》曲调一起，乘客们自发合拍跟唱。

这次两天多的行程李阿牛一点也不觉得乏味，无论是结伴上车的朋友还是刚落座才打招呼的异乡人，都像是久违的亲人。在简单自我介绍后，大家就天南地北地侃起了大山。除了夜间大家各自在座位上或趴或靠，在梦乡中此起彼伏地打着声调不同、长短不一的呼噜，一旦太阳再次从地平线上升起，整个车厢就热闹起来了，每个人就像是投入开水的茶叶，渐渐舒展身子，在有限的空间中上下腾移。这和八年前李阿牛从宁波投奔延安的情形大相径庭，当时不但行程充满了危险，而且情绪也只能在空旷乡野处才得以释放片刻。

1949年10月4日，天刚放亮，单调急促的“哐当”声再次变得悠长起来。当乘务员在车厢连接处用喇叭提醒“沈阳站马上到了，请提前做好下车准备”后，李阿牛起身和邻座乘客告别，并在他们的协助下，从行李架上取下绿军包和木箱，随后和准备下车的乘客提前来到车门边。

最后一声“哐当”戛然而止，火车稳稳停在了站台上。乘务员利索地推开车门，李阿牛随人流迈出车厢，也许是由于双脚离开地面有些久，没走几步，李阿牛趔趄了一下，好在四周全是人，没有空间让他倒下或急冲几步。

出沈阳火车南站时，广场正好奏响《东方红》。李阿牛抬眼一看，火车南站的大钟刚指向 7 点。此时，跃出地面不久的太阳射出柔和的光线，温润地抚慰每个建筑物、每条街道和每个人的脸颊，无论是静还是动，都像已从黑色中苏醒过来，并在橘红色的喧哗声中，昭示生生不息的力量。有心的李阿牛发现许多路人都向他投来目光，那一张张陌生的笑脸让他心底荡起一阵阵涟漪，其间夹杂着些许憧憬。他暗自为自己的抉择而庆幸，看来东北人性格直爽并非虚传，和这样的人相处，即便是异乡陌生客，肯定也不会感到落单孤寂。即便手上提着沉甸甸的木箱，但李阿牛脚步似乎格外的轻捷。走到广场的中间，他再次抬眼，此时瑰丽无比的红霞像一条条高高飘扬的细长彩绸，将天边装饰得如同美轮美奂的童话世界。他觉得有股莫名的力量在胸口涌动，如同滚热的岩浆要喷射出来，于是即兴轻声朗诵了出来：秋天是个收获的季节，我要在这个秋天播种新的梦想！

按原预定计划，李阿牛应该立即前往沈阳油脂化学厂报到，可在看到有人举着一块写着“沈阳工学院”的木牌后，脑海蓦然闪现“沈阳东北大学”字样。虽然那次横乡公演《乱钟》话剧，自己只是临时替补演了个小角色，但剧本中的校名让他记忆深刻。李阿牛认为今天踏上这片土地，理应把侠民叔应急教的那句英语在沈阳东北大学内喊出来，以告慰在天的侠民叔。打定主意后，李阿牛径直来到火车南站寄存处，不但没有取出托运的包裹，反而把手上的木箱寄存了进去。在打听清楚沈阳东北大学的位置后，李阿牛背上绿军包一身轻松地赶起了路。

按照路人的指引，李阿牛拐入陵东街走上半里就到了学校门口。只见眼前竖立两根高大对称的花岗岩立柱，顶上用一个拱形铁架连在一起，上书“沈阳工学院”，就像一个巨人伸直了有力双臂，高举一块硕大的欢迎牌。

沈阳工学院？李阿牛不确定是路人指错了路，还是该继续往前走。这时，刚好有个女学生模样的人双手抱书向校门走去，李阿牛不假思索急步上前拦住了对方：“同志，请问沈阳东北大学怎么走？”

“这里就是。你找谁？”

李阿牛抬头重新看了看校名，诧异地反问：“这不是沈阳工学院吗？”

“这是新校名，今年3月才改的。”

原来如此，早知这样，刚才就该跟举木牌的人来这里，根本不需沿途问路。明白过来的李阿牛憨笑着答复：“我不找谁，我刚从延安调到沈阳来工作，来这里看看。”

一听眼前这个风尘仆仆的陌生男人来自延安，抱书女生顿时有了几分好感。看对方说完眼神转向校内，就主动提出：“我陪你进去参观吧。”

“太好了，谢谢你！”李阿牛还在为如何进校发愁，抱书女生的热情让他甚是惊喜。

瀋陽工學院

"不客气，跟我来。"

进校门沿着通道没走多远，李阿牛看四周人不时朝自己这边打量，几个女孩子甚至掩着嘴角窃窃私语，人顿时别扭起来。他故意拖慢半步，这既缓解了尴尬，还可以偷眼观察这名尚不相识女生的反应。

抱书女生个子不高，比自己矮上一个脑袋，齐耳短发，刘海浓密，身穿蓝色长袄黑色长裙，脚配一双黑色皮鞋，精致的搭配使她的身材显得越发玲珑小巧。回想刚才的对话，李阿牛记得那张瓜子脸上嵌着微翘的樱桃嘴，尤为突出的是那双明亮的眼睛，让稚气的脸一下子充满了灵性。这时，迎面走来一个年龄与抱书女生相仿的女生，好奇地问抱书女生："史冷霜，旁边这位是谁呀？"

只听史冷霜落落大方地回答道："是刚从延安来的客人，想进学校看看，趁着还没上课我陪他转转。"

看那女生投来友善一笑，李阿牛也连忙冲对方笑着点了下头。又朝前走了几步，史冷霜转过脸像是不经意地打量了李阿牛一眼，旋即纳罕地问道："你穿这么少不冷吗？"

李阿牛恍然大悟，自己一袭短袖与来来往往的人是多么的格格不入。原来无论是出火车南站，还是刚才进校门，那些好奇的目光和议论仅仅是因为在寒意渐浓的天气，自己的穿着显得过于单薄。一阵秋风横扫而过，一丝凉意从背部袭来，可即便后悔寄行李前没取件外套穿上，此时李阿牛也只能摇着头嘴硬道："不冷，不冷。"

史冷霜笑了笑，改口又问道："你叫什么名字？"

"李阿牛。"

"李阿牛？"

“对，我祖上是打铁的，不识字，只是为了叫着顺口。”说完，李阿牛一边跟着对方的脚步节奏，一边由衷地夸道，“你的名字真好听。门尽冷霜能醒骨，窗临残照好读书。”

史冷霜猛然止步，瞪大了眼睛：“你是研究诗词的？”

李阿牛没想到当年李琯卿会长为鞭策自己读好书所馈赠的对联竟然让自己无意中卖弄了一回。想到对方是大学生，万一谈起诗词自己难以接话，所以李阿牛连连摇手：“我哪谈得上研究，仅仅背过几首古诗。”

对方的谦虚反让史冷霜越发敬佩起来，并自我介绍道：“我叫史冷霜，历史的史，名还真是摘用宋代紫金霜的诗句。听我母亲说，我生于立冬这一天，因是女孩，父亲本偏向取用唐代元稹所作的诗句，即‘霜降向人寒，轻冰渌水漫’中的漫。可母亲觉得这首诗后一句‘雁带几行残’不好听，加上当时中国正处于水深火热之中，离乡不像现在是投身于国家的建设，而是意味着战局的败北。”

史冷霜说话时眉目间隐然有一股书卷的清气，李阿牛猜测她的父母肯定和李琯卿会长一样，是大有学问的人，因而可以给简单的人名赋予这么多的故事与含义，不像自己的名字，既土气，又没有什么典故或诗句可诠释，于是脱口说道：“史冷霜，史漫，都很好听，很有诗意，不像我的名字，叫起来就像是一头四蹄动物。”

“扑哧——”史冷霜反手捂着嘴角忍不住笑出了声，可能意识到这样太无礼，马上把手从嘴角处向上斜拉，把散乱的头发妥帖地捋到耳后，旋即指着眼前的一幢建筑介绍：“这就是我们的教学楼。”

其实在校门口，李阿牛已眺望过这座赫然矗立在平地上的大楼。但伫立跟前再仰望，还是感到有些震撼，仿佛跟方液仙老板在上海时，才见过这样的建筑。大楼分主楼和副楼，7 层主楼顶还加盖了 3 层的楼阁，最高处的穹形盔顶立有一根金属旗杆。副楼也有 5 层，9 扇窗户呈双翼对称地附在主楼两侧展开，砂浆罩面，雕花外饰，整座建筑美观精致，又不失庄严肃穆。李阿牛由衷感叹："真没想到大学也有这样雄伟的建筑。"

"你这话很有歧视性！"

"嗯？"看着史冷霜认真严肃的样子，李阿牛不明白自己刚才这句话错在哪里。

"教育是立国之本，关联着国民素质和民族兴亡沉浮。我们中国曾创造了灿烂的农业文明，日本无论汉唐还是宋明，自古向中国学习，连文字都是借鉴中文创造的。可清朝由于奉行'民可使由之，不可使知之'的统治之道，皇帝妄自尊大、士大夫沉溺八股，老百姓文盲遍地。相反，原本我们并不放在眼里的日本，却抓住时代契机，通过积极学习科学和文化知识，国力大增，导致我们泱泱大国居然被这样一个岛国整整欺侮了 14 年之久。学校就该有最好的建筑，让所有人向往在这里学习生活。只有这样，民族才有未来，才有希望。"

李阿牛吃了一惊，虽然史冷霜的观点有点偏颇，但印证教育的重要性很有说服力，足见对方不但有扎实的知识基础，而且是个很有想法的人。李阿牛提醒自己接下来说话要严谨，于是调整一下呼吸后，由衷地点头引证："你说得很有道理。我祖上打铁靠的是力气，现在用机器来干，不但效率高，而且质量也好。"

"农业时代拼的是蛮力，工业时代拼的是智力！"史冷霜当即平静地总结出带哲理的语句。

听到工业这个词，身处沈阳工学院的李阿牛不由自主地背诵起李侠民教的那句英语："Manufacturing can help us resist Japan and save the nation."

话音刚落，史冷霜一脸惊喜地问道："你还会英语？"

李阿牛谦虚地应道："嗯，略懂一点。"

史冷霜好奇地上下打量了李阿牛两眼，突然眼睛一亮，问："冒昧问一下，你在延安干什么？是不是来我们学校教英语？"

"不，不是。"李阿牛边说边从绿军包中掏出介绍信，展开后朝史冷霜这边一递："我原在延安机器厂搞设计，这次奉命调到沈阳油脂化学厂。"

史冷霜单手抱书，接过信纸瞄了一眼，边还李阿牛边说："真看不出这么年轻就是设计专家，欢迎李阿牛同志来沈阳！"

"谢谢！"

看李阿牛把介绍信塞进了绿军包，史冷霜热情地挥了一下手："走，我再陪你参观其他地方。"

李阿牛觉得刚才说那句英语时太轻，可在教学楼前大声喊又不妥，于是问道："能不能带我去看看体育场？"

"好，走！"

两人并肩快步向体育场走去，史冷霜边走边说："我猜你也听说过我们学校的体育场，不但举办过华北运动会，还培养出了第一位正式参加奥运会比赛的刘长春。"

李阿牛听说过参加过两届奥运会的刘长春的故事，可自己想去体育场和这无关，于是一路不管史冷霜怎样热情地介绍体育场的规模与发生过的故事，他都有口无心地应着。

直等站在体育场北侧看台区上，李阿牛才像换了个人，不顾一切拢起双掌做喇叭状，朝这个拥有 400 米跑道的田径场，仰天声嘶力竭地再次大声喊出那句英语。史冷霜被李阿牛的这一突然举动吓了一跳，侧过脸不解地望着李阿牛。当看到对方两行泪从眼眶中滑落时，史冷霜猜测这句英语背后肯定有感人的故事，于是转回头，佯装不介意地盯着体育场内的篮球架若有所思。

“不好意思，刚才惊吓到你了吧？”

“没有，我有时也会找个空地叫上几声泄压。”为了不让李阿牛难堪，史冷霜不动声色地虚设台阶让对方下。

“刚才这句英语你听得懂吗？”李阿牛语调已平静下来，并偷偷用手指抹去泪迹。

既然对方并不回避，史冷霜也就摇头后顺着话题追问：“我学的是俄语，今年读大二，不会英语。刚才这句英语是什么意思？”

“制造工业可以帮助我们抵抗日本，救我们国家。”

史冷霜歪着脑袋略作回味后坦言：“初听这话似乎有点老，但细想还是有很大的警示作用。”

李阿牛似乎被打开了话匣子，虚望前方说道：“这是家乡一位已牺牲的革命者教我的，那还是十年前的事。”

“如果不说他有先见之明，那起码也是切中要害。”

“谢谢你，我该走了。”

见对方不再就这个话题说下去，史冷霜指着前面转而说道：“好，我送你出门。这边走，不走回头路，顺路还可以看看不同的建筑。”

“好，谢谢你！”史冷霜的安排让李阿牛很是满意。

两人下看台，继续并肩沿着小路向校门走去。也许是因为完成了“使命”，李阿牛放宽了心留意四周的景色。这里不像延安，两侧苍翠挺拔的樟树在空中交织成滴翠的穹顶，当一缕光线从林荫中洒落，顿时斑驳的光影让天空显得越发高远澄净。铺地落叶向前延伸，风起吹响的沙沙声，伴随人脚踩踏所迸发的清脆开裂声，似乎就是大自然演奏的动听乐曲，不但显得简朴委婉，且韵味悠长。

“李阿牛同志，这是我们的图书馆。”

顺着史冷霜手指方向望去，眼前是一幢古朴典雅的三层红砖大楼，形呈飞机状。李阿牛没有驻足观看的念头，更不想绕过去近观，于是瞅了两眼继续向前走去。不料史冷霜却转身向图书馆的方向走去，李阿牛一愣，赶紧转身拔腿跟上。

“当年东北抗日十分艰难，图书馆曾被日本侵略者占领，他们不但在此关押抗日志士，还枪杀了许多的英烈。”

“就在这里？”

“对。”史冷霜引李阿牛走到红砖墙前，指着累累弹痕表情变得有些愤怒，“你看，这就是罪证。”

毕竟上过战场又长期造枪，李阿牛一眼就看明白了。他上前轻轻摩挲弹痕，喃喃说道：“这些一定要想办法保留下来，既可让侵略者及其后人为此深感羞愧，也可让我们及后人永远记住落后就要挨打的教训。”

“这里已成我们沈阳人纪念英烈的地方。希望作为新沈阳人的你也能记住这里。”

李阿牛这才明白史冷霜为什么要引自己来这里，于是转过脸盯着对方庄重答复：“我一定会记住！”

这时，前面传来电铃声，史冷霜手指前方急着交代：“李阿牛同志，我得去上课了，不能再送你。你沿这条路向北再走半里就可到学校大门。”

“谢谢，你快去教室吧。”

史冷霜抬手向李阿牛挥了挥：“再见！”

“再见！”李阿牛忙不迭地抬手回应。可当他一眼瞥见史冷霜身后路过的外国人时，瞬时想起阳早的托付，于是又改口急忙叫道：“等等。”

“还有事？”史冷霜转过身歪斜脑袋，一对柳眉把眉心挤得不再平整。

李阿牛连忙解释：“延安的朋友说这里的土有机质含量高，很适合农耕，让我寄些给他……”

寄土？就算这里的土适合农耕，那得需要寄多少？史冷霜以为自己听错了，即便真要，叫住她干吗？难不成让她也参与帮忙？因急着要去上课，她指着前面泥土打断对方求证：“你要邮寄土到延安？”

“对，我觉得寄这里的土更有意义，你能不能给我两张纸？”

史冷霜虽听明白了，且这要求看似简单不过分，却让她极为尴尬。今天手上全是上课用的教材，可不能撕给对方。她扫了四周一眼，灵机一动，指着前面墙角说道：“一页书也包不了多少土，你还不如拿这个破花盆装呢。”

听到史冷霜把自己讨要的两张纸改为一页书，李阿牛意识到刚才提的要求过于鲁莽，好在对方不但没有硬生生回绝，还出主意给自己解决了困难，真是既给足了面子，又提出了好点子。李阿牛发自内心地赞道：“好主意！”

史冷霜没有再接话，转身小跑着走了。直等史冷霜急步拐进楼看不到身影，李阿牛才从墙角处捡起破花盆，挖了一些土后，转身捧着破花盆向外走去。沿原路赶到火车南站后，李阿牛本想马上去沈阳油脂化学厂报到，可看时间已近中午，就果断拐进旁边的一家饮食店，学着身边的食客要了一碗面和两个吊炉饼。

这是李阿牛在沈阳吃的第一顿饭，感觉远比在延安吃的第一顿饭要香。尤其是形圆面平的吊炉饼，外焦里嫩，清香可口。吃完饭，李阿牛向店家买了个小布袋装土，然后不慌不忙地重返火车南站寄存处，取出托运和寄存的行李，在马路边拦了一辆马车。

“您去哪儿？”

“同志，我去沈阳油脂化学厂。”

车夫当即纠正：“现在不叫沈阳油脂化学厂，改名为沈阳化工厂了。”

嗯？怎么也改名了？担心介绍信抬头出错，李阿牛特意报地址求证：“是在保工北街9号？”

“对！那根最高的烟囱就是。”

顺着车夫手指方向望去，只见远处不同方向有几根高耸的烟囱，黑烟几乎是横着向西南飘去，整个城市就像正向东北快速行驶的火车。根据自己现距最高烟囱的方位，李阿牛判断沈阳化工厂与沈阳工学院恰以火车南站为中心，分别向西北和东南几乎延伸了同等距离。

付好车费，李阿牛把行李递给车夫，利索地跳上车架。看客人已坐稳，车夫扬鞭轻轻一甩，随着“驾”的一声吆喝，那匹枣红马扬起四蹄跑了起来。盘坐车架上的李阿牛，手扶把手打量不断变化的街景，明媚的阳光、干燥的空气、繁华的街道、欧式的塔楼、锥顶的教堂、疾驶而过的电车、川流不息的人群、硕大精美的广告画，这些汇聚一起，共同点缀起沈阳特有的风景。李阿牛觉得沈阳虽比不上上海繁华，但远比家乡宁波兴盛，更是延安所不能比的。看着看着，李阿牛心里突然琢磨起一件事来：沈阳无论是男人还是女人，大多个子偏高，体型也相对南方人结实，可为什么史冷霜显得那么娇小？回想刚才她解释父亲取名时说，离乡不像现在是投身于国家的建设，而是意味着战局的败北。依据这点不难判断她是南方人，可对方明显带北方口音，而且学俄语的基本以东北三省的人为主。还没找到答案的李阿牛，被一阵风吹得打了个寒战，这才想起刚才赶路走得热，至今还是一身短袖，就侧身从行李中取出外套穿上。等重新坐定后，李阿牛决定改天重返沈阳工学院，找史冷霜问个明白。打定主意的李阿牛探过上身问车夫："同志，还有多少路？"

"7 里。"车夫头也不回地答道。

"噢。"

看对方专注地望着前方，李阿牛简单应了一声，斜靠行李向前眺望，不料车夫却扭过头征求意见："催马？"

李阿牛重新直起上身，连连摇手："不用，不用。我只是问问。"

"噢。"车夫也像李阿牛一样应了一声转回了头。

看着车夫的背影，李阿牛想起了许师兄，当年在镇海打铁时，健硕的许师兄也是话不多，但干活专注利索。自上次在延安双拥活动时偶遇，一别又是六年多，不知现在他是跟黄营长打回了镇海，还是准备挺进西南剿匪？容不得李阿牛多想，只听"吁"的一声指令，枣红马停了下来。

"到了。"

“同志，辛苦你了。”其实不用对方提醒，李阿牛也已看清厂门口悬挂的白底黑字木牌，上面工整却不失遒劲与雅致地写着“沈阳化工厂”。

肩扛手提大小行李，李阿牛边向厂门走去边打量四周，可还没走到大门口，只见一名站岗的士兵一手拉着肩上的步枪带，另一只手向李阿牛这边一张，喝令：“站住！”

“同志，我是延安调到这里来工作的。”李阿牛放下手中的行李，主动从绿军包中掏出介绍信并打开。

“延安？”士兵歪身伸脖瞄了眼李阿牛手中的介绍信，等再次直起腰，那只拦截李阿牛的手向门卫房间一指，口吻也变得热情起来：“同志，你直接去厂部吧。行李放那里，我会看着。”

李阿牛猜对方不太识字，仅认得介绍信和公章，就边收介绍信边问：“同志，厂部在哪儿？”

“进门左边这栋楼就是。”

“谢谢！”李阿牛放好行李快步向里走去。

厂部大楼是幢坐北朝南的三层砖混结构建筑，花岗岩墙裙，拱形窗楣。正门建有雨搭、平顶，由四根白色水泥柱廊支撑。大楼办公室分左右两侧，由一条晦暗走廊划分开南北房，房门一概大开。看房间外有木牌标识，李阿牛轻手轻脚地向里走去，寻找要报到的人事科。眼看一楼右侧房间已走到尽头，打算折返去左侧房间找。刚转身，发现有个人影正站在走廊中间问自己：“同志，您找谁？”

“噢，我刚从延安过来，找人事科报到。”李阿牛边答边加快了脚步。

不料对方已惊讶地再次问道：“您是李阿牛同志？”

这时，李阿牛已走到问话女子面前，看清了对方的长相——长脸挺鼻，粉面红唇，眉长眸亮，齐耳短发，单眼皮，高颧骨，穿着一件合身的灰色双排扣列宁装，腰系一根皮带，透出一股青春活泼却又不失沉稳老到的气息。虽然看清了对方的外貌，可李阿牛比对方还惊讶，自己仅说是从延安来，连介绍信都没递给对方，她怎么就知道自己名字的？于是反问道："你怎么知道我名字？"

"您好！李阿牛同志，我是人事科的傅抱石。"

没想到对方正是自己要找的人，李阿牛热情地迎过对方伸来的手轻轻一握："真是巧。"

"人事科在二楼，请跟我来。"

"谢谢！"

李阿牛跟着傅抱石拐向左侧走廊，又沿着楼梯向上走去。傅抱石边登台阶边说："我们以为您是早上来报到，中午看您还没到，高科长担心您吃不上饭，特安排我准备了熏肉大饼，希望还热着。"

"谢谢，谢谢！不过我已在外面吃过了。"对方的细心接待和额外关照羞红了李阿牛的脸，他暗责自己下火车后应该径直来厂里报到，而不是先去"逛"沈阳工学院。为了掩饰自己的尴尬，李阿牛临时编了个谎言："出火车南站我摸错了路，所以晚了。"

不料傅抱石一脸歉意地解释："是我们工作没到位，应该去火车南站接您。也是不巧，今天我刚好去市里有点事。"

自己随意编的一个谎言反而让对方道歉，李阿牛这下脸更红了，他不得不转移话题掩饰惭愧："对了，请问我们厂名什么时候改的？"

"上月中旬改的，介绍信填老厂名没关系。"傅抱石宽慰李阿牛后，突然停下脚步转身问道，“是不是有人给您指错了路？”

“没有。”虽然这是很好的借口，可李阿牛不敢顺着这话往下说。突然，李阿牛发现傅抱石的眼珠居然是黄褐色的，这个从未见过的颜色让他暗自惊愕，它既不同于史冷霜的那种纯黑，又不同于寒春和阿乐满的浅蓝色。

“嗯。”傅抱石应了一声没再追问，重新迈脚，没走几步，身子一侧，手伸向右边一道门，“这就是我们人事科高峰科长的办公室，请进。”

刚进门，里面一个身穿土黄军装的男子闻声放下手中文件抬头望了过来，傅抱石边走边介绍：“高科长，这位就是……”

“李阿牛同志。坐。”高峰笑着接过了话，指了指桌前的椅子，自己则起身径直来到门边的小桌，取上搪瓷杯准备倒水。

傅抱石上前抢先拿起热水瓶：“高科长，我来。”

高峰放下杯子重新回到座位前，看李阿牛还站着，再次抬手招呼：“坐下说。”

李阿牛礼貌地谢过后坐下，从绿军包取出介绍信，欠身双手递向高峰：“高科长，这是我的介绍信。”

高峰接过介绍信打开看了起来。这时，傅抱石给李阿牛递上冒着热气的搪瓷杯：“老李，一路辛苦了，喝点水。”

李阿牛接过茶杯一下子没回过神，虽然在延安“老李”早已听习惯了，但在沈阳这个陌生地还是第一次听到。这种称呼不但意味着平等的关系，更带有点亲密。可面前这个傅抱石才刚认识呀，如果只是回应“谢谢”似乎太生硬，如果回应“谢谢您”又觉得有点生分。好在高峰突然想起了什么，打断刚要接话的李阿牛：“对了，你还没吃过饭吧？”不等李阿牛答复，转头吩咐傅抱石，“小傅，快去把大饼拿来。”

“高科长，我已在外面吃了阳春面和吊炉饼。”为了证实自己不是客气，李阿牛特意解释自己吃了什么。

高峰好奇地问道：“你以前吃过吊炉饼？”

“没有，第一次，感觉挺好吃。”

“好，年轻人适应能力不错。不过到沈阳的第一顿饭不能太简单，好歹也得有肉。”

不知傅抱石什么时候走出办公室的，只见她捧着用毛巾裹着的大号铝饭盒又迈进了房门，到李阿牛桌边放下饭盒，边开盖子边说：“刚才也和您说了，高科长看已过吃饭点，特地让我准备了熏肉大饼，这是我们沈阳的名吃。”

随着盖子的打开，一股和刚才吃的吊炉饼相似的香味钻进了李阿牛的鼻子。高峰催道：“快趁热吃，小傅一直给温着呢。”

李阿牛不再谢绝好意，看饭盒里有 4 个熏肉大饼，虽然外形也和吊炉饼一样形圆面平，泛着点点的油光，但因夹了熏肉，明显厚上许多。他取出一个送到嘴边一咬，面饼里软外酥，配上里面色红香浓的熏肉，酥脆香口，就是不咀嚼也回味悠长。

看李阿牛咬了一口看着饼没动，傅抱石关切地问道：“怎么，吃不惯？”

“不，好吃，太好吃了。”李阿牛说完又咬了一大口，然后把饭盒往高峰那边一推，边嚼边嘟囔，“我吃不了这么多，一起吃吧。”

高峰伸手取上一个招呼：“小傅，你也来一个。”

“谢谢高科长。”傅抱石接过也吃了起来。

高峰又从饭盒里取出一个熏肉大饼，随后把饭盒又推到李阿牛面前，一边吃一边很随意地说道：“小李，我们可是早就闻知你的大名了，你虽然年轻，可对设备有相当深的研究，现在厂里太需要你这样的人才了。”

李阿牛猜刘鼎副部长提前向厂里的人介绍过自己，但还是谦虚地答道：“高科长过奖了。”

高峰很快把饼吃完了，吮了一下手指后，双手揉搓着继续说道：“厂部原要安排你在设备科工作，但现在油脂车间生产计划老完不成，原因是设备运行故障，所以组织考虑让你到油脂车间，你有什么想法吗？”

李阿牛这才明白高峰刚才谈话铺垫的含义，不慌不忙拿起搪瓷杯喝了口水，等咽下食物才表态：“我是党员，任何时候都服从组织的安排。”

“不光有本领，更有觉悟！”

李阿牛这次没有再谦虚地回应高科长的表扬，而是心切地追问：“油脂车间现在生产什么？”

“肥皂、硬脂酸、硬化油和甘油四种。”

“现在的油脂车间就是原沈阳油脂化学厂？”

“对。”高峰说完指了指李阿牛面前的饭盒，“快把这个也吃了，凉了口感就不好了。”

“谢谢！”李阿牛暗自笑了，没想到自己还是如愿调到了想来的厂，只是这个厂现在合并后成了车间。可能是因为心情好，吃第二个熏肉大饼时，李阿牛觉得越发的香。

李阿牛没想到新厂报到的头一件事居然是三人围着一个饭盒吃饼，而彼时的他不会想到这是他们三人唯一坐一起吃饭的机会，更不会想到美好的开局居然有着噩梦般的结局。

当天办理完报到手续后，傅抱石等人帮李阿牛提上行李来到刚分配的宿舍。这里有 6 排砖木结构的房子，每排 22 个房间。据一起帮忙搬行李的职工说，这里住的全是从外地调到沈阳化工厂的职工。打开房门的那一刻，李阿牛惊喜不已。房内不但配有桌椅、床和柜子，更为关键的是这房间虽小，可就和另外一个人合住。无论是饮食还是居住条件，李阿牛都喜欢上了这个城市，更何况还有这么热情又高看自己的同事们。

送走帮忙提行李的同事们，李阿牛开始整理房间。等收拾完已是傍晚，随着下班回宿舍的人越来越多，这里一下子热闹起来。到晚上关门入睡，李阿牛已认识了住在周边的几位新同事。和自己同住的是个卡车司机，其性格就像他一脸钢刺式的络腮胡，十分直爽。得知李阿牛桌上那包土是要寄给延安的外国专家，这个叫徐国科的人一把就捏在了手上，说反正他每天开车路过邮局，不用李阿牛再特意去跑一趟，这事交给他来办就行。右边寝室靠左那一床是行政科的刘文忠，虽长得高大威猛、浓眉大眼，但说话声却很小。和他同住的刚好是油脂车间的班长，叫叶钢。这个来自甘肃的小伙和刘文忠截然相反，身材瘦小，五官也不大，说话声却如洪钟，也搞不清这样的声响是如何从他那细脖子发出的。更让李阿牛看了惊讶的是叶钢脸上有条较长的刀疤，而且右脸明显有塌凹的痕迹。据徐国科介绍，这是叶钢在以前炼铜厂当学徒时，被一块铜块所砸伤的。好在叶钢并没有因外貌吓到姑娘们，同厂本地一化验工对这个有技术、有魄力、肯吃苦的年轻班长有了爱慕之情，在同事们的撮合下，两人上个月结了婚，据说等分配房子后就搬走。同为孤儿，在异乡的叶钢如此幸运，这让李阿牛对未来更是充满了希望。宿舍隔壁住着两名操作工，其中杜姓师傅已结婚，老婆是火车站的卖票员，家住苏家屯。这天杜师傅约上同住的钟姓徒弟下夜班后去了他家，李阿牛没能见上这对师徒。

在给李健民和刘福贵等人写完沿途所见所闻和平安报到沈阳化工厂的信件后，夜已深，徐国科早就在床上打起了呼噜，躺在木床上的李阿牛思绪并没有因黑暗而中止，反而变得异常的活跃，他莫名想起了阳早让自己抓紧找对象的提醒，旋即就莫名联想到了史冷霜，心里默念“霜降向人寒，轻冰渌水漫”的诗句，脑海浮现她笑时露出的洁白牙齿，浮现她愤怒时双眉紧蹙的样子。想着想着，李阿牛被自己吓了一跳，这是不是想恋爱了？不行，放弃熟悉的延安到沈阳可不是为了找对象，而是想干出一番事业来。李阿牛暗自提醒自己：一定要集中精力，想方设法确保车间完成厂部下达的生产任务。这不光是为自己在新厂赢得好名声，更是为了让中国工业变得强大。

李阿牛翻了个身，当看到窗帘缝隙泄进的淡淡月光后，有种特想看看沈阳夜空中月亮的冲动。于是掀开被子下床，披了件外套拉开了房门。此时的月亮刚从前面一片云雾中跃出，又大又亮，柔和清澈的月光把大地照得一片雪青，眼前的房屋、通道、小草、树木都像镀上了一层水银，绮丽明净中有点缥缈神秘的感觉。这场景让李阿牛又想起了侠民叔，是的，那天晚上演出结束回家时，正好银盘似的明月也是从蝉翼般透明的云里钻出，同样是星星挤满了银河。不同的是那时镇海举目之处没有一根烟囱，整个宁波也就三根半烟囱，而现在自己正处于十根高耸烟囱的“包围”中。李阿牛仰望星空，情不自禁手摸胸口，重温起心底的誓言：“中国的制造工业一定会强大起来。”

二　获得信任

次日一早，叶钢刚好当班，于是陪李阿牛在食堂吃过早饭，就一起往油脂车间走去。油脂车间规模不小，光是各种原料和产品储罐就密密麻麻占据了一大片地。叶钢本要陪李阿牛到倪立坚主任办公室，可刚到操作室门口，恰好有人从现场回操作室，看到叶钢就带着一股无奈的怨气抱怨道："叶班长，原料泵又坏了。"

"才两天怎么又坏了，我去现场看看。"

看叶钢扭头想和自己解释，李阿牛主动催促："你快去吧。"

"倪主任的办公室就在二楼的左侧。"叶钢也不客套，替李阿牛指明方向后就转身和那名操作工赶赴现场。

李阿牛独自来到操作室对面的车间办公室，这是幢两层砖木结构的平顶楼。上楼径直来到最左边的主任办公室，只见办公室的门大开，左墙紧挨两个大木柜，靠窗是两张并在一起的办公桌，一个背对门的男人正手按一张纸低头想事。

"笃笃——"李阿牛不轻不重叩响了门。

里面那个人没回头，甚至连头也没抬一下，但声若巨雷地问道："找谁？"

“我找倪主任。”

那人指了指旁边的椅子：“等一下。”

李阿牛本就推测站在桌边这位可能也是来客，现在更认定这人也是在等倪主任，于是进门后，留了个心眼，故意把椅子拉后些才挨在他边上坐了下来。李阿牛偷偷打量这位不坐而立的来客，只见他头戴圆顶有前檐的工作藤编帽，穿了件背带裤工装，身材像个铁塔，全神贯注盯着桌上的纸锁紧眉头，似乎有什么心事或不快。李阿牛直起上身瞄了一眼，好像是张机泵图，联想刚才叶钢和操作工的对话，揣测这就是那台原料泵。李阿牛刚想向对方要这张图看看，不料有人急着闯进办公室请示：“倪主任，现料打半小时就得停一会儿，是不是得做紧急停工准备？”

看图的铁塔男终于抬起头，可他并没有看身后来请示的人，而是眼神直盯前方，似乎窗外有解决问题的答案：“还能坚持多久？”

“最多撑 4 个小时。”

“知道了。”铁塔男挥了挥手，又埋下头看起了图纸，全然不顾边上的李阿牛。

李阿牛没想到这个不起眼的人就是主任，本想要图看的他反而犹豫起来。不料倪立坚突然扭过头，上下打量李阿牛一眼后问道：“你就是李阿牛？”

李阿牛赶紧起身：“倪主任，是我。”

“你对设备在行，看看这张设计图有没有问题？”倪立坚说完把图递了过来。

李阿牛在确认图纸上的数据没问题后，仰头看着倪立坚问道：“倪主任，这是不是车间的原料泵？”

“你怎么知道？”

李阿牛不答反问：“现在泵有什么问题？”

“发热，烫手，温度近80摄氏度。”

“设计没有问题，能不能去现场看看？”

倪立坚像是要出征的将帅，很有气势地挥了一下手：“走！”

此时，现场原料泵轴承盖已被掀开，许多人围着刚停的泵束手无策。倪立坚还没到跟前，就挥着手嚷起了大嗓门：“都让开，专家来了。”

李阿牛发现围观的人虽闪让出空位，但除了叶钢外，几乎都用质疑的目光打量自己。李阿牛也不客气，对倪主任说道：“找人给我扳手和螺丝刀。”

倪立坚拉开背带裤工装胸前的口袋，从里面摸出扳手和螺丝刀递到李阿牛面前。李阿牛暗暗叫奇，他看到那个口袋里居然还有老虎钳和榔头，并塞着笔记本，就像个小百宝箱。

李阿牛接过工具到原料泵前蹲身查看。电动机端盖及轴承盖螺钉没有松动，电动机轴也没有弯曲现象。手试传动带和联轴器，松紧合适。他利索地拧开滚动轴承，发现里面的润滑脂量合理，伸进手指转了转，也没有铁屑等杂质。随后，李阿牛要过手套，将抹布打湿后，捏住轴承转了几下。于是心里立马有了底，等再次起身，他一脸自信地对倪立坚道出了自己的判断：“轴承和端盖有问题。”

“这台泵是新的，用了才两天！”倪立坚声音本就大，强调起来更是震耳。

李阿牛并不因为倪主任的强调而胆怯，相反还点明了问题所在：“是制造轴承与端盖配合过松，现需端盖内镶个钢套。”

一听不是操作问题，又不会报废新泵，倪立坚这才放下心来，追问：“处理要花多少时间？”

“这个说不准，也许3个小时，也许一天也紧张。”

“到底是3个小时还是一天？”倪立坚脸上有点不悦，搞不明白同一个问题处理时间怎么相差这么多，何况3个小时不会影响生产，而一天那就意味着只能再次停工。

“倪主任，我看这泵是沈阳机器厂生产的，您马上请厂部联系对方，让他们提前准备材料。我这边现在就带人拆解泵，确定钢套尺寸后，请沈阳机器厂师傅当即加工。如果每个环节都能扣准，应该3个小时能完成修理。”

对于李阿牛喧宾夺主式的任务指派，倪立坚不但没有丝毫反感，反而连声应道：“好，我马上去厂部。”也许是出于不放心，就在转身走之前，手指李阿牛叮嘱其他人：“现在你们都听小李专家指挥，他的话就是我的话！”

等工友们应声后，倪立坚才放心向厂部小跑而去。

原料泵故障处理过程虽然很紧张，但在李阿牛的指挥下，还是卡在氢氧化钠憋压前完成了所有修理工作，投运后，不仅机泵温度一切正常，而且噪声也小了许多。这不但让工友们对眼前这个貌不惊人的新来技术人员佩服不已，倪立坚更是舒展了眉头，拍着李阿牛的肩连连夸道：“不错，不愧是专家，有水平！”

刚进车间就因处理原料泵故障让自己在众人前面建立了威信，这让李阿牛在得意中又有点暗自庆幸。可当恢复生产到现场巡检后，李阿牛才知道自己面临的压力有多大，也终于明白了为什么刘鼎副部长也支持自己尽快调到沈阳，更清楚了高峰科长那句“现在厂里太需要你这样的人才了”并不是客套，而是急切中

的真心期盼。

大半天的现场巡检和交流后，李阿牛认为沈阳的确是个大有可为的工业城市，仅沈阳化工厂就几乎抵得上整个延安的工业生产规模。但由于解放战争的影响，无论是沈阳变压器厂，还是沈阳机器厂，许多企业遭到严重的破坏。沈阳化工厂也没有幸免于难，所有的车间经过近一年的抢修，仍存在不少问题，油脂车间最为严重，虽尚能开工生产，但许多设备属于带病运行，就像个不定时的炸弹，随时有停工甚至爆炸的可能。

傍晚快下班时，倪立坚突然陪着一个人急匆匆地来现场，看到李阿牛就大呼小叫起来：“小专家，快过来！”

虽然才一天时间，可李阿牛似乎已习惯车间上上下下对自己的这个叫法，他收起笔记本，边把笔插进衣兜，边急步朝倪立坚方向迎去：“倪主任，有什么事？”

“这位是厂部办公室的高主任。”

李阿牛明白了，不是倪立坚要找自己，而是厂部的人。于是转身朝高主任伸手礼貌问道：“高主任，您找我？”

高主任右手握过李阿牛的手，左手边拍李阿牛胳膊边夸道：“你还没报到，厂里已在传要来个厉害的技术员，真没想到会这么年轻。”

“高主任过奖了，谢谢大家的认可。”

高主任松开手马上言归正传：“厂长要见你，现在就跟我走。”

虽然对方已催促，但李阿牛并没有转身跟高主任走，而是转脸向倪立坚说道：“倪主任，那我现在就跟高主任去……”

“快去吧。”也许是倪立坚的习惯，每次这时候挥扬起的手既像告别，又像在催促。

再次沿着昨天的楼梯到二楼，恰巧又碰到傅抱石从办公室出来。傅抱石和高主任打了声招呼后，冲李阿牛含笑点了一下头。李阿牛刚回应了个笑脸，只见傅抱石竖起拇指朝自己比了一下。

傅抱石这是啥意思？李阿牛来不及细想，只见高主任拐进一个办公室，招呼道："竺厂长，李阿牛同志来了。"

李阿牛有点奇怪，这高主任怎么连门也不敲就径直进办公室？但听已介绍完自己，李阿牛自然也跟进了厂长办公室，只见看上去瘦弱的竺厂长身穿灰色中山装，放下手中的笔，朝桌子对面的椅子手一伸，威严中不失热情地招呼："小李，进来坐。"

高主任引李阿牛坐下后，转身去倒茶水。戴着黑边眼镜的竺厂长上下打量一番李阿牛后，很是儒雅地评价道："貌不惊人，实至名归。"

虽然只有八个字，评价却很高，李阿牛不亢不卑地回应："谢谢竺厂长，希望日后能为厂里多做点事。"

"第一天就做了让倪立坚都服气的事，了不起，这次油脂车间保生产你立了大功。"也许是因为李阿牛的表态，竺厂长边说边竖起了拇指。

乘抬屁股接高主任递来的茶水之机，李阿牛细细揣摩竺厂长这句话，觉得竺厂长在认可自己的同时，似乎更对倪主任的能力与性格给予肯定。于是等重新坐稳放下茶杯后，他顺口接道："谢谢领导们的认可，我会继续努力。"

竺厂长颔首，身体向后一靠，直接道明了找李阿牛的事由："明天就是中秋节，沈阳当晚要举办中秋大联欢，华北企业部刘鼎副部长点名让你参加。"

明天就是中秋？怪不得昨晚的月亮这么圆。在听到刘鼎副部长点名让自己参加晚会后，李阿牛的心怦然一跳，这说明自己在厂里的作用已“惊动”了华北企业部。看竺厂长盯着自己在等回复，李阿牛努力克制激动的情绪，一脸平静地说道：“太好了，我又能见到刘副部长了。”

“厂部原安排你在设备科工作，由于油脂车间设备故障太多，导致生产计划都难完成，了解到你曾在上海‘箭刀牌’肥皂厂干过，所以我们还是决定把你安排在油脂车间，这样更能发挥作用。”

虽然竺厂长这话的大意和前一天高峰科长说的一样，但对于调整的原因解释得很详细。李阿牛明白竺厂长的特意告知是和明天晚上参加中秋大联欢有关，也就是说，原计划安排自己在设备科工作这事竺厂长可能已向刘副部长汇报过，甚至这本就是刘副部长的意见。现在有了变动，自然要向刘副部长解释清楚。李阿牛觉得直接回应不妥，于是灵机一动，从口袋掏出刚才记录的笔记本，抬起屁股双手递向对方：“竺厂长，我觉得先到车间更合理，这样有更多的机会了解生产状况。您看，这是我今天下午在现场的笔记，需要尽快解决的问题还有不少。”

竺厂长接过本子摘下眼镜翻了几页，边看边点头。等再次抬起头重新戴上眼镜，拍着手上的笔记本夸道：“做得很好，没有调查就没有发言权！”说完，把笔记本推给了高主任。

李阿牛不想放过表达已有想法的机会，就趁热打铁请求道：“竺厂长，日后能不能给我所有车间轮一遍的学习机会？”

对于李阿牛突然提出的请求，竺厂长很是欣慰，说了句富有哲理性的话：“想要学会游泳，必须跳到水里。想要有好水性，只能去大江大海中练就。”

竺厂长虽没有直接应诺李阿牛，但这句话的意思很明显，一旁的高主任合上笔记本插话建议：“竺厂长，我看是不是让李阿牛同志每个车间带一名徒弟，不光是授技，还可以传承延安的作风。”

“这个想法好！”竺厂长浓密眉毛下的双眼跳跃着火花，叉开虎口托着下巴旋即补充道，“让人事科先从各车间挑选懂设备构造、懂生产原理、懂工艺流程的师傅，然后全厂组织开展‘学能人，保生产’的活动。”

李阿牛没想到竺厂长借用高主任的一个“火花”，居然提出了一个能燃烧全厂职工激情的活动。这时，刚好有缕晚霞映照在竺厂长那张轮廓鲜明的紫红脸膛上，就像是一穗熟透的高粱。李阿牛想到了延长石油厂的陈振夏厂长——是的，在新中国不同的地方，许多人虽干瘦得形似秋后池塘的残荷，但他们同样用肩膀担负起了中国工业远航的梦想……

第二天晚上，当李阿牛跟随竺厂长走出市政府大楼时，心情还是难以平静，就像家乡的浪潮，浩浩荡荡一波接一波绵延向他涌来，使身上每根汗毛都跳动着欢畅。今晚的大联欢活动文艺演出节目李阿牛记不全，但刘鼎副部长的简短谈话，让他句句铭记在心并深受鼓舞，至于沈阳市市长朱其文的讲话，更让他在深感重任的同时憧憬起未来。是的，正如朱市长所说，沈阳这座饱经沧桑的古城在经过血与火的洗礼后，回到人民手中获得新生已近一年，虽然此前工厂倒闭、生产停顿、物资匮乏的烂摊子，经全市各界人士的共同努力，整个城市的面貌有了很大的改变，但对于这座东北最大的工业城市，仍需各方以更大的信心和决心投入生产。特别是工厂的生产，一定要比新中国成立前更好，争取三年后，让工业水平提高一倍。说话间，朱市长突然脱开了手中的稿子说他刚得知一个消息，昨天有家厂一台泵出了故障，但靠我们自己的力量，当即排除故障保障了生产。而这个人前天才调到我们这座城市，以后我们还要想尽办法调入这样的人才。“在座各位朋友遍天下，那我就在这里拜托你们一件事，只要你的朋友能对沈阳的工业生产有帮助，那就和我们一起想办法做他的工作。如果能成功来沈阳，你就是我们党建设第一座大工业城市的大功臣之一。”

即便朱市长没有点自己的名字，台下的李阿牛照样激动不已。回到宿舍，李阿牛把带回的几颗糖果给徐国科分享后，依然毫无睡意，便立即在桌上摊开信纸，满怀激情地给刘军、江怀英等太行工业学校的同学写起了信，咨询他们有无来沈阳工作的意愿。在这些去信中，给丁浩的信很长，李阿牛详细说了这两天的内心感受。他认为丁浩这个没有机会上太行工业学校的南洋人，不仅会英语，而且当时步枪枪管的螺纹制作技术学得最快，制作也是最好，而沈阳肯定需要丁浩这样的人才。

时间在忙碌中飞逝，转眼李阿牛迎来了在沈阳的第一场雪，一些从南方调来的同事，兴奋地跑出宿舍。有人双手拢在一起接住飘落的雪花，看着它立马化成一滴晶莹的水珠；有人干脆努力张大嘴，品尝雪的味道。李阿牛突然看到前面有个人像诗人一样，张开双臂高喊：“瑞雪兆丰年，中国越来越好！”

这话怎么这么耳熟，李阿牛突然想起十年前去见方液仙老板时，那天也是刚下起雪，侠民叔应景说了句“瑞雪兆丰年，但愿中国越来越好”。对比之下，今天同事喊出的话比侠民叔少了

“但愿”两个字，却昭示着巨大的意义，这不仅仅是因为十年前宁波飘落的只是零星雪花，而眼下沈阳这场鹅毛大雪近似于漫天卷地，也是因为两地烟囱的差异。李阿牛仰望天，又情不自禁默念起在延安宝塔九层塔顶对牺牲的侠民叔说的心里话：“先天下之忧而忧，后天下之乐而乐。中华民族每一天都是新的，每一天也都是历史精神的延续。”

立冬这天，李阿牛中午吃完饭回办公室，看见桌上有封信。看是丁浩的笔迹和山西的邮戳，李阿牛把碗筷往桌上一搁，双手快速在裤上来回一抹，就迫不及待撕开了信封，取出并展开信纸一目十行地读了起来。丁浩的回信对李阿牛来说非常重要，因为之前已陆续收到刘军、江怀英等同学的回信，虽然这些信笔迹和邮戳地点不同，但大意相似——不是愿意继续留在部队，就是等组织安排回家乡工作，不但没有人回应自己来沈阳，甚至有个同学还鼓动他想办法去广东和对方会合。如果今天丁浩的来信也是回绝，那他就无法响应朱其文市长的号召，也就没了为沈阳工业建设立功的机会。庆幸的是，丁浩不但在回信中明确希望能和李阿牛在一起工作，更在征求领导意见后，立即打了调动的申请报告。读完信，李阿牛既高兴又忐忑，思索片刻后收好信径直跑向厂部。

厂部大楼很安静，不但上楼没碰到人，而且办公室几乎都关着门。到了竺厂长的办公室，只见门虚掩着，李阿牛站在门口听了一会儿，确认没人说话后，就放心叩响了门。

“进来。”

得到允许后，李阿牛推开了门。一眼看到竺厂长从藤椅上直起上身，正伸手拿桌上的黑边眼镜，李阿牛这才想到现在正是午休时间，不由得进退两难。

“小李，有事找我？”看到愣在门口的李阿牛，竺厂长似乎也有点意外。

“竺厂长，不好意思，我晚点再过来。”

看李阿牛虽嘴上这么说，可手上捏着一封信并没有后退的意思，竺厂长笑指对方：“你找我不是好事就是急事，你不说就走，反而让我休息不了。”说到这里，竺厂长重新摘下刚戴上的眼镜招了下手，“行了，快把信给我吧。”

一脸尴尬的李阿牛上前边递信边解释：“竺厂长，这是和我一起去延安的伙伴，现仍在第一兵工厂工作。他在南洋就学过铣床，还会使用刨床和钻床，不但懂机器制造，还会外语……”

竺厂长似乎对前面的话没兴趣，可听到这里目光迅疾从信上移开，打断李阿牛追问：“哪门外语？”

“英语。”

“若是俄语那多好了。”竺厂长自言自语后目光又从李阿牛脸上落到手中的信上。

李阿牛很理解竺厂长略微遗憾的表情，甚至懊恼自己当初在上海学的也是英语，而不是俄语。当然这种感受是调到沈阳工作后才有的，在延安时根本没这样的想法，相反英语还让自己露了把脸，交上了阳早这个朋友。可现在掌握英语似乎没什么大作用，随着中苏关系的迅猛发展，即便报名学习俄语的人大增，但翻译人才依旧紧缺。李阿牛开始为自己的小冲动有些懊恼，认为在给同学们和丁浩写信前，即便不好去打扰刘鼎副部长，更无法冒昧去找朱其文市长，那也应该提前请示竺厂长是否合理可行。如今丁浩已征求了领导意见并打了调动的申请报告，他的主动让自己彻底处于被动，假如沈阳根本没有接收的单位，岂不是会给丁浩造成大麻烦，届时自己如何收拾这烂摊子？李阿牛又有所侧重地介绍起丁浩的履历和成就，边说边紧张地盯着竺厂长的反应，却始终无法从波澜不惊的竺厂长表情里揣摩出丝毫信息。当竺厂长不紧不慢把信重新叠起时，李阿牛已紧张得手心也出了汗，期待接下来能听到好的结果。不料竺厂长没有表态，而是耐心地问道："刘鼎副部长是不是认识这个丁浩？"

"也是巧，我和丁浩第一天到第一兵工厂工作报到时，刚好碰到刘副部长也在。"担心竺厂长误认为丁浩不优秀，李阿牛没细说刘鼎副部长是来找自己去太行工业学校培养的。

"有没有成家？"

李阿牛马上接口："竺厂长，他还没找过对象。"

竺厂长点了一下头，终于表达了处理意见："信我留下，下午先让人事科了解一下情况，然后汇报给刘副部长，请他协调相关事宜。"

"谢谢，谢谢竺厂长。"李阿牛悬着的心终于落下一半，忙不迭地道谢。

"应该谢谢你的推荐。"看李阿牛张嘴欲接话，竺厂长把信往桌上一放，抢先说道，"那就这样？"

"好，竺厂长，那我先走了。"李阿牛知趣地退出房间，并重新虚掩上了门。

因急着想回信给丁浩，李阿牛下楼连隔三级台阶往下连跳，不料在一层楼梯拐弯处差点和迎面走来的人撞上，定睛一看是傅抱石。对方穿了件厂里发的土黄色坦克棉衣，腰上还是系着那根皮带。不等李阿牛开口，手拎一袋资料的傅抱石惊喜地叫了一声："老李！"

"哎呀，是老傅，真不好意思，走得急，差点撞了你。"

也许是第一次听有人称自己为"老傅"，傅抱石愣了一下，好在反应快，马上微笑地问道："才下楼？吃饭了吗？"

"我吃了饭才过来。"李阿牛暗自发笑，人事科的人怎么老是担心自己有没有吃饭，为了证实自己不是客气，李阿牛又主动说了来厂部的原因，"我是来找竺厂长推荐曾和我同在延安机器厂工作过的朋友。"

"他想调沈阳工作？"

看对方轻皱眉头，李阿牛马上解释："是我写信给他，希望他来沈阳和我一起工作，现在他已打了调动报告。"

傅抱石听完眉头拧得更紧，说道："沈阳工业基础比较好，现在想申请来沈阳建功立业的人很多。"

李阿牛暗自一惊，傅抱石在人事科工作，想必这话有依据，也难怪刚才竺厂长只是说了解情况后汇报给刘副部长，看来只有他同意才能促成此事。李阿牛不得不又为自己的莽撞行为解释起原因："我原以为沈阳急需人才，所以还写信动员当年太行工业学校的同学和一起到延安的朋友，可就这个朋友愿意来沈阳。"

"扑哧——"傅抱石突然反手捂着嘴角笑出了声，看李阿牛一头雾水望着自己，于是解释道："可能这是你参加中秋联欢会后的想法，只是现在形势变化太快，东北三省工业将进入大建设时期，很多外地人有迫切投入这项事业的抱负。早上我去了市里开会，喏，这就是刚领来的关于调入沈阳工作人员的相关规定。"

看傅抱石扬了扬手中的资料袋，李阿牛很想了解有什么样的规定，但作为一名党员，他清楚不该看的不能看，不该问的不能问，不该说的也不能说。可出于担心自己的邀请会让已开始申请调动的丁浩难堪，甚至影响到日后工作，想着竺厂长既然已答应下午会安排人事科了解丁浩，李阿牛于是咂巴了一下嘴唇，婉转地恳求道：“老傅，能不能帮我关心一下朋友？”

傅抱石重重点了一下头：“我定会尽力。”

傅抱石的表态让李阿牛甚是感动：“谢谢，太谢谢了。”

“你还没告诉我对方的姓名。”傅抱石笑着悄声提醒李阿牛。

自己居然说了半天连丁浩的情况都还没介绍清楚，李阿牛做了个鬼脸自嘲道：“年纪不大，怎么老是办糊涂事？老傅，他叫丁浩，单身，来自南洋，祖籍宁波，会英语，和我同年到的延安，分配在陕甘宁边区机器厂枪械修造部，现改名为第一兵工厂。这人不但懂设备制造，还在双拥工作中评为先进。”

等李阿牛一口气说完后，傅抱石随即应声：“好的，我记下了。”

“那就不耽误你了，谢谢！”李阿牛说完侧身让出道来。

“我还有事，就不送你了，慢走。”

李阿牛也朝对方挥了挥手：“再见！”

告别傅抱石走出厂部大楼，李阿牛心里坦然许多，他决定等有了好消息再给丁浩回信。

在刘鼎副部长的极力推荐下，朱其文市长亲自安排人对接，丁浩的工作调动进展颇为顺利。在和丁浩又来回两封信后，李阿牛终于收到丁浩拍来的电报，告知他将于2月14日上午抵达沈阳。

好不容易熬到2月13日，李阿牛提前向倪主任请了假。次日天还没亮，李阿牛把新买的毡绒帽子往胳肢窝一夹，就向火车南站赶去。虽然在沈阳已工作了四个多月，但这段路程除了来厂报到那天坐马车路过，李阿牛再也没有来过。记得当时来时，李阿牛穿的还是短袖，现在已是裹紧厚厚的棉袄，而且还把上面的风纪扣也扣得紧紧的，严实得灌不进一丝风。此时天已有曙色，放眼望去，沈阳马路、屋顶、树林、湖面，到处都是厚厚的积雪，似乎一切都被白雪所覆盖，一道道炊烟顺着老旧的屋子袅袅升起，勾勒出一幅硕大的动态水墨画。

这天李阿牛特意不去厂食堂吃早餐，而是到火车南站找到原先那家饮食店，点了两个吊炉饼，只是把上次的汤面换成了鸡蛋羹。李阿牛在厂食堂也吃过吊炉饼，可总觉得味道没有火车南站这家饮食店地道。当火热的吊炉饼和鸡蛋羹落肚后，李阿牛觉得浑身暖和，随手解开棉衣的风纪扣，舒坦的肠胃涌上一股热气，打了个响亮的饱嗝。

刚掀帘出饮食店，一阵冷风带着哨声直往脖子里面灌，李阿牛只好背着风先扣上风纪扣，再转身弓腰向火车南站出口处走去。路上行人并不多，但行色匆匆，踩得雪地吱吱作响，就像是辆加满油的车，带着发动机声响动力十足地向着目的地进发。李阿牛发现今天的火车南站不但插了红旗，而且挂上了大红灯笼，在雪白的世界中很是醒目。直等看到横幅上写着“欢度春节”的字样，他才想起再过两天就是除夕了。望着川流不息的陌生人群，李阿牛欣慰地笑出了声，庆幸自己过年有老朋友相陪。在李阿牛眼里，和丁浩早已不是简单的同事关系。两人自投奔延安途中相识，虽然自己因工作调动频繁，和丁浩相处时间并不长，可两人的关系一直很亲密。也因此，得知侠民叔牺牲的消息后，最想陪同的人就是丁浩。而丁浩似乎也把自己当成了好兄弟，无论公私，一有好消息就会找自己分享。不过在李阿牛的记忆中，丁浩似乎从来不提家人，也从来没有看到他和家人的书信往来，唯一提到过的一名亲人还是远亲的镇海鱼行丁老板。李阿牛曾试探询问过对方，可丁浩马上转移话题，似乎要隐瞒什么。李阿牛一度猜测丁浩也和自己一样是个孤儿，提及往事会让丁浩伤感，于是从此不再触及那根敏感的神经。

李阿牛漫不经心地边走边想，刚到出站口外站定，就听到身后有人叫他。扭头一看，只见不远处有个女孩穿了件黑色的呢子大衣，戴了顶羊剪绒棉帽，脸用围巾捂得严严实实，仅露出一对充满灵性的明亮眼睛。李阿牛立即转身甩开手臂快步迎了上去："呀，史冷霜，你怎么在这里？"

史冷霜瞄了一眼李阿牛夹在胳肢窝中的毡绒帽，不答反问："接人？"

"对。有个南洋朋友也从山西长治调到沈阳来工作了。"

史冷霜一脸诧异地追问："南洋朋友？"

"是的。他祖籍也是宁波，和我同时去的延安。"

史冷霜这下听明白了，大方伸出手："祝贺你在沈阳有了老乡加战友的革命同志。"

"谢谢！"

隔着手套握手之际，李阿牛乘机又问道："你也是来接人？"

"嗯。"史冷霜应声后松手解释，"这次寒假我有任务没法回家，我爸今天刚好来沈阳出差，所以这几天可以多陪陪我。"

李阿牛暗喜，上次分别还想找机会搞清楚史冷霜是哪里人，不料现成的机会来了，于是婉转地探问："你父亲也是坐这趟火车？"

“是转的，我家在射洪。”

“射洪？”李阿牛似乎有点印象，可又实在想不起这是哪儿的地名。

“在四川，是个县城。”

想到这个男人既然会借用古诗“霜降向人寒，轻冰渌水漫”给女儿取名，肯定是有文化的人，现在又出差这么远来办公事，估计还是位有文化的领导。李阿牛本想追问史冷霜的父亲是干什么的，可又觉得这样太唐突且无礼，于是跟着史冷霜的地名位置提醒，回想起曾看过的书就改口问道：“是不是陈子昂的家乡？”

“你读过他的诗？”史冷霜的眸子越发明亮起来。

李阿牛断定史冷霜很喜欢诗词，记得第一次碰面背诵李瑄卿会长撰的对联时，她也是露出一种遇知音的惊喜表情。李阿牛很想在史冷霜面前吟诵几首陈子昂的诗，可绞尽脑汁也想不起一首，甚至连两句也背诵不出，只能挠了挠头坦言：“诗没怎么读记，我只是看了些人物记。印象中，陈子昂希望帝王尊敬和信任有才能的人，向往那种举贤授能、人才解放的开明政治。”说到这里，李阿牛叹了口气感叹，“唉，如果陈子昂先生能生活在当下这个时代，那该多好。”

“陈家四代均为进士，是我们射洪人的骄傲。”史冷霜的眼神暗了些，接的话也牛头不对马嘴。

此时，远处传来火车进站前的长鸣声。李阿牛觉得自己虽读了些书，但在刚才这个话题上很难接话，更何况自己又不是想聊射洪这个小县城，也不是想聊陈子昂这个人物，只是想揭晓史冷霜出身及来历的谜，既然现已知道她出身四川射洪的知识分子家庭，就没必要也不好再细细追问过多，于是伸手指向驶来的火车，对史冷霜说："太好了，火车进站了。"

"我已经五个月没见到父亲了。"史冷霜说完踮起脚尖努力探望，即便根本看不到火车。

李阿牛也不再往里挤，而是陪史冷霜站在外围，有一句没一句地聊着。也不知过了多久，随着出站口通道终于出现到站乘客的身影，久候在外的接客人群立马骚动起来。这让李阿牛想起了十年前跟方液仙老板刚到上海的场景，当时也是这样的季节，也是天刚放亮不久，只是曾充斥双耳的惊喜招呼声、呵斥吵骂声、生意买卖声和揽活呼叫声，现在只剩下惊喜招呼声，也没有嘴里嚷嚷着借过，不时从人群空隙处乱钻的出站乘客。

此时，在工作人员的指挥下，接客的人群闪向两边，让出一条通道，就像筑起两道堤岸，让扛包提箱的乘客像湍急的江水顺流而去，一切显得是那样的有序。李阿牛正目不转睛地盯着人群，突然身边的史冷霜扬手使劲摇晃并大声喊道："爸爸，我在这里。"

顺着史冷霜招呼的方向望去，李阿牛看到三十步开外有个头戴褐色软呢帽，身穿灰色西装，配了条浅蓝色领带，脚蹬锃光瓦亮的皮鞋的中年男子也朝这边扬起了手，并明显加快了脚步。直等走到跟前，中年男子放下手中的行李，扶正玳瑁边眼镜后，按着女儿双肩，一边上上下下打量，一边说："冷霜，让爸爸好好看看，有没有瘦了？"

"好，让爸爸看得更清楚。"

可当史冷霜笑嘻嘻地拉下围巾，还没等取帽子，对方已急着阻止："不用，不用，我看清楚了，快围上，当心冷。"

"爸，我倒是觉得你穿太少了，沈阳可不是重庆，你得穿多点。”

史冷霜的父亲收回手，拉了拉西装的衣领，露出里面的皮坎，说：“我看上去穿得不多，其实可不少。你妈不但让我穿上了厚毛衣，连皮坎也穿上了。放心，暖和着呢。”说到这里，发现女儿边上的年轻人一直微笑地望着自己，他意识到此人不是路人，极有可能是女儿的男朋友，于是指了指李阿牛问女儿：“这位是——”

“爸，这是我认识不久的朋友，去年刚从延安调到沈阳，是个技术专家。”

李阿牛颔首伸手自我介绍道：“叔叔您好！我是沈阳化工厂油脂车间的技术员，叫李阿牛。”

“沈阳化工厂是家大企业，这么年轻就已是技术员，真是后生可畏呀！”史冷霜的父亲握完手又扶了扶眼镜，似乎要细细打量一番，嘴角的笑意已溢出了脸庞。

“叔叔，其实我很普通，今天也坐这趟火车来沈阳的朋友才真有本领，虽年纪和我差不多，但他早就是延安机器厂的技术能手。”

得知对方不是陪女儿来接自己的，史冷霜的父亲既失望又宽慰。失望的是眼前这个优秀年轻人并非女儿的男朋友，宽慰的是女儿好歹没有来个先斩后奏。他平和地问道：“你是来接朋友的？”

“对，今天我的朋友也调到沈阳来工作了。”

虽然李阿牛没有看出史冷霜的父亲的表情变化，但史冷霜已觉察到父亲误会了，本想接口解释，可脸一红反而不知该如何接话。就在她尴尬之际，突然有人挤上前叫道：“老李！”

李阿牛扭过头一把抱住了对方："老丁！"

丁浩推开对方，一拳打在李阿牛胸口："刚才没看到你，我还骂你怎么不来接我。"

李阿牛随手也回了对方一拳，收回时画圈一指："怎么可能不迎你这个大人物？你看，车站还为你插红旗、挂灯笼了。"

史冷霜的父亲听到这里皱了下眉头，弯腰提起行李，朝女儿递了个眼神："走吧。"

"嗯。"应声后，史冷霜扭头又和李阿牛打了个招呼，"李阿牛同志，我们先走了。"

"好，有空来我们厂玩。"说完，李阿牛又抬手向史冷霜父亲道别，"叔叔再见，祝您在沈阳一切顺利。"

史冷霜的父亲没接话，也没抬手回应，只是礼节性地点了下头就带女儿向外走去。等上了马车在车厢坐稳，他一脸肃穆地叮嘱女儿："冷霜，李阿牛这人不靠谱，千万不要同他多接触。"

史冷霜自然听得懂父亲所谓"多接触"的含义，就主动大方地申明："爸，我还小，现在正是学习的时候，再说我理想中的男孩可不是这个样子。"

父亲吁了一口气，舒心一笑后盯着女儿探问："告诉爸爸你理想中的男孩是什么样的？"

史冷霜手指父亲，一脸狡黠地回应："要像爸爸这个样子。"

"你这丫头又胡说了！"史冷霜父亲的语气好像在批评，可眉目间却传递出一种发自内心的喜悦。

马车车厢内已五个月没见的父女聊得很开心，火车南站出站口的李阿牛和丁浩也因别离一年多，就像是打通了的原油井一样，似乎有说不完的话。

“老李，你小子行啊，才来新地方不到半年，就搞上女朋友了。”

李阿牛脸一下子红到了耳根，抽出胳肢窝里的毡绒帽往丁浩头上一扣，说：“老丁，你啥眼神，我们只不过在这里接人碰巧遇上了，人家可是沈阳工学院的大学生。”

李阿牛的反应让丁浩更确信了自己的判断，他一脸不屑地说道：“别此地无银三百两了，谁说我们老革命不能找大学生，而且你好歹也是太行工业学校的高才生，别小看自己。我跟你说，别说是大学生，就是女博士你照样有资格娶回家！”

“真不是……”李阿牛哭笑不得，虽不知如何解释，但丁浩的说法听了心里很舒坦。记得到沈阳报到头天遇到的就是史冷霜，当天晚上睡不着就是因为想她。只是这四个多月一直忙于工作，没有再想起史冷霜，今天巧遇也算是上天注定有缘分。

“男子汉连这个也不敢承认，那还算什么男子汉？你别想来蒙我，我可是过来人。”

李阿牛听出了弦外之音，一把拉住丁浩胳膊：“你有女朋友了？”

“曾经。”丁浩漫不经心地简单答复后，推开李阿牛的手，平静地讲述来沈阳工作的主要原因。原来丁浩随刘贵福调到山西342厂后，便在长治本地找了个女朋友。两人刚相处了半个月，对方突然再也约不出来。经打听，原来对方父母托人给女儿介绍了一个军官。丁浩表面看上去很平静，马上不再纠结这段感情，可内心还是因失恋而产生挫败感，为此还一度影响到了工作，就在他冒出离开这座城市的想法时，恰巧收到李阿牛的来信，于是当即铁了心申请调往沈阳工作。不过在来沈阳前两天，丁浩说自己突然什么都想通了，现在就是想换个新地方开始新的生活。

丁浩的讲述让李阿牛既惊讶又庆幸，似乎他在讲述别人的失败爱情故事，既没有一丝眷恋，更没有一丝愤懑。

“你们怎么还不走？”直等火车南站工作人员过来提醒，李阿牛和丁浩才发现出站口早已空空荡荡，两人居然站在冰天雪地中丝毫没感到寒意。于是谢过工作人员，小跑到托运处取出行李，赶紧叫上马车，急匆匆地向沈阳化工厂赶去……

三　各遇伯乐

在李阿牛看来，无论是生活还是工作，在沈阳化工厂区域内，一切都在平静与激情中向前不断滚动。通过李阿牛的努力，油脂车间一些设备故障往往都能及时得到抢修并顺利投入运行，有的甚至提前排除了隐患。春节后，无论是“人民牌”香皂，还是甘油等产品，产量连续4个月刷新纪录。由于工作业绩突出，李阿牛被评为季度生产能手，并获得一包三两白糖的奖励。

和李阿牛一样，丁浩进厂后也没有分配在厂部，而是到机修车间当了名技术员。因丁浩有多年的机器制造和修理经验，所以很多设备故障一旦他出马，常常能够顺利排除。随着名声的传播，许多车间设备往往有了问题，习惯向机修车间点名要丁浩来处理，丁浩为此常常忙得顾不上吃饭。

这一年，国内不断传来好消息：人民解放军顺利解放了海南岛和万山群岛。同时，国际上也喜讯频传：在与苏联、保加利亚、罗马尼亚、匈牙利、朝鲜、捷克斯洛伐克、波兰、蒙古国和越南等11个人民民主国家建立外交关系后，1950年4月至1951年6月，中国又同印度、印度尼西亚、缅甸和巴基斯坦4个亚洲民族独立国家，以及瑞典、丹麦和瑞士3个欧洲国家建立外交关系，迈出了打破帝国主义遏制和孤立的重要一步；此外，因为中国与苏联在莫斯科签订了《中苏友好同盟互助条约》，苏联不但放弃了在中国的特权，并且全力援助中国工业建设。各种迹象表明，中国开始由落后的农业国向社会主义工业化国家迈进。

6月27日早上，李阿牛如往常一样，拿上饭碗到丁浩寝室门口，约他一起去厂食堂打饭。习惯把碗夹在胳肢窝的丁浩迈过门槛刚随手带上门，转过身随口问道："老李，想出离心泵密封环的改进方案了吗？"

原来前一天下午李阿牛在现场巡检时，有职工反映3号离心泵运行半小时后，会发生出口量自动下降的异常，检查反应罐没有抽空的现象，储存罐也没有冒顶的现象。因为不知道问题出在哪里，导致原本只需一个小时的启动运行时间，硬生生增加到一个半小时，既给努力增产造成了困难，又耗费了大量的电力。李阿牛上前查看这台离心泵，从轴承高速运转的声音中，基本判断是密封环出了问题。于是在这台泵停运后，临近下班的李阿牛又赶到这台离心泵前，用手背先测了一下轴承的温度，再握紧轴开始盘车。当手心传来几乎难以感受到的微颤时，李阿牛如同中医号脉确定了脉象，心里更有了底。虽然问题查明了，可要解决这个问题还是有较大的难度。李阿牛自然想到了请丁浩帮忙，于是径直到机修车间来找丁浩。不料当天丁浩正在抢修化工车间的釜盖，根本没有时间。李阿牛只得站在满手油污的丁浩边上，把情况大致说了一下，不料丁浩听后把脸埋进抬起的胳膊中，边抹热汗边回绝，说是以机修车间现有的条件，根本解决不了这个问题，好在还能维持运行，不像手中的釜盖，若三个小时内解决不好，会迫使化工车间停产一条生产线。不过丁浩随后也提议改进密封环来解决问题，让李阿牛先想个方案，约定第二天早上再协商。看化工车间事急，李阿牛只好回到车间独自琢磨可行方案，可想来想去，也只能请人加工新的密封环，而这个最佳人选非丁浩不可，现经丁浩催问，李阿牛自然边走边脱口答复："我估计是材料接触表面硬化处理并磨光没有做好，工作条件波动时无法保持密封性。"

丁浩打了个长长的呵欠，揉了揉眼角点头："我也是这样的看法。"

"那你抓紧帮我加工个合适的密封环。"

不料丁浩这回不但没点头，相反把头摇得像拨浪鼓："这是娘胎里带来的问题，你得想办法找厂家彻底解决。"

李阿牛听了心里很不爽，瞥了对方一眼怼道："老丁，按你这么说，那机修车间可以撤光人了……"

"嘘——"丁浩蓦然转过身，旋即把竖在嘴上的左手食指移指向架在头顶的广播喇叭。

广播正在播放中央人民广播电台的《首都报纸摘要》栏目，这个栏目虽开播才两个多月，但和报刊栏的《人民日报》一样，已成为大家获取信息的重要渠道。此时，播音员好像正在播送朝鲜共和国军队向韩国军队发起反攻的新闻。由于只是听了个尾，李阿牛等这条新闻播完瞪大了眼睛求证："朝鲜半岛打起来了？"

"应该是。"丁浩打量四周一眼，看广播喇叭下刚好有个中年人在练拳，就跑上前请教他刚才这则新闻的完整内容。不料中年人收起拳脚，茫然顺着丁浩手指的方向看了广播一眼，说自己什么也没听到。看丁浩无奈耸肩重新向食堂走去，李阿牛想起刚才被打断的话题，于是疾步赶上后说："老丁，你还没答复我离心泵问题什么时候给解决呢！”

“我不是说了吗，这事得想办法找厂家彻底解决。”

对于丁浩的又一次回绝，气不打一处来的李阿牛戛然止步，忍不住提高了嗓门：“那要你们机修车间有什么用？”

“唉——”丁浩也停了下来，面朝李阿牛先叹了口气，随后无奈地道出了苦衷，“不是我想推活不干，而是车间不但没有能加工的机床，甚至连能造密封环的含铬耐磨铸铁也没有。”

李阿牛愣住了，自己光想着有什么问题和该怎么解决，却忽视了有没有条件去解决。巧妇难为无米之炊，即便丁浩有解决问题的技能，但若没有条件，那也只能是爱莫能助。看对方充血的眼睛，李阿牛不知说什么好。丁浩似乎看出了朋友的尴尬，笑着说道：“如果咱们沈阳化工厂早两年像鞍钢那样号召市民，现在不少问题就好解决了。”

李阿牛越听越糊涂，既然市民能解决，那现在号召不也一样吗？于是一脸困惑地问道：“鞍钢号召什么？”

这下反而让丁浩有点惊讶：“你不知道？”

“不知道。”李阿牛摇了摇头。

“在鞍钢职工总会筹委会刚刚成立时，第一件事就是号召职工们献交器材，同时鞍山市政府也发出号召，鼓动全市人民为鞍钢复工献交器材。这项活动得到热心市民积极响应，35 天内鞍钢没花一分钱，累计收到上千种共计 21 万多件设备和器材。就连自愿留在中国的日本专家，也参加了献交的活动。”

经丁浩一提，李阿牛想起了当时的新闻，接口说道：“我想起来了，是有这事。记得那个负责技术的日本专家事后感叹，以前从来都是个人把厂里的东西往自己家拿，哪有工人往厂里送东西的？有了这些设备，鞍钢恢复生产可以加快十年！”

“现在市民就算还是有心支援厂，可手头还真没了什么能献交的。”

李阿牛明白了丁浩刚才那话的用意，可不知如何接话，也就只能遗憾地点了点头。

丁浩拍了拍李阿牛的肩膀，爽快地说道：“走，肚子都饿得咕咕叫了，你就中午在食堂等我的好消息吧！”

好消息？联想到刚才丁浩见面就随口问离心泵密封环的改进方案，李阿牛猜对方已有办法，于是就半推半就地向前走去。

整个上午，李阿牛无论是开会还是现场检查，满脑子都是丁浩会如何解决机泵密封环问题。上午下班铃声刚过，李阿牛马上拎上两个搪瓷碗直奔食堂。可一直等吃完饭菜，依然没有看到丁浩来食堂。

居然放鸽子！本就急着想解决问题的李阿牛顿时恼起火来，决定等一下去机修车间找丁浩。出食堂刚在水池洗好碗，突然传来丁浩的叫声：“老李，快把碗借我用一下。”

李阿牛扭头一看，只见丁浩满头大汗径直朝自己快步走来，明明是来食堂，可这家伙胳肢窝空空荡荡，相反身上背了个沉甸甸的帆布包。李阿牛没好气地问道：“你自己的碗呢？”

丁浩上来一把夺过李阿牛手中的碗，把肩上的包往李阿牛这边一斜，说：“刚从三机厂（沈阳第三机床厂）回来，还没来得及去车间呢。”

李阿牛心一动，一手接过对方的帆布包，一手从口袋摸出饭菜票递了过去：“带上。”

“嗯，今天该吃你的。”

这下李阿牛越发相信自己的判断，这帆布包内装的肯定是加工密封环所需的。可是还不等他发问求证，丁浩已转身小跑着进了食堂。李阿牛只好再次走进食堂，选了一张靠边的空桌坐下。丁浩打完饭菜看到朝自己招手的李阿牛后，就端着碗来到桌前。

“好消息呢？”

丁浩并不急着回答，用手背在额头抹了一把汗后，夹了两筷子醋熘白菜往白米饭上一盖，随即就往嘴里扒拉。李阿牛正要调侃丁浩，只见傅抱石径直朝自己走了过来。

“李阿牛同志，高科长让你下午一上班就去他办公室。对了，刚才我碰到倪主任时已打过招呼。”

李阿牛有点诧异，人事科长找自己会有什么事？自己报到手续都办半年多了，不可能还有什么手续不全的事吧。李阿牛脱口问道：“什么事？”

“不知道，高科长只是让我通知你。”

李阿牛刚问完已暗自后悔，怎么能打听人事工作上的事，即便傅抱石清楚，那也不可能告诉自己。但说出口的话又收不回来，只能在尴尬中想办法弥补，好在这时已停下筷的丁浩吞咽嘴里的食物后，热情打招呼：“抱石同志，吃饭了吗？坐。”

“我吃了，你们聊，我先走了。”傅抱石说完莞尔而笑，挥手告别。

李阿牛如释重负，也起身和丁浩同时挥手相送：“再见！”

“再见！”丁浩的语气似乎意犹未尽。

两人重新坐下后，丁浩又埋头扒拉起饭菜，只是速度和量明显小了。李阿牛刚想催问，不料丁浩瞥了一眼快走出食堂的傅抱石，抢先嘟囔着嘴说道：“她对你有那个意思。”

“别乱说。”李阿牛紧张地看了看四周，好在此时食堂只有零星几个人，或是闷头吃饭，或是饭后正在谈事，没有人注意到这里。

“我是过来人，看得出。”丁浩说完嘴含筷子盯着李阿牛，李阿牛本想回盯对方，可不知什么原因，脸一下子红了。丁浩狡黠一笑，旋即又埋头快速扒拉起饭菜。

又气又好笑的李阿牛接不上话，干脆带着情绪顶了对方一句：“我倒是看出你对她有点意思。”

“老实说，我还真对咱们的抱石同志有意思。可爱情这东西很奇妙，往往是有心栽花花不开，无心插柳柳成荫。”

对于丁浩的“坦白”，李阿牛惊得瞪大眼睛看着对方，几乎忘了为什么事找丁浩。丁浩见怪不怪地把最后一些饭拨进菜碗，端起碗用筷子把碗扒得底朝天。等放下碗筷，刚打了个饱嗝，又伸着手臂长长打了个呵欠。只见他揉了揉充满血丝的双眼，平静地说道：“我本想到新地方尽快找一个对象，彻底忘记过去，既然在化工厂有点难度，不如干脆再换个地方试试。”

联想刚才见面时的对话，李阿牛前倾上身探问：“你难道又要调动？”

“老李，我可能要去三机厂工作了。”

虽然证实了自己的猜想，可李阿牛还是愣得如被定了身。丁浩到沈阳化工厂才四个月，怎么又想着调动工作？不过他现在最关心的还是急需解决的3号离心泵故障，于是挠了挠头皮，等回过神直接追问：“你说的好消息呢？”

“这就是呀。今天我去三机厂，刚好他们程厂长来机床检查，看到我的操作后，马上问我是哪里的，并说要想办法调我过去。”

李阿牛这下更急了，如果丁浩真调走了，那不光现在这个密封环问题没人帮着解决，而且日后再遇到问题，估计一时找不到像丁浩这样有能力的人。因为着急，李阿牛于是拉着脸责问：“你答应中午解决离心泵的问题，怎么说话不算数？”

“谁说我说话不算数？！”丁浩说完拉过放在桌上的帆布包，从里面翻出一个用布包着的东西，往李阿牛那边一推，赌气说道：“打开。”

李阿牛利索地打开布包，里面果真是只刚加工完的密封环，环面锃亮发光，显示出非常精湛的磨光技术。李阿牛惊喜地抬起头盯着丁浩追问：“一个早上就做出来了？”

丁浩不答，双手朝李阿牛那边一摊，手掌创口与裂纹触目惊心。李阿牛不好意思地赔着笑脸劝说对方：“老丁，你还是留在化工厂吧，这里的女工可比机器厂要多不少，机会肯定多些。”

“我算是看清了，在石油化工厂，我技术再好也只能当配角。”道明原因后，丁浩刻意上身倾向李阿牛小声说道，“其实你也一样，不管多优秀，在这里你注定成不了主角。”

“我可没有这样的想法，只要工厂生产好，我一样有成就感。”

丁浩觉得有必要帮朋友再点明：“我们国家现在太缺机器了。如果要想搞好经济，必须加大机器的制造。如果朝鲜真的打起来，那机器厂的生产任务更需日夜加班突击去完成。所以说，机器厂才是我们施展才华的大天地，能赢得社会各界的关注，到时候不是我们费时费神去找姑娘，而是姑娘争着要嫁给我们。”

李阿牛听了又好气又好笑，没想到丁浩这家伙居然脸皮这么厚，什么姑娘争着要嫁给我们，只怕他是猪八戒想媳妇——一厢情愿。不过李阿牛不好意思提这样的话题，于是纠正着驳斥对方：“你这太片面了，石油化工在战争中的重要作用你又不是不知道。”

丁浩觉得没有必要再谈下去，看食堂的职工已开始打扫卫生，于是收起布包拿上碗：“走吧，今天我有点困，中午想回车间睡一会儿。”

李阿牛小心地把密封环重新用布包起来，跟着丁浩出了食堂。丁浩把碗洗净甩干水后，边递给李阿牛边说：“等那台泵停运，马上通知我，我带人过来更换密封环。”

李阿牛由于手捧着密封环，只好学丁浩把碗往胳肢窝处一夹，愉快地应声道：“好！”

看丁浩转身要回车间，李阿牛又不放心地跟上追问：“那你打定主意要走？”

“嗯。”丁浩应声后环视一圈，停下脚步叮嘱李阿牛，“先不要和别人说，我等三机厂来调令。”

“能不能留下？当配角不一定不好，而且我也相信你肯定会在这里找到对象，要不我和傅抱石去说……”

对于李阿牛从驳斥改为认同自己观点后的苦口婆心劝说，丁浩不但没有丝毫的感动，相反当即摇手粗暴地打断：“千万别做这种蠢事。你不接受傅抱石是你的事，但不能给她去说媒，人家既不可能接受，又会把我们的关系搞得糟糕。”说到这里，丁浩耸肩冲李阿牛坏坏一笑，“我看你还是顺水推舟接受了吧。”

李阿牛脸又一红，急忙争辩：“你不要乱说。”

“算了，不讨论这个话题了。”丁浩连摆两下手，显得有点不耐烦。

“我真舍不得你离开这里。”

“老李，记得在延安时，我常请教你一些问题。可现在好像我成熟不少，你却还在原地转圈，甚至是倒退。”

李阿牛听了不是滋味，问：“老丁，你指什么？”

“早上听了广播后，你有什么想法？”

“你是说朝鲜要发起反攻？”

“嗯。”丁浩简单应了一声，可两只眼睛像雷达一样紧盯李阿牛，似乎要把对方的反问搞成自问自答。

到沈阳化工厂后，李阿牛始终全身心扑在生产上。前一天离心泵出现问题后，他更是满脑子想着如何尽快解决，对突如其来的国际时局变化，还真没考虑过。所以，李阿牛如实说道：“我还真没想过。”

“人无远虑必有近忧。国家也一样，考虑不长远，必有灾难。现在我们新中国即将面临一次大考！”

李阿牛心想，朝鲜的军事实力强韩国不少，反攻韩国应该有很大的把握。况且这是朝鲜的事，和我们中国又有什么关系？李阿牛觉得丁浩即便不是杞人忧天，那至少也是危言耸听。考虑到丁浩一早忙着帮自己解决密封环的事，下午又要来装置现场处理，李阿牛觉得此时该让他多休息，而不是为这种话题再争辩耗神，于是平和地虚应了一声：“哦。”

丁浩似乎并不领李阿牛的好意，继续发表自己的观点：“美帝必会插手，并有可能将战火引到我国边境。”

“那我们该怎么办？”对于丁浩的分析，李阿牛倒觉得并非危言耸听，反而有种刨根问底的欲望。

“唇亡齿寒，户破堂危。”

即便丁浩没有直接道明，李阿牛还是暗自吃了一惊，不甘心地追问：“你的意思是……”

“中央政府肯定会迎头痛击来犯的敌人！”

“现在台湾和西藏还没解放，而且西南地区剿匪还在推进中，东北可是中国的重工业基地，希望不要有战事。”

丁浩对李阿牛祈求的语气很是不满，歪着嘴角反驳：“想不受别人欺侮，只能让自己强大到别人不敢偷窥。如果弱小，最怕别人攻击的地方，反而越容易被攻击。”

李阿牛觉得这个话题太过沉重，加之自己还没思考过，与丁浩的对话明显处于被动状态，甚至比刚才丁浩说自己和傅抱石还要尴尬。于是李阿牛迅速转换话题，提前招呼道：“老丁，今天全靠你了，不到半天就搞定了密封环，以后遇到这样的困难，我还真只能再麻烦你。”

“不到半天？”丁浩嗤了下鼻，歪脖瞪眼抱怨道，“昨天下班我就向主任报告今天去三机厂加工密封环，因为我知道全市能有这样加工设备和材料的工厂不会超过两家。”

李阿牛暗自摸了摸手中用布包着的密封环，由衷说道：“就算你一上班就去，能做成这样，那也算是奇迹。”

“不，我是昨天晚上就去了三机厂。托那里认识的技术干部连夜选好材料，一直干到凌晨三点多才做好毛坯。之后精加工打磨，又花了我半天时间。”

“啊！”李阿牛这才明白丁浩为什么眼睛充满了血丝，而且呵欠连天。

“你应该也清楚，密封环决定机械密封的使用性能和寿命。目前，我们许多的机泵静止状态下问题不大，但随着运行介质压力、温度和流速等的影响，往往会出现内漏，导致流量下降。”说到这里，丁浩停顿了一下，伸手用力拍了拍李阿牛的肩，“不过娘胎里带来的问题，我们还得想办法联系生产泵的工厂，只有从源头上协助他们解决问题，才不会影响到日后的使用。”

“对。”李阿牛这下终于明白此前丁浩两次强调找生产厂解决的本意。

丁浩又打了个呵欠，等伸完长长的懒腰后，说：“我得抓紧时间补个觉，以后再聊。”

“好，快去睡。”李阿牛歉意地拍了拍对方的肩。

当天中午李阿牛回到办公室没再像以往一样看生产流程图或设备图纸，而是坐在椅子上回味刚才丁浩对自己的一句评价——自己真是在原地转圈，甚至是倒退吗？这话听起来似乎过于片面，却又一针见血。的确，现在自己似乎除了精心耕耘眼前这一亩三分地，还真没有想过边界外更大的世界。也不知过了多久，倪立坚突然兴冲冲地走了进来，看到望着窗外发愣的李阿牛，当即放开大嗓门：“小专家，中午去哪里了？人事科通知你下午上班过去一趟。”

回过神来的李阿牛起身后并没有急着出办公室，而是拿起桌上的密封环解释道：“倪主任，我托机修车间的丁浩给 3 号离心泵做了密封环，中午就和他在一起。下午停泵后，我们可通知他带人来更换密封环。”

“好！不错！这手艺肯定有八级！”倪立坚接过密封环瞄了一眼，旋即赞不绝口。

见已交代清楚，李阿牛这才请示道：“倪主任，那我现在就去高科长办公室？”

倪立坚伸手推了一把李阿牛："快去，别再磨蹭！更换密封环我会另安排人配合丁浩他们。"

看离上班时间已不多，李阿牛就加快脚步向厂部赶去。

高峰似乎在专等李阿牛，才让对方坐下，就开门见山地说道："李阿牛同志，组织准备安排你去高校学习，你有没有什么困难？"

对于厂部的安排，李阿牛很是诧异，不答反问："学习？"

"对，学俄语。"

"高科长，我原本虽懂点英语，可俄语没有一点基础。"李阿牛觉得有必要说明自己的情况。

"就是因为你不会，我们才特地安排你去学习。现在我们国内社会日趋稳定，并和苏联签订了《中苏友好同盟互助条约》，这为大规模学习苏联展开经济建设奠定了基础。可目前，不光我们沈阳紧缺会俄语又懂工业生产和设备制造的人才，全国也一样。所以组织上经过讨论，决定让你脱产五个月到沈阳工学院，参加第一期俄语培训班。"

一听到"沈阳工学院"，李阿牛脑海马上浮现出史冷霜那双明亮的眼睛，而且巧的是她学的就是俄语。能和史冷霜在一个地方相处五个月，同学一门外语，这让李阿牛立马有了几分憧憬。

"嗯？有困难还是有什么想法？"

听到高峰再次发问后，李阿牛连连摇手表态："没有，没有。我一定好好学习，不辜负组织的安排。"

"李阿牛同志，这可不是一个态度问题就能解决，你必须在五个月时间中掌握俄语，确保看得懂俄文图纸、用得了俄语交流。可以提前告知你，我国已与苏联就工业援助和贷款问题达成基本合作框架，全面推进工业化建设将会以席卷全中国的气势展开。”

高峰提醒式的交底让李阿牛回忆起自己向竺厂长推荐丁浩时，对方那句“若是俄语那多好了”的遗憾感叹。他暗自下决心，一定要学好俄语。也因为有了这样的内心想法，语气瞬时变得底气十足：“请组织放心，我一定学成俄语报效工厂！”

“你现在有技术，如果能再懂俄语，日后肯定会有更大的平台，必定能干出一番大事业。”

更大的平台？李阿牛觉得高峰话中有话，可这究竟是指从车间调到厂部，还是调离化工厂去其他地方？由于不能追问，李阿牛只能顺着话题继续表态：“高科长，无论在哪个岗位，我都会努力工作。”

高峰点头后边起身边说：“跟我去竺厂长办公室。”

李阿牛想这么大的事应该是竺厂长的安排，也必定亲自找自己提要求，就推椅起身尾随高峰上楼。听了高峰汇报后，竺厂长笑眯眯地看着李阿牛说道：“小李，你虽然到化工厂不到一年，但组织上对你的能力很是满意。这次省委也就给了沈阳 10 个名额，经厂党委讨论，我们一致推荐你去。”

“整个厂就一个名额。”等竺厂长说完，高峰又特意强调了一句。

李阿牛有些感动，挺直上身向竺厂长表态：“谢谢党委和竺厂长的信任，我一定学好俄语报效工厂！”

“是报效祖国！”

对于竺厂长的纠正，再想到刚才高峰科长对自己这句类似话的回应，李阿牛判断自己极可能会调离化工厂。唉！真不知道究竟是丁浩先调，还是自己先动。

结束谈话回到车间，刚好赶上丁浩接到倪立坚通知带人来换密封环。看到维修后的 3 号离心泵试运一切正常，李阿牛终于放下心来。

下班前，李阿牛借了辆自行车，约丁浩到河边上新开的一家饮食店吃饭。端齐买的饭菜坐定后，丁浩乘对方倒酒之机，指了指桌上的菜笑问："老李，你这是想犒劳我这个有功之人？"

"算是吧。"

不料丁浩却不买账，手一摆："那可不成，你又不是我领导。"

"那就算暂别饯行？"

"我这事八字才一撇，不能算。"丁浩说完，胳膊向前一移，上身向李阿牛这边倾斜，压低了声叮嘱："说好了，你得替我保密。"

李阿牛开始边给自己倒酒，边允诺："放心，我一定严守秘密。"

丁浩继续不依不饶："那你今天这顿饭名头是啥？"

李阿牛放下酒瓶，笑着反问："不是说暂别吗？"

"我不是说才……"丁浩气得斜眼拧眉一时说不出话来。

李阿牛收起笑容拿起酒杯，朝对方一敬，说："老丁，下午人事科高科长找我谈话了。"

"对，中午傅抱石来找过你。"丁浩边说边也举起酒杯，刚碰完杯，突然反应过来，"难不成你要调走？"

李阿牛不急不忙抿了一口酒，放下杯子摇着头强调："我说是暂别，不是送别。"

“让你去进修？”

李阿牛暗自为丁浩的强大推理能力叹服，抬眼看对方举起的酒杯没喝一口又重新放下，眼神中闪过一丝失落。李阿牛是明白人，故意轻描淡写地说道：“谈不上进修，只是让我去沈阳工学院学五个月的俄语。”

的确，当刚才说出李阿牛要去进修的猜测后，丁浩的内心像是打翻了的调味瓶，五味杂陈——自己的技术水平在业内可以算是数一数二的，无论年龄还是资历，完全可以和李阿牛平起平坐，可就是影响力不如李阿牛。如果说自己的设备设计水平比不上李阿牛，那在机器操作水平上，在设备维修上，绝对要比李阿牛略胜一筹。这次3号离心泵不正常，即使李阿牛能正确判断是密封环出了问题，可他根本解决不了。这就好比是医生诊断出病人的病症，可既无法根除病症，甚至对控制病情也是束手无策，那这样的诊断有什么意义？那个密封环问题李阿牛最终还不是只能缠着自己去解决！三机厂的程厂长也见证了自己的能力，说整个厂找不出第二个像自己这样的能手。这机器操作水平可不是花时间就能练成的，还得具备一定的天赋，不然精度注定达不到高标准。如今的局面让丁浩又回想起当年到延安的场景。记得当初结束培训刚到枪械修造部报到，半路突然杀出个刘鼎，带李阿牛去了太行工业学校进修，硬生生让他回来成了领导。如果这次李阿牛再进修，那势必又将拉开两人的差距。现在看来，李阿牛一路走得这么顺，其实刘鼎这个后台起到了关键的作用，也怪不得李阿牛千方百计要来沈阳，其实还不是为了追随权力越来越大的刘鼎。唉，自己日后也得寻机会找个靠山，不然即便有像孙悟空的一身通天本领，最后也只能混个弼马温。可自己目前在沈阳不但举目无亲，连熟悉的人也不多，好在这次三机厂的程厂长非常赏识自己，那就日后追随他，即便程厂长的权力比不上刘鼎，但小舢板总比在浪中裸泳强。想到程厂长的名字，丁浩差点笑出声。程崎灿，看来真的是自己日后上天注定的靠山，而且是左右对称的两座山，只等自己这个奇兵一出，定能火红。为了掩饰自己的想法，丁浩干脆松开捏了半天的酒杯，放开笑声故意调侃："沈阳工学院？这下你可以有机会去会火车南站遇到的那个女学生了吧？"

李阿牛的脸"腾"的一下就红了，不过这次的红脸不同于中午丁浩说傅抱石对自己有意思，好比是被人偷窥到心思和被人冤枉的差别。也正因为确有这样的想法，李阿牛辩解起来显得很无力，甚至结巴起来："我可是……真去学习的……你……"

丁浩这下更明白了，笑声也就越发放肆："哈哈，你小子还不承认嘴硬，可眼睛早就出卖了你。没事，大胆去追，把窗户纸给捅破。老李，我们可都25岁了，早就该找对象了。若是我在山西的对象不吹，这会儿也该当上爸爸了。"

"老丁，我……我其实……才20岁。"李阿牛不但说话仍结巴，而且声音压得很低。

丁浩愣了片刻，旋即明白了过来。怪不得这家伙刚到延安时个子小得特别显眼，原来那时他才12岁！对于李阿牛自曝的私密，丁浩越发感到不是滋味，终于重新拿起酒杯抿了口酒，可醇厚的酒味并不能滋润干燥的嗓子，相反还有点灼烈感。他舔了一下嘴唇，咽下口水后，边用筷子拨弄面前的炒三丝，边也压低了声音询问："为什么要虚加5岁？"

"担心延安不接收我。"

“噢。”丁浩点了一下头，旋即又把话题回到刚才，“那也是该找对象了。”

李阿牛刚淡下的脸又红了，但这次他不再回避，而是积极回应：“好，等我好消息。”

看李阿牛又举起杯要碰，丁浩手一挡，一脸严肃地叮嘱道：“对了，你可不能脚踏两条船。”

“脚踏两条船？”李阿牛一时没反应过来。

“老……老李，你得把傅抱石让给我。”丁浩结巴并不是不好意思开口，而是本想知道对方年龄从此改口叫小李，可一时觉得不妥且不习惯，只好还是按原来的称呼。

对于丁浩的要求，李阿牛简直是哭笑不得，自己哪有权力做这个决定？他只好把酒杯换到左手，举起右手小臂郑重声明：“老丁，我对她真没那个意思。”

“那就好，日后我若追到手，可不是抢了你的。”

丁浩的提前声明让气氛一下子更活跃起来，如释重负的李阿牛顺势把酒杯又向前伸了伸：“那我就提前祝老丁抱得抱石归。”

李阿牛拗口的调侃却让丁浩的心蓦然一动，程崎灿、傅抱石，这两人名中山石相连。若外有靠山，内有磐石，日后肯定出人头地、飞黄腾达。无论是不是冥冥之中注定，自己都必须竭尽全力去争取与这两人的缘分。

两个瓷杯在空中发出悦耳的碰撞声，丁浩这次把杯中的酒喝了个底朝天。当酒顺着喉咙下滑，如声势浩荡的兵马直抵胸怀，旋即又像是被点燃了一把火，火苗向上直蹿。可喉咙处传来的不再仅是热辣的烧灼，还有沁人心脾的芬芳馥郁，让他觉得酣畅淋漓。

次日一早，丁浩先是特意留心听了广播，而中午看到当天的《人民日报》时，即便有心理上的准备，还是被头版占据三分之二以上篇幅报道朝鲜战争的消息所震撼，在读完《朝鲜人民为击退进犯者而奋斗》的社论后，他既为自己对新中国即将面临一次大考的正确猜测而得意，也更坚定了自己调入三机厂的信念。过往战争岁月的经验告诉他，一旦战争爆发，国家定要比以往更加迫切地通过制造来提升国力和战斗力。丁浩暗暗为自己鼓劲：暴风雨就要来了，但报效国家建功立业的机会也随之到了！

同在一个厂上班的李阿牛也开始“分”起了心，开始比以往更关注新闻。坊间传言美国不但武装干涉朝鲜战争，还命令第7舰队进入台湾海峡，朝鲜战争似乎有扩大为大规模战争的可能。李阿牛暗暗为国家祈祷：新中国成立还不到一年，工业化建设才真正开始起步，希望百废待兴的中国别再受苦难。

四　曲折情感

李阿牛发现，从6月27日起，朝鲜战事已成为《人民日报》国际新闻栏目的主要报道内容。战争初期朝鲜人民军的南进兵团所向披靡，势如破竹。南朝鲜则兵败如山倒，节节败退。7月20日一篇署名为“本报朝鲜战地特派记者报道”的《人民军宽大对待美俘，美俘已在反对美国侵略朝鲜》新闻，更是让李阿牛判断战争即将结束。

立秋这天，丁浩终于接到盼望已久的调令，如愿去了沈阳第三机床厂报到。让丁浩遗憾的是，虽然花费不少心思追求傅抱石，可对方根本不给自己任何机会。理性的丁浩又像对待上一段感情一样，迅速放弃了。丁浩知道，迷恋求而不得的爱情，不但会痛苦自己，更会让对方越发看不起，所以他打定了主意，宁可让李阿牛的“抱得抱石归”未能遂愿，也不能让别人笑话。

送丁浩上车离开后，望着人来人往的路面，一股难以名状的失落与伤感蓦然涌上李阿牛的心头。他也将在月底暂离沈阳化工厂，也不知日后还能不能和丁浩再在一起工作。其实李阿牛明白，这已不是简单的工作配合的需要，而是一种情感的需求。李阿牛觉得自己和丁浩虽然成长于不同的地方，可双方不但有着宁波地域文化的血统，而且同样以孤儿的身份投奔延安，两人应该要像刘备和张飞一样，结义同心，上报国家，下安黎庶。李阿牛打定了主意，或许接下来的学习任务会很重，但即便没有时间和同样忙碌的丁浩面叙，也要通过电话和写信让这份友谊长久下去。

回到车间，同办公室的许国告诉李阿牛，刚才人事科的高峰科长来找过他。李阿牛忙问什么事，许国表示对方只是说让李阿牛回车间后到他办公室去一趟。李阿牛谢过后，拿起水缸倒了杯凉开水，一口气喝完后，疾步向厂部大楼走去。

高峰热情招呼李阿牛坐下后，马上递来两份东西，说：“李阿牛同志，所有手续都办好了，30 日早上你就去沈阳工学院报到。”

李阿牛接过一看，是沈阳工学院的录取报到通知书和介绍信，顿时眼角蓄起满满笑意，不但窗外吹来的风让他闻出甜味，甚至浑身的汗毛都在欢畅地跳动。想到自己刚才让高科长白跑了一趟，李阿牛抬头带着歉意说道：“麻烦高科长了，谢谢！”

“像这样的事越多越好，我们绝对不会觉得麻烦。包括竺厂长等领导，都希望你能抓住机会，好好学习，不要辜负组织的培养。”

李阿牛发自内心答道：“我一定好好学习。”

“有什么困难尽管和小傅说，我们会想办法。”

无论是自己之前到厂报到和这次学习，还是为了能调丁浩来厂，自己已给傅抱石添过麻烦，怎么好意思再添麻烦，于是李阿牛接过话由衷地表态：“没困难，就算有困难，我也一定会克服。”

高峰听了却摇了摇手："不要见外，有困难就应该找组织嘛。你不方便和我说，但你们年轻人之间应该没什么障碍吧？对小傅不会有意见吧？"

看对方说完后右胳膊往桌上一压，斜倾上身笑盯着自己似乎在等回应，李阿牛急忙连连摇手："没有，没有。傅抱石同志真的很好。"

高峰重新直起上身，拉开抽屉，从里面取出一张票，双指压票推到李阿牛面前，说："这是周日晚上的票，趁还没去学校报到，去放松一下。"

自前一年参加沈阳市政府的中秋大联欢后，李阿牛近一年来也参加过不少的活动。有的是在市政府，有的是在广场，有的是在电影院。近期活动更是不少，如前一个月中共沈阳市委开展的"保卫世界和平"运动，李阿牛和全厂职工步行到中山公园广场参加了签名声援活动。现在听高科长这么一说，李阿牛猜想是场电影或慰问演出，就诚恳地说道："高科长，我还是留在厂里上班吧。马上要离厂五个月，希望这段时间能为厂里再多做点事。"

不料高峰又摇起了手："知道你是出了名的孺子牛，可我们也要关心你们这些孺子牛，把你们的事办好了，同样也是在为国家做工作。"

话说到这一步，李阿牛自然不能再拒绝高科长的好意，于是起身谢过，把票收进了口袋。

也许是有了更大的精神动力，李阿牛更加全身心地投入工作。无论是倪主任还是一线操作工人，对李阿牛的好评与日俱增。其间，李阿牛和丁浩通了几次电话，并往来了一次书信。丁浩对新的工作非常满意，这让李阿牛宽心许多，同时暗自祈祷丁浩这次能扎下根，不用再飘零。

8月20日傍晚，李阿牛忙完一天的工作后，匆匆赶到食堂吃好饭，到寝室换好衣服就去了电影院。到影院看了海报，才知道这天放映的是由上海人民艺术剧院与文华影片公司出品的《思想问题》。看时间不早，李阿牛就随人流验票进了影院。此时，影院里面已有不少人，回音很大，加上顶上"嗡嗡"作响的吊扇，嘈杂得有点像装置的开工。李阿牛刚找到座位号坐下，余光看到一个穿布拉吉裙的女孩也沿着过道挤了进来，并在旁边的空位坐了下来，扭头一看——咦，怎么是傅抱石？傅抱石似乎并不意外，大大方方微笑着冲李阿牛打了个招呼："你好，老李。"

想着《思想问题》影片内容该和组织工作有关，李阿牛猜这一观影活动可能是上面组织的活动，两人只是恰巧分坐在了一起，于是欠了欠上身，礼貌回道："老傅，吃饭了吗？"

傅抱石没作答，而是从包里拿出一颗糖果递给李阿牛："给。"

李阿牛虽然伸手接了，但表情甚是尴尬，自己啥也没带，拿什么回赠对方？他后悔没有早点了解今天的活动和周边有谁。可能是因为浑身不自在，李阿牛连剥糖纸也极不利索，弄了半天愣是没剥开。

"给。"又是一声给，这次是傅抱石把剥开的一颗糖递过来。这下李阿牛更加狼狈不堪，接糖时脸色涨红得像猪肝，就像一个小偷拿了不该拿的东西，生怕周边人发现。好在影院这时刚好熄灯，随着全场漆黑一片，整个影院瞬间静下来，所有人都把注意力集中在闪亮的屏幕上。李阿牛把糖塞入嘴时，顺手悄悄抹了一把汗。

李阿牛不知什么时候又吃完了手中的那颗糖，更不知两颗糖是什么滋味，好在他把电影看完整并记了下来。影片说的是上海解放后，许多知识分子进入华东人民革命大学，进行为期三个多月的学习改造。在中国共产党的帮助下，终于树立起革命的人生观，变成新人。

当再次亮起灯时，影院瞬间又喧闹起来，李阿牛跟着傅抱石沿过道鱼贯向外走去。走出影院，李阿牛感觉呼吸一下子顺畅起来。夜色下的沈阳非常迷人，徐徐吹来的东南风已略有凉爽之意，褪去了白昼的暑热。

“老李，喜欢这部电影吗？”傅抱石边走边问。

联想这部电影讲的是知识分子到大学学习，虽然自己不是学习改造，而是学习提升，但毕竟摸不准人事科为什么安排自己看这部电影，更不清楚傅抱石想了解什么，所以李阿牛只是简单地应了一声：“嗯。”

“我觉得没拍好，太夸张了。”

即便李阿牛也有这样的观点，可从一个做人事工作的人嘴里把话说出来，还是让他感到颇为惊讶。李阿牛侧过脸看着对方追问：“夸张？”

傅抱石不答反问：“你觉得三个多月的时间可能改变一个人的人生观吗？”

想起过去在上海方液仙处所经历的事，以及两次与日军交战时颜怀信营长、吴剑英同学牺牲的场景对自己的影响，李阿牛很想肯定答复，但为了给对方面子，出口的话就变得婉转起来：“我不敢确定。”

“其实大学充其量只能帮我们增长知识、拓宽视野，不但很难改变一个人的人生观，相反还会因有了知识而更稳固原有的人生观。一个人往往是在参加工作后，在融入社会发展进程中，才能实现人生观的变化或转折，并树立起革命的人生观。如果有幸上过战场，与敌人有过殊死搏斗，那这样的革命人生观就永远不会变。”

李阿牛又是一惊，这次不是惊讶，而是震惊。看来傅抱石不愧是做人事工作的，年龄虽不大，看问题和剖析原因却非常透彻，自己刚冒出的质疑念头，瞬间就击破了。李阿牛由衷地点头赞同：“有道理！”

“我对作家朱定创作的《关连长》改编成电影有点期待。”

巧的是前些日子李阿牛刚在厂部阅览室读过这篇刊发在这年1月《人民文学》上的短篇小说，该小说完全能验证傅抱石刚才提到的革命人生观。不过李阿牛好奇傅抱石怎么知道小说要改编成电影，就脱口问道：“你怎么知道改编电影了？”

“我爸爸和妈妈都是搞电影制作的。”

“真好！我喜欢电影。”调到沈阳化工厂后，李阿牛看过两场电影，一场是厂里组织的五四活动，一场是和丁浩一起。虽然次数不多，但对看电影还是很喜欢的，也就对傅抱石的父母有这样的工作羡慕加敬佩。

两人边走边围绕新中国电影开山之作《桥》聊各自的看法，在离厂还有半里路时，傅抱石突然停下了脚步，指了指旁边的楼房，说：“老李，我到家了。”

李阿牛这才想起傅抱石并不是住厂宿舍，好在顺路把人家送到了楼下。李阿牛抬头看了一眼，虽然夜里灯光有些昏黄，可还是能看出这几栋砖楼里住的并非普通人。他转身面向傅抱石伸手道别："谢谢老傅！你让我学到了许多知识。"

傅抱石落落大方地轻握李阿牛的手："是我该谢谢你。"

李阿牛一脸疑惑地指着自己的鼻子："谢我？"

"对，今年七夕的夜晚真的很美好。"傅抱石说完难得脸一红，松开手，转身向楼房走去。

李阿牛觉得对方的神情和平时判若两人，刚才的结束语更是让他不知该如何接话，只能呆若木鸡地看着对方的背影。快进楼道时，傅抱石又转过身来，随着布拉吉裙下摆旋转起漂亮的圆圈，傅抱石朝李阿牛挥了挥手。李阿牛终于回过神来，礼貌挥手作别后，继续朝宿舍走去。

还没走到宿舍，远远听到房间内传来喧闹声。不用进门，李阿牛也猜得到是卡车司机跑长途回来了，现在正和朋友们打牌。这个来自山东的年轻人因常跑长途，所以不少时候李阿牛成了独居者。但徐国科只要一回厂，必定会叫上一群人在宿舍喝酒打牌。李阿牛不想进门，悄然拐了个弯，借着昏黄的路灯来到墙角处，枯坐在一块石头上。他并没有因晚上观影而感到轻松愉悦，相反感到有种无形的烦闷压在胸口，看来不光丁浩的"她应该对你有意思"判断是真，而且人事科高峰科长也掺和了进来，似乎要成全这桩"美事"，这会让原本简单的事变得复杂起来。

李阿牛越想越烦，起身背手仰望天空。此时一层薄薄的雾气在月光和路灯的照耀下，染成了金色轻纱，不远处共用的洗漱台也宛若镀上了白银，熏染出一个幽深美妙、恬静安详的夜晚。是的，这样的夜晚是很美好，但当傅抱石在这样的夜晚突出七夕这个中国传统节日时，那意义就完全不是对场景的赞美了。李阿牛思忖，如果直接回绝人家的好意，不但会让傅抱石难堪，也有可能让有“成人之美”想法的高峰不满，不如先挨过这十天，等去学校后慢慢让这事冷下来。打定主意后，李阿牛顿时轻松下来，于是迈步向正吵得翻天的宿舍走去。

李阿牛没想到自己的想法过于简单了，第二天一早刚进厂大门，傅抱石径直走到自己跟前，还没开口脸先红了。看对方站在自己面前不说话，李阿牛只好主动问道：“老傅，有事找我？”

傅抱石不像昨晚那样落落大方，手挑鬓发至耳廓，低头盯着脚面，轻声说道：“我爸妈想见你，你什么时候有空？”

李阿牛没想到自己啥也没干，事情却发展得如此迅速，他只能故意搪塞：“我马上要去学校报到学习，这些天我想把车间的设备再好好维护一下，真没什么时间。”

“也好，等你学习回来再说，你快去忙吧。”

李阿牛本以为自己的婉拒会让傅抱石不高兴甚至是愤怒，不料对方瞬间恢复了常态，修长眉毛下那双单眼皮闪着精光，就像之前工作对接一样，干净利索，决不拖泥带水。这让李阿牛反而安定许多，以傅抱石的心智和情商，她应该明白自己的态度，也会和丁浩一样很果断且不留痕迹地处理好这段莫名其妙的感情，甚至比丁浩处理得更巧妙。

8 月 30 日一早，竺厂长不但安排了欢送会，而且亲自送李阿牛上了徐国科开的吉普车。在人群中，李阿牛自然看到了较为醒目的傅抱石。让李阿牛感到轻松的是，虽然对方眼睛一直锁定在自己身上，可即便车马上要开了，她也没有上前说话，更没有送自己东西。

当车启动后，李阿牛心情瞬时如放飞的风筝，一下子变得轻盈起来。看到后视镜中的傅抱石，他觉得不是在道别，而是在逃离，这也许是斩断无法解开的乱麻的最好方法。

徐国科把车开得又稳又快。拐入陵东街后，李阿牛远远看到沈阳工学院大门处有不少人，就让徐国科提前把车停在路边。

徐国科松开了油门，不解地问道："老李，不开到学校门口？"

李阿牛努了努嘴角，说："你看，人家都是自己走来，我这样特殊太张扬了。"

徐国科向路边瞥了一眼，确实有人提着行李往学校方向走，他原本还想把难得开的吉普车驶进学校，让李阿牛和自己在学生面前风光一下，现只能喇叭一按，方向一打，让小车慢慢靠近路边。停稳后，热心的徐国科跳下驾驶室，走到吉普车的右侧，麻利地拉开后车门，取出放在座位上的行李递给李阿牛。李阿牛背上打包好的被褥，挎上绿军包，双手提好各种收拾好的日用品，准备谢过徐国科就向学校走去。不料已重新回到驾驶室的徐国科又下车，径直走到自己的面前，手上拿着红绸面的硬皮笔记本。

"老李，这是傅抱石让我转交给你的，说一定要等你下车后再给你。"

"谢谢！"李阿牛不得不放下手上的东西接过，心想傅抱石为什么要让别人再转，这不是多是非吗？但又一想，只有徐国科知道也许比当场更多人看到要好。

徐国科一脸羡慕地拍了拍李阿牛的肩膀，说："你小子命真好，不但能脱产上大学，还把我们厂公认最漂亮的姑娘也追到了手。"

追？李阿牛哭笑不得，自己哪有这个心思，他不但没有追的意图，相反有逃的企图。但在徐国科面前，只能急着解释："老徐，别乱说，真没这事。”

“哈哈，你小子还和我搞保密工作，全厂早传得沸沸扬扬，起码一半人知道你俩的事！”

李阿牛吃了一惊，这根本没有的事若是真传开了，那日后岂不是更难处理。他认真地说道：“老徐，我这次学习恰巧归傅抱石管，因此我和她有些接触，但没你们想的那么复杂。”

“哈哈，别此地无银三百两了。对了，回来约会提前和我说，我绝不回宿舍打扰。”徐国科仗义申明后，不等李阿牛接话，拉开副驾驶室车门，抬脚一蹬，一个转身就稳稳当当坐在了李阿牛刚坐的位置。只见他扭过头俏皮地眨了眨眼，左手一挥，右手顺手一拉，“嘭”的一声关上了车门，旋即就移到了驾驶座椅。当发动机再次响起，吉普车灵活地掉了个头，又拖着一股烟和卷起的灰，向来时的路驶去。

一脸窘态的李阿牛等车开远后，低头看了眼手上的笔记本。不得不说，这本笔记本非常精致。李阿牛把笔记本往胳肢窝一夹，打开绿军包准备放进去，不料胳肢窝一松，笔记本掉在了地上，并甩出一个信封。李阿牛捡起笔记本塞进绿军包，拾起那个厚厚的信封。信封红框内写着“李阿牛同志亲启”，李阿牛见过傅抱石的字，只是这几个字看上去比以往更娟秀，朴茂工稳，看得出是用心所写。拆开信封，里面不光有一张平整的信纸，还夹有一沓钱。李阿牛抽出信纸，信内容不长，既没有抬头，也无落款，只有“一定要照顾好自己，有空给我来信或来电，我等你”这一行字。

李阿牛原本想借读书机会冷处理，让这段感情画上句号，现在看来此事棘手得无法逃避。不但厂里已传起自己“追”傅抱石到手的消息，更要命的是傅抱石也在很认真地“呵护”这段感情。捏着手上这沓钱，李阿牛觉得很烫手，决定找个机会还给对方，不能让傅抱石在众多“好心人”的撮合下，在误解中对自己有进一步的“付出”，更不能让不知情的身边人制造出更大的舆论，避免自己被动挟裹无法自主。打定主意后，李阿牛轻松了许多，顺手把信塞进包内，起身拎上物品，抬头眯缝双眼再次打量前方沈阳工学院大门。就在这时，李阿牛的右眼皮突然连跳了三下，瞬间一种本能的莫名恐惧如潮水般扑来。记忆中，这种不祥预兆已整整十二年没有发生过，不论是在镇海抗战前线，还有参加黄崖洞兵工厂器材转移，在那种极其危险的时候也没有发生过跳眼皮的事。这是怎么了？李阿牛放下手上的物品使劲揉了揉眼睛，等再睁眼，好像一切如常，耳边还传来阵阵笑语。想到马上能和史冷霜在一起学习生活五个月，李阿牛的心蓦然突突乱跳起来，就像激起欢腾的浪花，他不由得加快了脚步。

“李阿牛同志！”

还没走到校门口，李阿牛听到一个熟悉的声音，抬眼一看，果真是史冷霜。不过朝自己走来的不光有史冷霜，还有二十多个学生模样的年轻人。很是意外的李阿牛按捺住内心的喜悦，冲着已走到面前的史冷霜说道：“真是巧，我刚到沈阳来学校门口时，第一个碰到的就是你，这次来还是你。”

史冷霜还是像以前一样热情又不失稳重地说道：“不一样。上次我是刚要进校，我们还不认识。”说完，史冷霜指了指身后这些年轻人，“可今天我们是特意出来接你的，而且我们已认识。”

“你们接我？”

不等史冷霜答复，几个男同学早已抢上前帮李阿牛拎起手中的物品，有个瘦高个儿男青年没接东西，而是径直走到李阿牛面前，主动致起了欢迎词：“对，李阿牛同志，我代表我们全班同学欢迎你，祝愿你在学校期间一切顺利。”

话音刚落，史冷霜抬手引向那位瘦高个儿男青年，为李阿牛介绍起对方：“李阿牛同志，这位是瞿永雷，是我们俄语二班的班长。”

李阿牛不知该如何称呼这名有着“头衔”的学生，干脆伸手递向瞿永雷笼统地打了个招呼：“谢谢，麻烦你们了！”

瞿永雷右手握过李阿牛，同时很是老到地抬起左手轻拍对方的肩膀强调：“李阿牛同志，接下来的五个月我们将一起学习和生活，可不要把我们当外人。有什么事尽管说，我们也会帮你尽快适应学校学习和生活。”

也不知是什么原因，李阿牛对眼前这个水泡眼、薄嘴唇、驴脸的瞿永雷没有一丝好感。对方谈吐间看不出情绪的任何变化，沉稳得与学生身份和年龄极不吻合。李阿牛也就深藏不露地冲对方颔首一笑，简单回了一个字：“好！”

瞿永雷一愣，这些天他一直担心插进来的“新生”会对班级学习有影响，甚至不排除有人会挑战自己已在班内建起的威信，毕竟这些“新生”不同寻常人，不但已有所作为，而且在行业内有着一定的地位，甚至在社会上也有影响力。因此，瞿永雷早就打定了主意，即便不能用上杀威棒，那也必须给这批“新生”来个下马威，让他们在学校期间服从自己的管理，不能影响同学们的学习。本以为自己先入为主代表全班同学致欢迎词加上史冷霜的介绍，对方会矮上一截。可眼前这个李阿牛似乎并不吃这一套，既没有和自己套近乎，相反致谢时也刻意强调了全体同学。现在一个“好”字听上去可以是对自己强调的认同或感谢，但也可以认作上级对下级看法与做法的赞成或应允。第一个来报到的“新生”就让瞿永雷的感觉极不好，他决定日后尽量减少和李阿牛正面接触，于是指着史冷霜说道：“这次学校组织大二生和专家组结对的活动，您的结对对象本该从我们班男生中选，但史冷霜说早就认识您，申请与您结对，不知您是否觉得合适？”

“挺好。”李阿牛没听出对方已将第二人称改为“您”，但对这样的安排很是称心，本想对征询意见答复“太好了”，可考虑在这么多陌生同学面前不能表露出太惊喜，就当即改口镇定地回应。同时，为了让不冷不热的气氛活跃起来，扭头对史冷霜调侃道：“没想到还没进校门，我已有了指导老师。”

史冷霜手背捂着嘴角浅浅一笑，说：“我还想找机会向你学英语呢，我们是互帮互助。”

边上同学们听到这话顿时炸开了锅：“李阿牛同志会英语？”

“真没想到他这么年轻就有这样的成就。”

“史冷霜，让李阿牛同志帮我们一起辅导英语呗。”

……

李阿牛觉得这五个月断不能分神费力做其他事，于是朝同学们把话题一转：“我只是在上海曾跟一个美国人学过几句英语，连个语法都不会。但这次组织上安排我到这里学习，我相信在老师和同学们的帮助下，一定能学好俄语，日后和大家一起为建设新中国贡献力量。”

也不知是谁带头鼓起了掌，现场响起掌声，引得边上其他班的同学也好奇地围观过来。一旁的瞿永雷表面上也微笑着拍手掌，可心里却嘀咕开来，看来这李阿牛不但业务有水平，还有会英语的特长，更令他担心的是对方有着不可小觑的鼓动能力。瞿永雷暗自提醒自己，日后得和李阿牛小心处理好关系，不但要让他配合自己持续提升班里的学习风气，而且不能让他有挑战自己威信的念头。因为心里打着主意，同样是在拍掌，瞿永雷拍出的声响明显要比周边的同学轻，节奏也慢上一拍。

在史冷霜和几位同学的引导和帮助下，李阿牛顺利办理完报到手续，领到了学习的资料，并和其他前来进修的学员住进了男生宿舍。

当天晚上，李阿牛展开信纸给丁浩写了封信，告诉对方自己在学校的一天见闻，其实这样做主要还是为了给对方一个回信的新地址。在取抽屉内信封时，无意间又看到早上收拾进去的傅抱石的那封信，李阿牛拿起信思忖了片刻，最终还是把钱放进另一个空信封，并随手把信封和里面那张简单的信纸撕了个粉碎。李阿牛知道在这件事上绝不能拖泥带水，只有作为当事一方的自己态度鲜明果断，才能让傅抱石决然结束这段不会有结果的感情。当然，李阿牛并不认为这是在伤害傅抱石，从另一个角度来看，其实这也是在保护她。

学校的生活和教学条件让李阿牛非常知足，与当年太行工业学校的条件相比，真可谓有着天壤之别。可学俄语却让李阿牛叫苦不迭，第一天的课就听得晕头转向、云里雾里。靠着史冷霜的课后辅导和早起晚练的死记硬背，李阿牛勉勉强强把包括 10 个元音字母、21 个辅音字母、2 个无音符号的 33 个字母搞清记下了。可随后的单词和句子学习，让李阿牛只能在疲于应付中不求甚解，只求能考试过关。

一天下午最后一堂课铃声响起，同学们整理好书包相继走出了教室。史冷霜快步在过道截住正要下楼的李阿牛，约晚上在图书馆见面。担心图书馆人多座位少，李阿牛在食堂吃过晚饭后，像往常一样早早背上绿军包径直去了图书馆。不料才在空位上放下包坐定，只见史冷霜也进了图书馆，但她没有像以往那样过来坐在李阿牛对面进行学习辅导，而是招手示意李阿牛出去。李阿牛只得重新起身，背上绿军包跟着史冷霜出了图书馆大门。

“我们去哪？”

史冷霜指了指前面的露天木椅，说：“我们坐那里吧。”

“噢。”虽不明白史冷霜今天为什么如此反常，但李阿牛仍不迟疑地和她一起走到木椅前坐了下来。

“李阿牛同志，这里是什么地方？”

李阿牛刚要脱口回答是图书馆，马上意识到不能这么简单地答复，联想到两人第一次见面史冷霜最后特意带自己来这里，于是话到嘴边立马改了口：“是沈阳人纪念英烈的地方。”

“看来你真记住了。”

“史老师给我上的第一堂课我都记得。”

不光李阿牛已习惯两人私下见面时称史冷霜为老师，连对方也默认了这个称呼。但史冷霜没把李阿牛的调侃当回事，反而顺着话柄口风一严：“但最近我给你讲的课你很不认真学。”

想到今天早上的考试有许多题自己一知半解，李阿牛心一抽，紧张地问道：“是不是今天考试我没通过？”

“是的，而且是倒数第一。”

即便此时傍晚秋风早已凉意浓浓，可李阿牛额头还是沁出细密的汗珠。他不知道如何接话，一脸窘迫，垂着头抠手指。当一个男人在喜欢的女孩子面前表现不足甚至是出丑时，那绝对是最为尴尬、丢脸与绝望的时刻。

“Manufacturing can help us resist Japan and save the nation.”

史冷霜蓦然流利朗声念完这句熟悉的英语，李阿牛对此颇为惊讶，虽在报到那天对方说要找机会向自己学英语，可两人至今还没有交流过英语。李阿牛由衷地赞道：“你比我说得标准许多。”

“上次听了你的英语朗诵后，我觉得很好，后来在我父亲的鼓励下，我有空就去英语系做旁听生。我想，只要我们用心，就没有做不成的事。”

虽然对方没直接点明话意，但用意十分明确，李阿牛不得不解释并表态：“史老师，不是我不努力，而是被学习搞晕了。俄语的语法比英语复杂太多，每个词在不同语境下都有几十种变化，就像是西游记中的孙悟空，一不留神就变了样。但我一定会加倍努力，让自己练就一双火眼金睛，这样任这些词再变化，也能一眼认出它原本的模样。”

“扑哧——”史冷霜笑出了声，她想不到李阿牛会把学俄语和孙悟空联系在一起，可说出来又是那么生动且有趣。

看气氛有所缓和，李阿牛悄悄抹了一把额头沁出的汗，继续说道：“除了语法难学，俄语的每个词都还特别长。我在延安时曾听美国来华的专家阳早先生说，英语单词拼写字母平均为5个，他认为汉字笔画太多，学起来难，易搞混。我想他肯定没有学过俄语，你看，像‘工业’这个词，中文只有两个汉字。‘Industry’英语拼写也就8个字母，这已算较长的。但没想到俄语拼写为‘промышленность’，整整14个字母，几乎是英语拼写的2倍！”

望着李阿牛夸张地连翻两次手掌后定格的4根手指，史冷霜笑得前仰后合。李阿牛也没想到自己的学习牢骚会有这样的奇效，既然能掩盖刚才的尴尬，不如乘胜追击，让史冷霜不会因没学好俄语而看不起自己。于是李阿牛翻出自己的笔记本，指着上面的笔记说道：“史老师，你看，俄语很多日常词汇都超15个字母。为了节省本子，我把一行空格当两行来用。不光用纸省了，连说话速度也快了不少。”说到这里，李阿牛蓦然发现史冷霜的笑容不见了，神情也恢复了刚才严肃的模样。由于不知道自己哪里说错了，李阿牛挠着头皮伸长脖子轻声问道：“我说得不对？”

史冷霜努了一下嘴角，不答反问：“还记得那红砖上的弹痕吗？”

顺着史冷霜努嘴的方向望去，李阿牛老实答复：“记得。”

“学俄语可能是要比学英语难，但只要站在这里想想当年东北抗日的艰难岁月，我们还会觉得苦和难吗？如果再想想许多抗日志士在这里被枪杀，我们难道还会为学不好找各种理由搪塞吗？”

两个发问让李阿牛瞬间明白了史冷霜带他到图书馆外面的用意，两个发问更像是两条鞭子，狠狠抽打在李阿牛的脸上，令他红着脸合上本子，嗫嚅地应了一声：“我知道了。”

“不！你根本不知道！”

史冷霜猛然提高的声调不光让李阿牛吓了一跳，远处路过的几个学生也好奇地向这边张望。李阿牛一脸窘态地睨了眼四周，像是不知做错了什么事又怕别人看到的顽童，缩着脖子不敢作声。

“李阿牛同志，刚才这句英语就是你第一次到学校时说的。现在我们又要救国家了，如果我们能得到苏联的帮助，就可以借助他们的技术提升我国的制造工业水平。”

“对。”李阿牛虽应得更轻，但对史冷霜的说法极为认同。

“李阿牛同志，这次的成绩其实我有很大的责任。我也知道，其实你入学后一直很努力。”

李阿牛在委屈中越发泄气，小声试问：“是不是我不是学俄语的料？”

“不。”史冷霜摇了一下头，掸去落在腿上的枯叶继续说道，“我今天特意分析了，主要还是你在重点和难点上没处理好。”

听史冷霜语气很肯定，李阿牛猜测对方已找到自己没学好的症结所在，于是催问道：“史老师，能不能说详细些？”

史冷霜再次扭过头看着李阿牛传授起学习心得：“学习俄语要会抓住重点，并逐个突破学习难点，这样才会达到事半功倍的效果。平时你不能光机械地背诵单词，要善于找到各词间的联系和词性的区别，这样记忆才会深刻。还有，要时时找机会和老师及同学用俄语对话，在提高听和说的基本功时，进一步提高写和译的水平。”

“好，我一定……”

话还没说完，只听远处有人在喊：“史冷霜，快回教室，开会了。”

李阿牛循声转头一看，是瞿永雷。史冷霜这时也起身回应道：“我马上过来。”

看瞿永雷转身离去，李阿牛也起身表态：“史老师，你快去忙吧，我知道接下来该怎么学了。”

“我相信你！”说完，史冷霜从书包里取出一本本子，朝李阿牛这边一递，“这是我大一时的学习笔记，你可以参考一下。”

李阿牛如获至宝，双手接过忙不迭地道谢：“太好了，谢谢！谢谢！”

目送史冷霜离开后，李阿牛又回到图书馆，迫不及待地翻开那本厚厚的笔记，就像一名信徒手捧《金刚经》，全神贯注双唇翕动，心无旁骛地无声诵读。

不同于图书馆的静，此时史冷霜正和同学们在教室热烈讨论如何开展爱国形势教育活动，一股支援抗美援朝运动的热潮正在沈阳快速掀起。谁也料想不到，由普通群众凝聚而成的力量会是如此的磅礴，既让平凡与伟大这对看似矛盾的词汇，在每位普通的中国人身上相辅相成、相得益彰，更让那场异常艰难又壮阔的战争谱写下气壮山河的凯歌，耸立起永载史册的丰碑。

五　恶人猜忌

虽然日常需花不少时间参加各种报告会、座谈会和文艺会演，甚至还要和同学们编排黑板报，可自从得到史冷霜的鞭策和分析点拨后，李阿牛对俄语的学习态度和方式有了很大的变化，不再是只求考试过关，再加上有了史冷霜的“秘籍”，李阿牛的俄语成绩进步很大，而且开始有信心和老师与同学们用俄语对话。

李阿牛觉得自新中国成立以来，中国人的精气神完全变了样，只要政府发出号召，大家必定踊跃响应。沈阳各所大学掀起了投笔从戎的热潮，许多学生向学校递交参加志愿军的申请书，甚至连老师也争相报名。沈阳工学院仅外语系就有三名老师向组织提出报名参加志愿军，有的老师看自己的年龄和体能不可能当志愿军，干脆利用业余时间去工厂参加爱国主义生产竞赛。

李阿牛是在接到丁浩的信后，才知道这场在东北轰轰烈烈展开的爱国主义生产竞赛活动，就是由丁浩所在的沈阳第三机床厂发起的。

自从到沈阳第三机床厂报到后，丁浩似乎找到了人生的意义与价值。程厂长本就欣赏丁浩的操作技能，在丁浩顺利报到后，便在工作上给予了他极大的信任与支持。而丁浩也不负程厂长的信任与期望，通过对机器的改造，厂里生产有了很大的进步。全国劳动模范赵国有所在班组在丁浩的指导和帮助下，通过改造铣刀，再用车铣结合操作法，将原先创下的用时两小时二十分钟车一个塔轮的全国纪录，骤减到只需五十分钟就能完成。看着一项项新纪录在本厂不断刷新，程厂长乐得合不拢嘴，破格提拔丁浩为设备科副科长。

新年元旦刚过，从朝鲜战场前线又传来好消息。中朝联军继1950年12月6日收复平壤后，又在12月31日发起第三次战役，仅三天时间，志愿军就突入“联合国军”防御纵深15至20公里，迫使“联合国军”全线撤退。当广播中传来中朝联军成功把敌人驱逐到三八线以南的消息，整个沈阳沸腾了。

这天晚上，李阿牛准时来到学校的操场，再次参加俄语二班的集体炒面活动。

前一年11月第一次战役结束后，根据东北边防军后勤部司令员李聚奎的建议，解放军总后勤部决定制作既易运输、贮存，又可集主副食于一体的炒面，并要求东北地区为入朝志愿军将士努力赶制军需干粮。接到命令后，沈阳市委立即组织动员全市民众炒面。沈阳工学院也在学校操场空地垒起40多个简易土灶，上面支上大锅，师生们分组昼夜不停翻炒，做到人可轮流休息，灶火不灭。李阿牛所在的俄语培训班学员也跟班参加这项集体劳动。

按分工不同，瞿永雷把参加劳动的人员分成了三组，一组领取小麦、高粱和食盐，并扛到炒锅前，再把第三组磨好的炒面装袋，送到指定点；二组劈柴烧火加翻炒；三组先协助第一组工作，

再把第二组炒好的面磨研成粉。李阿牛之前和史冷霜一直分在第二组，可这次不知什么原因，瞿永雷让李阿牛去第三组。李阿牛也没有多想，马上把手中的铁铲交给对调分组的男同学。

李阿牛一行人很快就把面粉、高粱和食盐领了过来，并按七成面粉、三成高粱的规定比例倒进锅内。二组立即添柴扇风，随着夹带红蓝色的火苗开始上蹿舔舐土灶，站在锅边的同学马上挥铲翻炒起来。当李阿牛和其他同学在领来布袋标识好制作地点和人的特定号码后，此时第一锅的面才炒了七分熟。李阿牛走到正在添柴的史冷霜边上，蹲下身从口袋掏出一个纸包塞到对方手中。史冷霜很是默契，接手后起身打开纸包，刚要把里面的东西往炒面中添加，只听身后有人突然厉声喝问："你们在干什么？"

史冷霜吓得一个激灵，原本计划倒五分之一的量，结果瞬间滑落一半。扭头看是瞿永雷，赌气地收起纸包，满脸不悦地责怪道："你嚷嚷什么呀。"

"吕老师快来，有人在炒面内加不明东西。"

瞿永雷的大声叫唤不但惊动了正在现场的班主任老师，许多同学也纷纷围了过来。吕老师不知是紧张还是跑得过急，连问的声音都有点发颤："怎么回事？"

"报告吕老师，昨天炒面我就觉得李阿牛和史冷霜不对劲，两人老是背着我们轻声在聊什么事，所以今天我特意把他俩分了组。刚才我亲眼看到史冷霜受李阿牛指使，把那包东西倒进了锅内。"瞿永雷指着史冷霜手上的纸包向吕老师反映。由于兴奋且紧张，瞿永雷那对水泡眼皮胀得发红，上咧的嘴角使两排牙齿从薄唇中暴露，犹如一只伏击多日终于逮到猎物的豺狼。

见不明真相的同学瞪大眼睛，个别人甚至义愤填膺摆出随时准备揪出潜伏敌人的样子，史冷霜急得把脚一跺，手中剩下的白糖纸包往吕老师这边一递，冲瞿永雷责怪道：“你胡说什么呀，这是白糖！”

“他哪来的白糖？！”瞿永雷手指李阿牛讥讽道，而后又威胁起了史冷霜，“我知道你们的关系，但你要清楚若包庇犯罪会有什么后果！”

明白了瞿永雷为什么临时把自己换组，搞懂了瞿永雷为什么老盯着自己后，李阿牛不急不恼，反而冷冷地睨了一眼对方。只见他指着吕老师手中的纸包，平静地说道：“这白糖是我开学时带来的，是我们厂对生产能手的奖励。”

“胡说！你来学校都四个多月了……”

这时，已伸手指尝过味的吕老师打断了瞿永雷的质疑：“是白糖。”

李阿牛这才转过身面向同学们解释：“这包白糖我本想和同学们告别时泡一缸糖水，所以一直留着没吃。昨天看到炒面中需要添加的糖没了，我就带来请史冷霜帮忙加在炒面中。前线志愿军将士现冒着零下三四十摄氏度的酷寒吃雪拌炒面，靠喝煮松树叶子水来治疗夜盲症，我们可以不吃，但正在和‘联合国军’作殊死搏斗的志愿军将士，断不能少了营养。”

随着四周响起掌声，吕老师终于松了口气，旋即拍着李阿牛的肩打起了圆场：“李阿牛同志不愧是共产党员，之前无论是捐款买飞机，还是献血，一直是我们的学习榜样。这次默默把奖励的白糖捐在炒面中，一样值得我们敬佩和学习。”说到这里，吕老师把头扭向瞿永雷，话锋一转，“当然，这次瞿永雷同学虽然是误解了李阿牛同志，但他的警惕性还是值得肯定的，是合格的班长……哎哟，哪个锅已有焦味了，赶紧出锅。”

围观的人纷纷转身重新忙碌起来。吕老师正准备拉上瞿永雷、李阿牛和史冷霜调和，突然听到有人在叫自己：“吕老师——”

吕老师扭头望去，只见校办的王主任站在操场外圈正向自己招手：“吕老师，你来一下。”

“我马上过来。”吕老师只好回过头朝瞿永雷等人手一挥，“你们也各自去忙吧，别误了炒面大事。”

吕老师刚急步走到王主任面前，王主任就向他介绍起身边的人：“吕老师，这位是长春电影制片厂的主任，傅桢同志。”

长春电影制片厂？他们来这里干吗？虽然脑海里全是疑问，但刚跑到跟前的吕老师还是热情地向对方伸出了手：“欢迎傅主任！”

傅桢的眼睛虽不大，但眉毛甚是浓密，因戴了顶“四喜”帽，让本就国字脸的他看上去更方。只见他握过吕老师的手，道明了来意：“我们制片厂计划拍后方炒面支援前线的镜头，今天我先来踩点拍照，如果合适，明天晚上再带人过来，希望吕老师能给予协助配合。”

一听是要拍照片和电影，吕老师高兴得忙不迭地应道：“好，傅主任放心，我们一定积极配合。”

“王主任，那你去忙吧。走，我们进去看看。”傅桢冲王主任挥了下手后，顺势朝吕老师一挥，径直向炒面的学生走去，根本不等身边两人的反应，完全是一副喧宾夺主的架势。

此时，李阿牛把炒熟的面倒进磨盘，正全神贯注地推磨盘石。当眼前亮光一闪，李阿牛本能一抬头，只见有人正对着自己拍照，吕老师刚好在向对方介绍自己：“他是来我们学校学俄语的工厂技术员，刚才还捐出工厂奖励的白糖炒在面中。”

李阿牛腾出一只手挥了两下以示招呼。但傅桢并没有回应，而是把相机从眼前移开，直起腰向吕老师求证：“就是省组织的俄语进修班学员？”

“对。”

“吕老师，我打听个人。”

“谁？”

“李阿牛。”

吕老师瞪大了眼睛，指着李阿牛吃惊地问道：“他就是李阿牛，你知道他？”

傅桢没接话，而是细细打量起李阿牛。李阿牛也甚是奇怪，眼前这个照相师好像从来没见过，那他怎么知道自己的名字？于是就边推磨盘边打量对方。只见那人头顶的“四喜”帽做工很讲究，绸缎帽面，四个耳子缀有紫貂毛皮，色泽鲜艳明亮，加上一身的西服和手中的相机，李阿牛确定之前和这人没有任何的交往。就在李阿牛和傅桢相互打量时，吕老师又好奇地追问：“傅主任，您认识他？”

听到吕老师的话，李阿牛一下子明白了，傅姓本就不多，加上这身职业打扮，想必来者就是傅抱石的爸爸。傅桢似乎看懂了李阿牛的心思，调侃道：“小伙子，虽然我们没见过，但你该知道我是谁了吧？”

李阿牛顿时脸红到了脖子上，支吾着回应：“嗯……傅老师好！”

傅桢不满地摇了摇头：“太生硬，还是叫叔叔吧。我先去忙了，等你学习结束回厂来我家玩。”

一脸窘迫的李阿牛叫不出口，只能继续腾出一只手挥了挥：“再见！”

傅桢哈哈一笑，转身又去取景拍照。跟在傅桢边上的吕老师听了两人的对话，还是搞不明白傅桢和李阿牛有什么关系，但可以肯定的是能叫叔叔必是非同一般的关系。吕老师早把刚才的加糖风波忘在了脑后，忙前忙后配合傅桢拍照。即便送走了傅桢，他还意犹未尽憧憬着第二天就能看到电影是怎么拍的。

结束当天的炒面劳动，同学们三三两两离开操场向寝室走去。看史冷霜朝自己走来，李阿牛自然也就大胆地迎了上去。

“刚才大家说今天长春电影制片厂来人你认识？”

“是我们单位人事科同事的爸爸，以前听她说起过，他们家不在长春，就在沈阳。”史冷霜的好奇让李阿牛有些紧张，他努力说得轻描淡写，可心里的那块石头似乎又被搬了出来。想起入学时徐国科的话，加上今天傅抱石的爸爸提出让自己回厂后去他家玩，李阿牛觉得那块石头在急剧膨胀，压得他有点喘不过气来。

看李阿牛边说边解棉衣扣子，史冷霜善意提醒：“晚上有点冷，出汗更不能解扣子。”

史冷霜的关心就像一阵抚慰的暖风，瞬间滋润了李阿牛的心田。他干脆不再想回厂后如何向傅抱石解释以及如何退还她送的钱等烦心事，边系扣子边顺着史冷霜的话说道：“今天好像是比前些日子冷些。”

“明天就是小寒，天会更冷。”

听到小寒，李阿牛脱口背诵起柯老师曾在课堂上教的诗：“东风吹雨小寒生，杨柳飞花乱晚晴。客子从今无可恨，窦家园里有莺声。”

史冷霜抿嘴一笑，指正道：“这是宋朝陈与义的诗，不过这里的小寒可不是指第23个节气。”

刚系好扣子的李阿牛拉了拉衣服的下摆，马上领会过来：“哦，对，吹东风肯定是春季。”

史冷霜边走边说：“陈与义早期的诗疏朗明快，后来的作品风格大变，不但语意超绝，而且雄浑沉郁。我还是较喜欢他后期的作品。”

“哪一首？”李阿牛虽然不太懂诗，可因为史冷霜喜欢，他就莫名地开心，就像现在跟着史冷霜的脚步，即便步伐大小与节奏不合自己的习惯，但也让他有着无法言语的愉悦与舒坦。

史冷霜落落大方地轻声朗诵：“海棠脉脉要诗催，日暮紫绵无数开。欲识此花奇绝处，明朝有雨试重来。”

即便不解这首诗的意思，但李阿牛心灵深处还是感受到了一种悸动。史冷霜那温婉柔和、风铃般的声音，就像是炎炎夏日之下涓涓细流入喉，甘洌清澈，沁人心脾。记得柯老师说过，诗之所以要吟，就是因为诗每一句平仄是有规律地交替出现，从而形成了高低起伏的节奏感，因此诗也能同唱歌一样地吟诵。之前，李阿牛从来没有这样的体验，即便满腹经纶的柯老师或李会长诵读时，也感觉只有高低起伏的节奏感，而没有像史冷霜这种能从旋律上给他听觉的冲击，令他能够在押韵、节奏和声调中，既有外在声音回环往复的感知，又有内在情绪律动的感应。李阿牛突然萌生了对诗歌的求知欲，于是两人边走边说，只是一路都是李阿牛好奇地问，史冷霜耐心地答。

目送史冷霜进楼后，李阿牛踏着轻快的脚步回到寝室。可在看到台历时，心情瞬间跌入了低谷。还有一个月就要毕业了，不光以后要想见史冷霜不容易，而且真不知回厂如何面对傅抱石的“特殊”感情，尤其是第二天怎么面对傅桢。心事重重的李阿牛上床后，终于还是抵不过连日高强度学习和炒面的乏困，沉沉地睡了过去。

也许是上面没有批，也许是傅桢觉得场景不合适，也许是有了更佳的选择地，总之长春电影制片厂到了第二天下午也没有来人。一直惦记着要入镜头的吕老师有些不甘，特意找到李阿牛，可刚提出让对方问一下傅主任的安排，不料一直对自己敬而有加的李阿牛竟然毫不客气地说道：“吕老师，您有兴趣找其他人去问吧。”碰了一鼻子灰的吕老师直等李阿牛走远了，才回过神来，误以为是李阿牛对前一天往炒面里加糖一事的处理不满。不过吕老师可不想再提旧事，毕竟李阿牛马上就要离开学校，这种培训班的学生严格意义上来说，算不得自己的学生。而瞿永雷却是自己无可置疑的门生，更何况这个一班之长的学生接下来还得和自己共处两年多时间，有不少事得靠他去做。再说瞿永雷的报告并没有错，宁可有警惕心，断不能等粗心大意出了错而追悔莫及。

李阿牛当然不知吕老师袒护瞿永雷有着自己的逻辑和合理的理由，他只是想尽量减少与傅抱石及其家人接触的机会，只有撇干净才不会让人误解。

沈阳工学院即将进入寒假，这也意味着李阿牛即将结束俄语培训班回厂工作。当天参加结业典礼后，李阿牛约史冷霜来到了操场。

两人沿着操场上有厚厚积雪的跑道不紧不慢地走着，四周几乎没什么人，只有风掠过双耳的呼啸声和脚踩雪地发出的嘎吱声。看李阿牛一直没说话，更没有停下的意思，史冷霜瞄了眼李阿牛，只见对方眉头轻锁，似乎心事重重，就好奇地问道："找我有事？"

"嗯。"李阿牛声如蚊蚋。

"你好像并不开心？"

李阿牛稍作犹豫后，还是点头轻轻应了声："嗯。"

史冷霜停住了脚步，歪着脑袋好奇地问道："你的结业成绩在培训班排第二，难道非要争第一才满意？"

李阿牛摇了摇头："刚开始我在班上连中游也挤不进，现在这个成绩已出乎我意料，这当然多亏了你的帮助和指导。"

"那你还有什么不开心的？"

"我……"李阿牛胸口像采油机扬起了杆子，石油即将从管中喷射上来，可关键时刻嗓子眼儿却像有块巨大的岩石，堵住了向上涌动的石油，憋得他双颊绯红。

见对方吞吞吐吐，史冷霜皱起了眉头："你到底怎么了？"

"我……想……和你在一起。"

等终于艰难地把憋在心里的话说出来后，李阿牛并不觉得轻松，相反就像个犯罪分子交代罪行，低垂脑袋等待法官的判决。也许是过于紧张，李阿牛微抬右脚在地面上不停地来回划拉，似要抹平一切痕迹。

史冷霜当然听得懂李阿牛的意思。其实第一次在校门口巧遇时，史冷霜就发觉自己对这个男人有点不一样的好感，所以愿主动陪还不认识的李阿牛进学校参观。这次五个月的相处，史冷霜对李阿牛更是从信任到折服。对方低调地跟着大家学习俄语，从未炫耀自己的工作成就，而且有一颗极强的上进心。同时，能从云集全市佼佼者培训班的末名学员，最后毕业时成为“榜眼”，足可证明李阿牛不但有潜能，还有难得的抗压能力。所以，当李阿牛吞吞吐吐委婉表达爱意后，史冷霜的脸上立马泛起少女特有的幸福红晕。可就在她低头看到父亲给自己买的鞋子后，想起之前在火车南站父亲对李阿牛不安的提醒，史冷霜冷静了下来，本想抬头一口回绝对方，可又觉得这样生硬会伤了对方的自尊心，善良的她改了口：“不……我现在还是个学生……”

李阿牛听到这里迅速抬起头，眸子闪着明亮的光，急切地打断了对方：“我等你毕业。”

“等我？”史冷霜泛起的红晕已褪得干干净净。

“嗯，就算你读到老，我也愿意一直等下去！”

李阿牛一板一眼近似宣誓的口吻让史冷霜啼笑皆非，她原本只是想给对方面子，不承想却搞得自己骑虎难下。史冷霜只能继续含蓄地说道：“李阿牛同志，我们都冷静下来再考虑考虑吧。”

话音刚落，李阿牛又捂着胸口表态：“冷霜，我不用再考虑，就等你的意见。”

连称呼也变了，既然话说到这一步，史冷霜觉得已不可能就这一话题再纠缠下去，最好的办法就是避而不谈。她庆幸李阿牛就要返回工厂，虽然大家都在同一城市，可再没有什么理由在一起工作和学习。想到这里，史冷霜平静地问道：“你明天怎么走？”

“厂长今天让人带信，说明天会派车来接我。”

“那赶紧回宿舍收拾吧。”

“不急，我想和你……”

担心话题又转回到刚才，史冷霜故意搓了搓双手捂住脸颊，打断道："太冷了，我们快回去吧。"

处在亢奋中的李阿牛自然听不出其中的奥妙，心疼地应道："好，这就回去。"

晚上熄灯后，没有睡意的同宿舍学员都商议着日后如何再联系，有的还提议乘这个夜晚再一起练练俄语。李阿牛虽然也没有丝毫的睡意，有一句没一句地搭着话，可脑海里全是史冷霜的身影，他甚至暗责自己在操场没把史冷霜的手捂在胸口，没把棉衣脱下给对方披上……

次日一大早，俄语系许多师生自发来送培训班的学员。大家有说有笑，只有李阿牛魂不守舍地四处张望，因为他没看到史冷霜。李阿牛很想问史冷霜在哪里，可被人群簇拥着向前走。刚到校门口，一眼瞥见依在卡车前挡板正在抽烟的徐国科，同时看见了站在车前的傅抱石。看着发愣的李阿牛，穿得漂漂亮亮的傅抱石反而大大方方迎上来，在一大帮学员和同学面前颇有气势地摘下手套，朝李阿牛面带笑容伸手说道："李阿牛同志，竺厂长安排我来接你回厂，祝贺你学业有成！"

听到这话，李阿牛哭笑不得，看来竺厂长也有成人之美的"好意"，他很是别扭地与傅抱石的手握了一下："谢谢！"

这时，身后的学员们炸开了锅："哇，李阿牛，你这待遇也太高了，厂长不光安排车来接，还派这么漂亮的同事来接你。"

"什么派的，肯定是对象！"

"真看不出这家伙保密工作做得这么好。"

"老李，啥时候请我们吃喜糖？"

"怪不得老李昨晚躺在床上闷声不吭，我还以为他在为分别而难过，其实人家是迫切地养足精神要见对象呢。"

……

李阿牛早已羞得满脸通红，余光紧急瞥了一眼四周，好在史冷霜还是没来。刚才他还急盼见到史冷霜，现在倒是侥幸她没来。为了避免更多的误解，李阿牛转身冲同学连连摇手："大家别乱说，这位是我们厂人事科的老傅……"

不料有学员马上打断了李阿牛："人家年纪轻轻，你小子居然叫老傅？"

另一学员一脸坏意地推了李阿牛一把，起哄道："还不如直接叫老伴得了。"

"轰——"众人笑得更欢了。看傅抱石虽脸也红了，但仍落落大方笑盈盈地望着大家，根本没有否认的意思，李阿牛急得额头都沁出细汗，恨不得马上离开学校。好在这时徐国科扔了烟蒂，挤上前拎过李阿牛的包，放开大嗓门解起了围："反正同学一场，日后有喜事肯定忘不了分糖。对了，如果有往化工厂方向的，可以搭我们的车走。"

当车在热热闹闹的欢送中启动后，李阿牛再次留心查看人群，确认史冷霜没来后，这才暗自松了一口气。在把 4 个顺路的学员送下车后，傅抱石招呼李阿牛："老李，车厢太冷，快到驾驶室来。"

李阿牛不想和傅抱石挤在小空间，可刚想出口谢绝，抬手时无意碰到绿军包肩带。想着包内还有开学时傅抱石让徐国科带给自己的信，他认为这时正是还给对方的好机会，而且可让徐国科见证自己没收下这份厚礼。于是当即改口应了声"好"，随后跟着傅抱石钻进驾驶室，挤在副驾驶座椅上。

车重新启动后，李阿牛有一句没一句地回应两人的问话。眼看再过两条街就到厂里了，于是李阿牛匆匆解开包带，取出那个早就准备好的信封递向傅抱石："老傅，开学时你请徐师傅带的信我一直保存着，之前没有机会还你，非常感谢！"

傅抱石听完后脸又红了，但这次不同于刚才那种羞涩中带有幸福的红，她的眼神中闪过一道意外与不解，甚至还隐藏着一丝怫郁。但随着车辆左拐惯性右倾后，傅抱石趁调整坐姿迅速恢复了常态，平静地问道："你够用了？"

"够了，够了。"李阿牛忙不迭地应过后，又补充了一句，"学校本就没什么开支，我还参加了抗美援朝的捐款活动。"

"我得向你多学习。"傅抱石坦然自若地接过信封，快速塞进自己包中。

李阿牛像是完成了一项重大任务，人顿时轻松许多。可不料徐国科的一句玩笑又让他不安起来："哟，快是一家人了，怎么还这么见外？"

李阿牛脸再次涨得通红，刚想争辩，可看到边上面无表情盯着前方的傅抱石后，只能把到嘴边的话又硬生生咽了下去。这时再解释申明，不但会引起徐国科更多的嘲笑，也会让不表态的傅抱石没了面子。可不接话似乎又是向外界默认了两人不一样的关系。李阿牛顿时陷入两难之中，真不知道接下来如何面对同事们的羡慕、祝福或调侃，更不知道如果自己追求史冷霜的事公开，大家会不会接受，会不会误解，甚至会不会给史冷霜和傅抱石带来麻烦。

车辆突然一个大颠簸，让副驾驶上的两人弹起时靠得更近。坐正后，李阿牛暗自奇怪，这条马路是本地交通要道，既宽敞又平整，那刚才为什么车弹震得这么厉害？突然，李阿牛在驾驶室的后视镜中看到徐国科冲自己眉一扬，右眼狡黠地半眨一下，他一下子恍然大悟，刚才的颠簸其实是徐国科故意制造的。哭笑不得的李阿牛只能装作没看见，重新把视线投向车窗外。看着不断落后的马路，李阿牛打定了主意：即便有颠簸，但也是朝着目标在前进，一切目标外的事都是意外的小插曲而已，哪怕是流血，都无法改变自己定下的目标。

六　无端诬陷

重新回到工厂的李阿牛决心要在沈阳化工厂干出一番事业。竺厂长自然也寄予了这位刚从大学进修回厂的专家很大期望，所以在接到苏联专家将来厂指导生产和筹划新建装置的通知后，厂部决定让既会俄语又懂生产的李阿牛参与相关工作。这年春节刚过，李阿牛接到调令，离开油脂车间前往生技科报到。

李阿牛对新的工作岗位很是满意，因为如此一来，他不仅在苏联专家到来前就可以了解全厂的工艺流程、操作指标和设备运行状况，更让他憧憬的是在配合苏联专家工作的过程中，学到更多的知识，掌握更新的设备技术。唯一让他尴尬的是，生技科办公室和傅抱石的办公室同在一个楼，两人往往会在楼道或会议室碰上，李阿牛尽可能佯装没看见，或边走边看资料，或埋头记笔记。即便大多时候李阿牛发现对方也是这样，似乎心照不宣很默契地干着同一件事——躲避，哪怕完全知道对方清楚自己的方位。只是一旦遇到同事的起哄，李阿牛脸上的表情瞬间就会变得啼笑皆非，而且会想到同在沈阳的史冷霜。其实李阿牛到厂第二天就开始给史冷霜寄信，可一个多月过去了，连去的三封信如石沉大海，对方竟都没有回过一封信。而给吕老师寄去的信，相隔不到一周就收到了回信。李阿牛原本想周日去学校看看，但理智提醒他这样做有点冒昧，毕竟史冷霜还是个学生，自己也答应了要等她毕业。同时，他更担心在还没有完全解决好与傅抱石的“关系”前，一旦有人误会，也会给史冷霜制造麻烦。

当天晚上，李阿牛在写完第四封信后，细细回想离校前和史冷霜在操场的每个细节，李阿牛终于觉察到史冷霜在自己表白后，始终在极力回避。对，也许正因如此，次日早上史冷霜连送别仪式也没出现。想明白后，李阿牛心情反而坦然许多，不但撕了已写好的信，而且提醒自己不要因这份感情影响到工作，相反要全身心投入紧张的工作中。

4 月 12 日一早，厂机关组织学习前一天发表在《人民日报》头版的《谁是最可爱的人》。就在宣传部的人声情并茂朗读魏巍采写的这篇中国人民志愿军在朝鲜前线的通讯时，李阿牛的右眼皮莫名其妙又跳了三下，不等他回过神，会议室的灯突然灭了。

“跳闸了，快去现场。”

也不知是谁喊了一声，会场里的人一下子都跑空了。原因很快查明了，电气车间确定是有人把一根铁丝扔在了高压线上，也就是说，这次停电是一起有人蓄意破坏生产的事故。

恢复正常生产后，李阿牛刚回到大楼外，就听到边上有人叫自己，扭头一看，竟然是傅桢。看对方与第一次见面时判若两人的凝重表情，李阿牛心里“咯噔”一下，暗叫不好，觉得刚才认为眼皮跳是有人破坏生产不真，现在面临的问题可能远比生产更棘手。虽然心里紧张，但他也只能硬着头皮朝傅桢走去，并礼貌打了个招呼：“傅老师好！”

“我想问你几句话，跟我来。”傅桢皱着眉头，这次他并没有让李阿牛纠正称呼。

李阿牛跟着傅桢来到一块空地，见傅桢停下脚步转过身一声不吭地盯着自己，他顿时莫名慌乱起来：“傅老师，您找我有什么事？”

傅桢劈头盖脸地问道：“你是不是在沈阳工学院找女朋友了？”

“嗯——”李阿牛不知道该如何回答对方，自己是喜欢史冷霜，也向她表达过爱意，可人家虽然没有明确表态拒绝，其实已暗示自己要知趣而退。可能是李阿牛的犹豫和支吾让傅桢大为恼火，傅桢梗着脖子厉声喝问：“你还是不是男人？为什么不敢回答？”

面对凌厉的喝问，李阿牛不但没有丝毫的惧意，反而平静地答道：“傅老师，我没有不敢回答。只是我有意，对方没有回应，这算不算是找女朋友？”

李阿牛的反问如火上浇油，让原本文质彬彬的傅桢瞪圆眼睛咆哮起来：“你居然一边和我女儿谈恋爱，一边又去勾搭其他人，简直就是当代的陈世美！”

“傅老师，我并没有和老傅……抱石处对象呀。”即便对方近似于恶骂，李阿牛还是找准时机平静地申明。

“那你为什么陪我女儿看电影？为什么还送她回家？为什么答应她结业回来到我们家来？”

面对傅桢的三连问，李阿牛继续冷静地回应：“傅老师，这可能是一场误会……”

脸涨得通红的傅桢极其粗暴地打断了李阿牛的话，指着李阿牛的鼻子呵斥：“误会？虚伪！虚伪之极！全厂谁不知道你们处对象！现在谁不知道你喜新厌旧！抱石这两个月吃不好、睡不好，天天瞒着我们，你为什么这样折磨她？”

经傅桢这么一说，李阿牛这才觉得和傅抱石照面时，对方那件灰色双排扣列宁装似乎空荡了些，估计皮带又紧了一扣，原先的粉面红唇也暗了不少，尤其是那双略微肿胀的单眼皮，遮盖了褐色眼珠的光芒。这下李阿牛在歉意中多少带点愧疚，似乎傅抱石的痛苦就是自己亲手酿成的。他正想着如何解释，不料气得浑身发抖的傅桢突然脚用力一跺，气急败坏地指着李阿牛威胁道：“李阿牛，我告诉你，是你配不上我女儿，想当我女婿的人多得是，如果再骚扰我女儿，我让你好看！”

对此，李阿牛不但没有丝毫生气，相反觉得这就是自己要的结果，所以耐着性子把骚扰改为打扰应诺：“傅老师，您放心，我不会再打扰抱石。”

“滚！”傅桢冲李阿牛手一挥，可还没等李阿牛道别，自己已转身迈着急促的脚步走开了，可才走了七八步，蓦然想起了什么，又特意回转身正告李阿牛，“不许叫我女儿的名，你不配！”

李阿牛马上回过神来，立即改成原先习惯的叫法：“傅老师，好的，我不会打扰老傅的，请您放心。”

傅桢想说什么，可又说不出话来，最后又是恼怒地跺上一脚，急转身走了。

望着傅桢的背影，李阿牛知道此刻终于彻底了结了和傅抱石的感情，可他却有种说不出的难受，这并非是被呵斥后的反应，而是傅桢让他感受到了久违的父爱，即便这不是对自己的父爱，那也让他情不自禁回忆起模糊的镇海记忆。现在全国早已解放，可与故乡镇海一别已是十年，李阿牛蓦然有股冲动，决定抽空回镇海一趟，到家人、李会长和佚民叔的坟前上炷香，当然也要祭扫那个曾捐资过的“抗战阵亡将士纪念碑”。

当天下午检查完现场回办公室，李阿牛正聚精会神地整理各装置设备运行情况，这时有人叩响了房门。

“请进！”李阿牛抬头一看，脸上瞬时尴尬起来，门口站着的竟然是傅抱石。

同办公室的老邓早已听闻两人的微妙关系，很知趣地推椅起身，提上水壶和傅抱石打个招呼后，快速走出了办公室。李阿牛早就站了起来，看对方仍站在门口，于是伸手礼貌邀请：“老傅，有事找我？请坐。”

傅抱石没动身，淡淡地说道：“请跟我来一下，是领导找你了解情况。”

“噢。”李阿牛心里瞬间安定许多，就顺手拿上小本子跟着傅抱石出了办公室。

走在前面的傅抱石看楼道无人，突然慢下脚步转身轻声叮嘱：“赶紧理一下过去的事，高主任、高科长和欧阳科长会问得很详细。”

看傅抱石说完又一副常态地向前走去，李阿牛哑然失笑，暗自想道：过去我们俩有什么事可以理的？除了私下托你对丁浩调来沈阳关心些，再没什么见不得阳光的事。

可李阿牛旋即又忐忑起来，这种事怎么会惊动高主任、高科长和欧阳科长“三堂会审”？难不成傅桢早上威胁后真下黑手了？就在李阿牛暗自揣摩时，傅抱石带李阿牛来到了会议室并敲响了大门，在得到“进来”的允许声后，傅抱石推开虚掩的房门，引李阿牛来到一把椅子前。不等李阿牛打招呼，坐在右侧的保卫科欧阳科长先开了口："坐下说。"

这时，傅抱石已先一步绕过桌子，在三位领导边上坐下，并拧开钢笔准备记录。李阿牛这下确定傅抱石提醒的可不是两人闹得沸沸扬扬的"恋爱"事，而根据面前三位领导的肃穆神情和关闭的大门，他猜想接下来要谈的事肯定不会简单，于是坐定后主动问道："三位领导找我有事？"

"说说你过去的事。"

即便傅抱石来的路上已对自己提示过，可李阿牛听了高峰的话后还是一头雾水，诧异地问道："过去的事？"

"对！越详细越好！"

李阿牛觉得气氛有点不对劲，暗暗理了一下头绪，便开始边回忆边谨慎地说道："我出生于宁波的镇海，后经地下党的帮助前往延安，结束培训后，分到陕甘宁边区机器厂枪械修造部，当天被抽去太行工业学校进修，毕业后又回到机器厂枪械修造部……"

欧阳科长打断了李阿牛的回忆："这些我们都掌握了，就说说你去延安前的事。"

"尤其是在上海跟谁学的英语。"高科长的这一句补充如晴天霹雳，李阿牛终于清楚了自己的处境，也明白了此刻"三堂会审"的严肃性，更领会到了傅抱石的好心和善良。李阿牛的余光瞥了眼三面无表情低头做记录的傅抱石，感激对方既没有幸灾乐祸，更没有落井下石。稳定情绪后，李阿牛不但把要求的在上海的经历说清楚了，还详尽讲述了参加李侠民的抗日活动和在颜怀信军营抗战负伤的过程。

等李阿牛一口气说完后，高科长马上追问："后来和美国人阿乐满有联系吗？”

“没有，只知道他和一个美国女人露丝去了香港，既没有再联系，也没有联系方式。”

一直没吭声的高主任察觉欧阳科长放下笔又准备开口，就抢先朝李阿牛表达了意见：“我看情况基本都问清楚了。李阿牛同志，你的表现厂领导一直很满意，沈阳市领导也对你评价很高，希望你不要有思想顾虑，更要对得起组织的信任与培养，加倍努力工作。当然你若想起来还有什么没说清的，要随时向我们汇报。”

“我一定加倍努力工作，有什么情况定会立即向组织汇报。”

高主任当即挥手示意：“行，回去吧。”

等走到楼梯口，李阿牛觉得脊背一阵发凉，手一摸，背后早已湿了一片。他知道这一次的谈话肯定事出有因，应该是有人借镇压一切反革命活动告了自己的黑状。李阿牛不想回办公室，干脆下楼走出办公楼，来到早上和傅桢对话的空地，一屁股坐到草地上，随后人向后一躺，闭上眼睛从傅抱石叩会议室门开始回想，希望从千头万绪的杂乱信息中，剖析出是谁告的黑状。当回想高科长问自己在上海跟谁学的英语时，一张带有水泡眼和薄唇的长脸映入李阿牛的脑海，他如茅塞顿开睁眼“腾”的一下坐了起来——对，肯定是瞿永雷！记得去年到沈阳工学院报到时，因同学们得知自己会英语，纷纷要求日后辅导大家学英语，自己不得已推说只是在上海跟一个美国人学过几句英语。李阿牛觉得瞿永雷就像他的名字，即便分离，也是颗永远埋在身边的地雷。不过李阿牛自信地认定，在组织的呵护下，瞿永雷不过是颗哑雷，起不了什么大风浪，令他担心的倒是史冷霜，要知道瞿永雷不仅是班长，而且班主任吕老师很明显处处在袒护他。而史冷霜不但在学校曾和自己结对，还配合自己在炒面里加糖，一度让无端恶意猜测的瞿永雷颜面扫地。

就在李阿牛坐在大楼外为史冷霜担心不已时，仍坐在会议室的三位领导则为如何写李阿牛的审查报告发生了争议。

李阿牛才离开，欧阳科长当即发表了自己的意见："我认为李阿牛以前的经历复杂，不光和美国人打过交道，而且在国民党反动派军队里待过，我们有必要再次对他的历史进行彻查、严查！"

高峰向后一靠，双手轻压桌面，看似很随意地表达了不同的观点："去年中央发布《关于镇压反革命活动的指示》，就要求执行'镇压与宽大相结合'的政策。我看刚才李阿牛的回忆答复是坦诚的，既没有隐瞒，又没有狡辩，更没有抗拒，相反是毫无保留地和盘托出。至于那两段与美国人打过交道和在国民党军营参加抗战的经历，我们不能片面武断为反革命行为，当时也是为了民族的工业和抗日。"

欧阳科长轻拧眉头，他清楚高峰很赏识李阿牛，不但报到时给予关照，而且力推李阿牛去沈阳工学院进修。如果自己以前不知李阿牛的经历，那最多只是失察之过，现在不但有举报信，而且本人也承认了两段问题史。欧阳科长暗自提醒自己：镇压反革命活动可不能大意，据了解，敌人有长期潜伏等待时机重点破坏与暗害的计划，说不定这个李阿牛就是条大鱼。他把笔记翻到之前记的内容，等高峰话音刚落就边看边说："当前的形势依旧严峻，据统计，自 1949 年解放到今年 3 月，华北共发生已遂和未遂的较大的反革命破坏事件 253 起，造成很大损失。因机器、高压线被破坏而停工所受的损失，则更为严重，我们厂今天上午就发生了高压线被破坏事故，如果不狠狠打击反革命，肯定还会发生更多蓄意破坏生产的事故。因此，镇压一切反革命活动，严厉制裁一切危害人民的反革命分子，已成为我们巩固新生的人民政权、巩固和发展中国人民胜利成果的紧迫任务。”

对于欧阳科长引证论据的刻意强调，高峰不得不据理力争给予正面回应：“欧阳科长说得很有道理，但当前我们百废待兴，只有团结一切可以团结的人，我们才能取得胜利、获得成功。不加甄别就把曾在旧社会经历过的人都打倒，只会让敌人高兴。毛主席早在‘七大’时就说，这是一次团结的大会，我们不要把犯过错误的人推出去，而要团结他们。我们一定要仔细分清敌我，不能粗枝大叶，更不能把自己人搞到对立面。”

高峰的针锋相对让欧阳科长很是不舒服，结束语中的“两个不能”更似乎有所指，可出于对方管人事，他只好改变了刚才直截了当的说法，婉转变相地提出继续追查李阿牛问题的工作思路：“高科长，无论是镇压还是宽大或团结，其实都是以查明情况为前提。”

对于欧阳科长变着法子的要求申明，高主任适时放下手中的茶杯，不急不缓提出主张：“出于谨慎，我们是要在外围配合相关部门调查李阿牛。”

高峰自然听得懂高主任所谓外围的意思，也相信这大概就是竺厂长的意见，既不会影响李阿牛的工作，又能很好地了结对举报信的处理问题。于是乘胜追击抢过了话：“我看这个办法好，这样既不会耽误调查工作的推进，也不会让李阿牛在误会中消极。”

担心被举报人误会？欧阳科长觉得这完全是不负责任的话。虽然还是担心李阿牛会刻意隐瞒什么，但目前的阵势对自己明显不利，他也只能无奈申辩道：“镇压一切反革命活动，是巩固新生的人民政权，巩固和发展中国人民胜利成果的紧迫任务。我认为宁可让人误解，也不能大意。”

高主任侧过脸对欧阳科长说道：“我们赞同你刚才的谨慎态度。的确，自朝鲜战争爆发后，反革命分子的气焰更加嚣张，认为美国已把战火烧到中国的大门，复辟的时机到了，并日益加紧破坏活动，妄图里应外合颠覆人民民主国家。所以，在这次镇压反革命活动中，我们断不能有丝毫的大意，放掉一个反革命，可能就是埋下一个雷，甚至是一个大灾难。但我们也绝不能因谨慎而过度，同室操戈或自相残杀搅乱当下的伟大革命事业。镇压反革命分子中央要求是打得稳、打得准、打得狠。狠是最后手段，也是方针，但前提是要稳和准，不然就是瞎打、误打、乱打。李阿牛自延安调到我们厂后，不但工作态度有目共睹，工作业绩更是众所周知，是我们不可多得的人才，接下来他还要和苏联专家进行对接，在这节骨眼儿上，我们一定要谨慎处理。对了，刚才你提到修复被破坏的高压线，李阿牛不就发挥过很大的作用吗？”说到这里，高主任手连戳放在面前的举报信：“其实这封信严格意义上算不得检举揭发，最多只是道听途说后的担心，甚至还有可能是有人借这次运动恶意打击报复李阿牛。”

欧阳科长觉得高主任的话还是一如刚才的主张，可即便对方袒护之心十分明显，却又无懈可击。虽然这个听上去强调谨慎处理，实质要求调查不能过度的言论出自高主任之口，其实他是奉旨而为。欧阳科长用余光瞥了眼正埋头快速记录的傅抱石，暗想，既然上面都已有定性，那就别再过多操心，反正该提醒的已提醒，真有什么事，此刻的会议记录完全可以证明自己尽到了责任。想到这里，他特意微微提高了嗓门：“我虽还是认为细查好，但既然两位都赞同外围调查，那就少数服从多数，先外围调查，一旦发现蛛丝马迹再作调整。”

对于欧阳科长刚才的游离眼神和态度的重申，高峰心知肚明，那只不过是担心李阿牛日后真有什么问题他撇不清，于是当即接过了话：“我会尽快联系李阿牛同志以前的组织部门，如有情况，到时还得辛苦欧阳科长。”

“好的。”欧阳科长应声很痛快，与刚才的情绪大为不同。

“那今天就到这里吧。”说完，高主任扭头吩咐傅抱石，“小傅把调查报告整理完后交给我们签字。”

“好的，高主任，我会尽快完成交给三位领导。”

就在4人各自收拾起笔和本子时，高主任突然特意插了一句：“对了，刚提到的志愿军50军已完成第一次至第四次战役的作战任务，今天已返回国内安东、凤城地区休整，厂里正在申请组织人员去慰问和学习。”

欧阳科长虽知道这话又是在说给自己听，可他认为没有必要接话，于是边推椅起身，边看了眼手表说道：“哎哟，快下班了，我得去一趟公安局，一定要揪出那个破坏高压线的反革命。”

就在欧阳科长赶往公安局时，出于对史冷霜的担心，下班铃声刚响，李阿牛也借了辆自行车急匆匆地向沈阳工学院赶去。这一天沈阳的傍晚天灰蒙蒙的，没了春风的吹拂，空气沉闷得让人有些憋闷。到了学校，从吕老师处得知，史冷霜已报名参加了边境志愿服务队，说一周前，史冷霜就去了安东。更让李阿牛吃惊的是瞿永雪也去了，全班就他们两个人！

李阿牛找了个借口告别吕老师，步履沉重地推着自行车走出了校门。就在他不甘心回头抬眼看向校门时，李阿牛突然想起自己进修报到那天就是莫名眼皮跳，现在可以确认到沈阳后两次眼皮跳都和瞿永雷有关。此时天早已黑，路上行人不多，空气中又飘起了熟悉的炒面香。看着前面路灯下一对恋人牵手相依缓缓而行，李阿牛幡然醒悟，自己是剃头挑子——一头热，史冷霜极有可能和瞿永雷谈上了恋爱，什么“现在还是个学生”“我们都冷静下来再考虑考虑吧”，那不过是史冷霜给自己体面的婉拒。真有爱，哪用得着再考虑考虑？！看来自己今天真是染坊里卖布——多管闲事。好在史冷霜早已离校，如果撞上那可就尴尬了。唉，还是管好自己别出岔子，努力把组织即将交办的重任完成好。想到这里，李阿牛心一松，身子也轻盈起来，他左脚踩上脚踏板，刚准备上车蹬右脚尽快回厂，突然一旁有人伸手拦住了他：“同志，请问沈阳火车站怎么走？”

李阿牛觉得对方的口音有点耳熟，赶紧重新站稳扶车，并借着月光打量了对方一眼。眼前是个斜挎军用书包的中年男子，清瘦挺拔，鼻上架了副黑框的大圆眼镜，配上一对硕大的招风耳和三七分发型，很有学者的风度。李阿牛耐心回答道：“沈阳火车站有沈阳南站和沈阳北站，沈阳南站去年更名为沈阳站，您确定是到沈阳火车站？”

“对！”男子应声时，那对招风大耳竟然动了一下。

“那您就沿着这条陵东街右拐，过新开河向西南方向走 7 公里。”

招风耳男子笑眯眯地招了招手：“同志，谢谢侬！”

"嗯？您是上海人？"李阿牛终于明白为什么口音听着耳熟。

"是，侬去过上海？"

"哦，曾在上海住了段时间。"受白天调查的影响，不想就这事详说的李阿牛调转自行车方向，跨上坐垫热心招呼，"师傅，路有点远，而且现在马车也不好找，我骑车送你去吧。"

"那太谢谢小老乡了！"招风耳男子也不客套，利索地坐上车后架，并在李阿牛踩稳车后主动问道，"小老乡现在沈阳工学院读书？"

"不，我已工作，就在沈阳化工厂上班，今天下班来找老师问个事。"

"沈阳化工厂？你们厂现在三氯苯产量是多少？"

李阿牛顿时警觉起来，对方的打听让他想起抗战时遇到的那个日本奸细，于是不动声色地说道："我只是后勤人员，这可不知道。"

"小老乡，即便是后勤，你也要想法多学点知识。如果我们在后方一起多动点脑，多流一滴汗，那就可让前方将士少流一滴血。"

李阿牛抓住时机反问："师傅是来沈阳出差？"

"我是上海医学院的钱悳，捐钱的钱，悳是上直下心，同道德的德。现在是抗美援朝上海医疗志愿第二大队成员，在齐齐哈尔第一陆军医院。"

上直下心？李阿牛不认识这字，也没兴趣学习了解，他关注的是对方既然是抗美援朝上海医疗志愿第二大队的人，那为什么这个时候从齐齐哈尔跑到沈阳来？李阿牛故意问了些当初在上海学习时所掌握的当地情况，在证实对方的确清楚上海后，继续套话："那您来沈阳肯定是有急事吧？"

"敌人现在为了挽回朝鲜战场上的败局，增加停战谈判筹码，居然卑劣地使用细菌战。我们得尽快研制出杀虫剂，保护我们的战士。"

李阿牛彻底放下心来，原来对方打听厂里三氯苯的产量只是为了研制杀虫剂抗击敌人的细菌战，非但不是奸细，而且肯定是个了不起的医疗专家。这时，钱悳又问了些沈阳化工厂的生产情况，这下李阿牛力尽所能作了详细的解答。当自行车到沈阳站后，钱悳下车握着李阿牛的手道谢："谢谢小老乡，贵姓？"

"不客气。我叫李阿牛，期待您来我们厂。"

不等钱悳接话，突然有人上来冲着钱悳说道："哎呀，钱副大队长，您可来了，我们还担心您这个大教授会不会迷路。"

"哈哈，我说过不误事，这不提前到了吗？家驷在哪？"

"总队长在里面等你，说还有事要商量。"

钱悳回头叮嘱李阿牛："小李，想要打破美帝国主义不可战胜的神话，打出我们中国人的精气神，让全世界对中国刮目相看，化工企业的生产能力也很重要，希望你们加倍努力！"

原来钱悳不但是志愿大队的领导，还是个教授，李阿牛本能地想起李侠民教的那句英语，可出口前灵机一动，改为钱悳刚才叮嘱自己的话："嗯，后方多动点脑，多流一滴汗，让前方将士少流一滴血！"

钱悳紧抿薄唇，镜片后的目光越发坚毅。即便对方没再说一句话，但李阿牛已在那只上下紧握的手中感到力量。

道别并目送钱悳及其同事进车站后，李阿牛重新骑上车返程。可才蹬了两下，肚子的咕咕叫让他意识到自己还没吃晚饭。

饥肠辘辘的他迫不及待地停好车，匆匆拐进那家正准备关门的饮食店。在服务员的惊讶目光中，李阿牛如梁山好汉一般，瞬间把点的三个吊炉饼吞下了肚。

一个月后，一封来自延安养殖场的感谢信寄到了沈阳化工厂，随感谢信而来的还有一封署名为阳早和寒春的说明，大意是李阿牛不但曾在延安时对牧场灌溉有过大贡献，这次又在沈阳配合他们对土壤研究起到很大的作用，为西安草滩农场提供了基础性的工作。虽然李阿牛对突然寄来的感谢信感觉莫名其妙，但有了这封在中共有着名望的国际友人寄来的感谢信，这让高峰尽快下调查定论有了十足的底气。

七　异地重逢

1953 年 7 月 27 日，中朝两国代表团与敌军代表团各方代表在板门店达成停火协议，这不但标志着抗美援朝战争的胜利结束，也正式拉开了苏联援助中国“156 项工程”的帷幕。

虽然沈阳化工厂不在“156 项工程”内，但和沈阳三机厂、沈阳鼓风机厂、沈阳水泵厂和沈阳玻璃厂等工厂一样，属于省市 730 个重点工程项目之一，借助辽宁省 24 项苏联援助中国工程进行生产改造和扩建。作为企业的技术能手，李阿牛和丁浩各自成了所在单位的红人。此时的丁浩早已与同厂来自江苏启东的质检女工成了家，两个月前还当上了爸爸。走出被举报调查阴影的李阿牛也在年初当上了机修车间的副主任，并和傅抱石进入谈婚论嫁阶段。无论是工作还是生活，李阿牛都觉得一切是那样的称心。忙碌又快乐的日子，也让李阿牛把史冷霜忘得干干净净。

在李阿牛的眼里，这一年沈阳的盛夏与往年不同，不仅能从翠绿中感受到盎然生机，还能从不断耸起的高大烟囱中，体会到日新月异的变化。记得刚到沈阳时，抬头能看到的烟囱十个手指就能数过来，可仅仅过了四年时间，沈阳一机厂、沈阳三机厂、锅炉总厂、红梅味精、沈阳铸造厂、沈阳电机、有色冶金总厂、电缆厂、汽车齿轮厂等十几家超大规模企业列阵聚集，不但高耸入云的烟囱猛增了数倍，而且沈阳化工厂原先作为全市最高的烟囱，也被赶超而屈居“季军”。在李阿牛眼里，这一个个高耸入云的大烟囱，可不仅仅是昭示一家家工厂的兴起，也是一面面代表先进工业化的旗帜，更标志着城市的欣欣向荣。这一切也从大家日常的衣食住行变化中体现得淋漓尽致，这时不但供销社、副食品店商品供应琳琅满目，马路上无轨电车已开始淘汰有轨电车，连居住条件也发生了大变化。昔日仅有三条马车道往来运菜的城西菜地，数十家国有企业的家属宿舍楼相继在此落成，这个“铁西工人村”成为新中国规模最大的工人住宅楼群。望着那51栋苏式红砖楼，李阿牛很是憧憬，因为这里其中的一套房即将成为自己的家。

这天，在厂部学习完中共中央颁发的《关于增加生产、增加收入、厉行节约、紧缩开支、平衡国家预算的紧急通知》后，机修车间主任立即召集技术人员，按厂部要求迅速开展这个群众性的增产节约运动，希望通过集思广益，修订开支计划，动员职工鼓起干劲、增加生产、厉行节约，保证当年生产计划的超额完成。

当天的会议和往常一样，大家或用大蒲扇，或干脆用本子扇风，围绕如何响应党中央的号召进行热烈的讨论，并提出自己的建议。对会上提出的捡拾旧螺丝、收集机泵废油、节约用水用电等有点老套的建议，李阿牛觉得意义不大，之前车间早就开展了这样的活动，想再收集旧螺丝和废油肯定没什么“油水”，甚至可能让职工无效劳动。就在李阿牛着急想办法时，外面传来电话铃声，坐在门口的统计员闪出会议室去接听电话。不一会儿，统计员小跑着进来，冲李阿牛叫道："李主任，是您的电话，沈阳三机厂来的。"

李阿牛起身朝办公室走去，进房间拿起搁在桌上的电话听筒，刚"喂"了一声，只听话筒马上传来惊喜声："阿牛，听得出我是谁吗？"

对方洪亮嗓门似生又熟，李阿牛一时没回过神来。印象中，沈阳三机厂除了丁浩，应该没什么人和自己有交往。为了不让对方尴尬，李阿牛坐下后故意慢吞吞地说道："哎呀，声音太耳熟了，可又一下子……"

不料对方粗暴地打断了李阿牛的话，并骂骂咧咧地戳穿了李阿牛的小把戏："娘的，我以为你会来南泥湾找我，可你小子居然和我玩起了失踪，现在居然还把我忘得一干二净。"

南泥湾有人到沈阳三机厂了？李阿牛脑海里闪现了许多延安时期交往过的人，可都对不上电话那头的说话声，他不得不老老实实解释："不是我来沈阳把延安那边的人给忘了，而是我工作实在太忙了……"

"你是不是找了媳妇忘了兄弟！"李阿牛的话再次被打断，但这次呵斥换成了丁浩，只听对方在电话那头继续调侃，"我的声音你有没有忘？"

"你是谁？你有没有媳妇？"

李阿牛的故意装傻反击把丁浩给气乐了："你小子越来越坏了，但你也不能把家乡人给忘了呀。"

丁浩的指责让李阿牛马上想到了李健民。记得健民叔第二次到延安后，就是丁浩在机器厂窑洞外叫自己出来接健民叔的。可这声音明显不是健民叔，而且健民叔也不能称兄弟。自己家乡连亲人也没了，哪来什么兄弟？突然，李阿牛灵光一闪，“腾”的一下跳起，顾不得倒地的椅子，激动地叫道：“快让许师兄接电话。”

“唉，好在这家伙还没被媳妇冲昏头！”

许师兄接过丁浩递去的话筒，气不打一处来地责怪道：“娘的，我终于让你记起来了。”

“许师兄，你这几年在哪里？什么时候到沈阳的？准备待几天？现住在哪……”

“行了，说来话长，晚上我们仨到‘宝发园’一起吃饭，我还有事要找你。”

“好，晚上见！”

挂上电话扶起椅子，即使回到会议室，李阿牛还在亢奋中，并盘算着请一天假陪许师兄在沈阳逛逛。唉，也不知这几年许师兄是怎么过来的，有没有结婚？有没有回过宁波？送许师兄返程时，自己该送什么合适？对了，许师兄说晚上有事找我，会是什么事？也许是有心事，李阿牛在这次会议上并没有发言，笔记本上也没记多少内容。

下班后，李阿牛和傅抱石打了个招呼就骑上车直奔“宝发园”，想赶在许师兄来之前点好饭菜。可锁好车进门，发现饭店已座无虚席，李阿牛正愁有无空桌，只见丁浩已从里面靠窗的桌位上起身招手示意。

“许师兄！”李阿牛箭步上前，一把握住许师兄的手。

“老李，今天起得改口叫许组长了。”

许师兄转地方还是工厂？不等李阿牛反应过来，许师兄已拉着李阿牛挨着自己坐下，顺手拿起一瓶已开盖的“马三酒”，边往李阿牛面前的杯子里倒边说:“我就是你一辈子的师兄，就叫我许师兄。”

丁浩揶揄道:“许组长，你这师兄当得也太亏了，还要给师弟倒酒。”

“对呀。”许师兄抬起瓶口后，往李阿牛那边一搁，“该你来倒酒。”

“是该我来。”李阿牛拿起酒瓶分别给许师兄和丁浩面前的酒杯倒上酒，一放下酒瓶，马上又端起酒杯说道，“我先敬许师兄，欢迎常来沈阳做客。”

不等许师兄接话，丁浩又调侃起李阿牛:“做客时你不接待，现在没机会了。你的许师兄现是重工业部航空工业局的组长，也要在沈阳安家了。”

李阿牛对两年前在沈阳成立的重工业部航空工业局并不陌生，此刻听说日后许师兄和自己在一个城市工作，于是伸长胳膊让两只酒杯轻碰在一起，高兴地说道:“太好了，祝贺许师兄。”

许师兄矜持一笑，仰脖“哧溜”一声饮尽了杯中酒。等放下杯子，也不看李阿牛喝了多少，拿起筷子分别敲了敲面前的4个菜碗:“这是这家饭店的四绝，熘肝尖、熘腰花、熘黄菜和煎丸子。吃，快夹了吃。”

李阿牛暗自吃惊，许师兄这变化太大了，不光变得爱说话、嗓门大，还好吃。自己来沈阳已四年，对吃的印象最深的还是吊炉饼，还真不知道“宝发园”有四绝。看许师兄首先吃的是腰花，他也跟着夹了筷腰花，入口后没有丝毫的腥膻味，且又香又嫩。

“多吃猪腰可以固精益气、健腰补肾。不错吧？”

看许师兄在问自己，李阿牛匆匆咽下，连忙点头："做得不错，好吃。"

许师兄旋即又给夹了肝尖，说："这东西补血，可治疗血虚萎黄、夜盲、目赤、浮肿等病状。"

李阿牛突然觉得不像是在饭店吃饭，而像是在听医生开处方后的医嘱。看话题仍围绕着吃，他一时不知该不该问许师兄这几年的经历，好在许师兄吃了筷肝尖后，主动聊起了和李阿牛延安分别后的大致情况："那年从延安出征后，我跟黄团长一路杀敌、剿匪、平叛，现从新疆转到沈阳也快一个月了。"

"黄团长？"

"就是你在延安碰到的黄营长。"

李阿牛脱口问道："黄团长现在哪里？"

"在蟠龙战役攻克集玉峁时牺牲了，唉——"

李阿牛心里"咯噔"一下，蟠龙战役是解放西北的第一场攻坚战，当时听说集玉峁是蟠龙的主要屏障，敌军重重设防，并倚仗坚固工事殊死抵抗。他正担心自己的提问是不是戳痛了许师兄，好在对方只是叹息后迟疑了片刻，旋即又举起筷夹了个丸子，送进嘴边吃边嘟囔："虽然打了两天三夜，我们最后还是取得了胜利。而西北战场的三战三捷，彻底粉碎了敌人的军事计划。"

听得入迷的丁浩空举着筷子，一脸敬仰地望着许师兄，等着听详尽的战斗故事，可接下来许师兄却话锋一转："不过我们所有的战斗与抗美援朝相比，那算不上什么，志愿军凭借顽强的斗志，打得不可一世的美帝不得不在停战协议上签字。当下，我们就是要在中央的领导下，尽快提高生产和搞好经济。"

“对！”李阿牛隐隐觉得接下来许师兄要说明白天电话中提到的要找自己的事情。

果然，许师兄终于放下了筷子，盯着李阿牛问道：“《关于增加生产、增加收入、厉行节约、紧缩开支、平衡国家预算的紧急通知》学了吗？”

“今天刚传达了。”李阿牛点头应道。

“你所在的车间有什么具体措施？”

“修订了开支计划，努力增产节约。”

“全厂呢？”

对于许师兄的追问，李阿牛有些犹豫，按惯例厂要等各科室和车间上报活动会再定目标与措施，可若自己这样答复容易让许师兄误以为厂部还没有动作，于是就模糊答道：“应该也差不多。”

“山顶上打井。”许师兄说完端起酒杯自个儿一饮而尽。

李阿牛认为许师兄提出的节水方案很离奇，甚至荒谬。真要打井取水在平地就可以，干吗上山顶？何况沈阳解放不到5天，全市日供水量就达4.5万吨，比之前高出60%。近几年来，虽然城市人口年年增加，现仅次于上海、北京和天津，工厂数量和规模也和新中国成立前迥然不同，但始终没有发生过缺水问题。就在李阿牛发愣之际，丁浩问道：“老李，你个人有没有好想法？”

“节水我们是有具体的措施。我个人认为眼下不用打什么井，最好把人力和财力放在提高生产能力上。”说到这里，李阿牛发现许师兄刚准备夹菜的筷子悬停在了空中，并一脸诧异地看着自己，于是他不得不进一步阐明观点，“当下节电比节水更为迫切，如果到山顶打井……”

“哈哈，咳咳——”许师兄和丁浩相视后，笑得连呛了好几声。看李阿牛愣头呆脑的样子，丁浩用肘顶了顶李阿牛，压低了声提醒：“山顶上打井是歇后语！”

李阿牛这才想起儿时听郑爷在讲马谡将兵士屯于山上守街亭时，就曾用过“山顶上打井——徒劳无益”这句歇后语，也就是说许师兄彻底否定了沈阳化工厂的运动措施。让重工业部航空工业局的人否定厂里的运动，那可不是什么好事，即便他不过是个组长，连个科长也不是，可人家就是能管得到厂，想必这也是丁浩对许师兄很尊重的原因。李阿牛顾不得出洋相，干脆拍着脑门继续借用歇后语自我调侃：“嗨，看我这脑子，上山顶背石头回家——笨到家了。”

丁浩很配合地笑了，可许师兄似乎没受影响，重新举起筷边吃边说：“我的想法是搞个大统筹下的增产节约。沈阳可不是普通的城市，而是中国的工业大城。全市各厂不能自扫门前雪，更不能有偏安一隅的想法，而是要想我们还有什么可以协力办的事。元旦《人民日报》刊发《迎接 1953 年的伟大任务》的社论已经指出，今年将是我国进入大规模建设的第一年，也是开始执行国家建设的第一个五年计划。这就要求我们不光有五年的远景目标，更要有全局起好步的观念和思路。”

李阿牛真没想到早年近乎钳口结舌的许师兄如今不但说话流利，而且言语有格局、有思路、有激情，让人听了心潮澎湃。坐自己对面的丁浩也情不自禁地催问：“许组长，快说说您的具体想法。”

“我今天到你这里就是来实地了解沈阳三机厂设备的情况，考虑业务的类似性，我本想和‘156 项工程’中的沈阳市机械修理厂对接，但得知阿牛在沈阳化工厂，我就有了新的想法，也许这样更有增产节约的空间。”

“太好了。”李阿牛听完心为之一动。

“这跨单位的合作运动毕竟没有先例，而且是否有效果、有多大效果都无从得知。还有，若只是对一家有作用，另一家该如何评价？”

李阿牛这时不光清楚了晚上这个饭局的议题，也揣摩出了许师兄的意图，于是指了指丁浩倾过上身探问：“是不是我们两个单位先尝试一下？”

“对。”许师兄踌躇满志地抛出考虑已久的想法，“生产和使用若能直接对接，我们就可以知道原先的设备有哪些是不合理的，哪些材料可以缩小或者干脆节省掉。同时，使用单位更换下来的废旧设备，生产单位可在拆毁熔炉前，及时拆卸下相关零件备用。这就相当于不耗人力、物力和财力的情况下，实现增产节约的目标。”

李阿牛越发明白了，刚才的提议是许师兄的想法，想让自己的机修车间成为丁浩的试验田。虽然这事会给自己增添工作量，但只要对国家有利，就应该去配合着做，更何况这既是许师兄的点子，又有利于丁浩的工作，所以他马上接口允诺：“许师兄放心，我一定会配合好老丁的工作。”

许师兄举起酒杯叫上丁浩一起敬了李阿牛。放下酒杯乘丁浩续酒之机，许师兄双肘压桌面，十指交叉握起拳，说：“这次我们的五年计划就是看准了难得的和平。别看这次美国总统艾森豪威尔上任半年就签订停战协定，可这人不但曾用原子弹威胁我们，而且和台湾的蒋匪狼狈为奸。”

“但愿我们也早点搞出原子弹。”

“肯定会有。”对于丁浩的插话，许师兄简单回应后又回到原先的思路，“美帝的霸道注定世界不会和平太久。这次他们虽被我国志愿军打得哑巴吃黄连，但我们还是要认识到想打服对手，没有强大的后勤保障是不行的，必须把工业搞上去。”

李阿牛觉得许师兄的分析很有道理，记得阳早来信提过艾森豪威尔，说他毕业于美国西点军校，曾是麦克阿瑟的高级助理，还在任欧洲盟军最高司令时指挥盟军诺曼底登陆，是个有着五星上将衔的陆军参谋长。虽在就任总统前是哥伦比亚大学校长的身份，却常年缺席，其真正的身份是北约司令，所以在许师兄说完后，李阿牛接话道：“这次有苏联专家的帮助，我们一定努力追赶美帝。”

“不能把自己全寄托在别人身上，任何时候都要做好准备。”

许师兄的话即便是压低了声音，还是让李阿牛暗自一惊。斯大林去世才三个多月，作为二号人物的贝利亚已被抓捕，真担心苏联动荡会影响对中国的援助。丁浩也急得抻直脖子轻声追问：“是不是援助项目有变化？”

“不会变。”许师兄摇了摇头，态度很是肯定，旋即又将话题转到刚才提出的点子，并就各自的困难及拥有的资源进行了交流。

再一次碰杯后，那瓶“马三酒”已见底。许师兄说去上个厕所，李阿牛看对方起身摇摇晃晃，赶紧搀扶。不料许师兄一把推开李阿牛，一拐一拐地向外移去。看李阿牛不放心地扭头望着许师兄，丁浩单手遮嘴揭开了谜底：“放心，不是喝高了，是左腿受过伤。”

李阿牛这才发现许师兄左腿跛了，估计伤得不轻，从转沈阳工作来推断，他应该是在新疆受的伤。当许师兄再次回到桌边时，手上又多了两大盆饺子。只见他把饺子往桌上一搁，手一指，像是下达军令：“把饺子吃完，垫饱肚子各自回家。”

当三人借着酒兴出门，李阿牛本想骑车送许师兄，可对方不让，说是拐个弯就到了，习惯酒后步行回家。李阿牛见拗不过，只好摸出早已准备好的钱和粮票递给对方：“许师兄，今天这顿饭该我请。”

不承想仍在剔牙的许师兄从嘴里拔出牙签，把眼一瞪：“你给我钱干吗？”

李阿牛一愣，眼神转向丁浩。丁浩见状连连摆手：“我可没付过……”

“别婆婆妈妈的，有人会付的。”许师兄极不耐烦地把手一挥，打了个饱嗝后，边揉肚子边说，“江山都是我们打下来的，大男人别为几个小钱扭扭捏捏了。”

看丁浩连连点头，李阿牛却一头雾水，打江山和他们的吃饭钱有什么关系？可不等他再问，许师兄已哼着军歌迈着跛脚走了，看来“马三酒”真对他没什么影响。

回寝室洗漱完毕躺下，李阿牛把晚上的事回想了一遍，越想越觉得不对劲。许师兄似乎老在这家饭店吃饭，而且对吃很有研究。这让李阿牛想起了前一年刚结束的“三反运动”，像刘青山、张子善等 42 名被枪决的贪污犯，其实之前他们在党的培养教育下，无论是在抗日战争还是在解放战争中，都有着巨大的功绩。可新中国成立后，他们经不起资产阶级的腐朽思想和生活方式的侵蚀，逐渐腐化堕落。李阿牛心事重重，看来当年黄营长的勤务兵约自己到南泥湾聊聊理想和信仰没成，现在必须得在沈阳找机会补上，毕竟自己在沈阳只有这么个真老乡，他千万别在战争中没倒下，却在和平建设中栽倒。想到这里，李阿牛打定了主意，要和傅抱石商量一下，争取近几天安排个时间回请许师兄。当然为了显示隆重和方便许师兄出行，李阿牛决定这饭局还是安排在“宝发园”，届时不但约上丁浩，还要请他带上家人。

次日中午在食堂吃饭时，傅抱石听了李阿牛的想法后，通情达理地说道：“我很高兴你能在沈阳碰到家乡人，也为你有这样的想法而感动。但带家人不如纯朋友聚聊，有的话碍于家人或对方家人，可能不好说出口。再说许师兄还没有成家，总不能我们一家人，他一个人吧。我看不如先放下不谈正事，权作你为许师兄接风，等气氛更好后，你再单独约他谈事。”

李阿牛心想，傅抱石的建议不但考虑到了许师兄的感受，而且分析很在理，他由衷应道：“嗯，就按你说的办。”

新的一场饭局约得很爽，而且相聚甚欢。但李阿牛设想的约谈毫无进展，不是许师兄约不出时间，而是对方一听谈及刚结束的“三反运动”，许师兄就武断地把手一挥：“现在是什么时候，还谈这些陈芝麻烂谷子？有空赶紧想办法搞大生产！”

即便李阿牛有担忧，可因为许师兄根本没有接话的兴致，所以往往李阿牛才开个头，旋即就被许师兄带着节奏走，或谈新的工作思路，或谈新闻趣事，有时许师兄甚至找个借口干脆一走了之。不过许师兄跨单位合作运动的点子，的确让增产节约工作取得了显著成效，导致各厂矿企业争相来学习经验，李阿牛不得不佩服许师兄的才智，时间一久，也许是瑕不掩瑜，反正李阿牛觉得许师兄做得蛮正常，更何况后来他也没约自己再到饭店吃饭。

八　再遇旧人

1956年，根据国家机械工业发展需要，为更好地发挥铸造专业化生产的优越性，第一机械工业部在苏联专家的建议下，决定将沈阳暖气器材厂、沈阳水泵厂和沈阳鼓风机厂的铸造车间合并，建立沈阳铸造厂，开始铸造专业化定点协作。因有清晰的管理思路和较好的工作业绩，许师兄被破格提拔，调任为沈阳铸造厂的副厂长。

这天早上才上班，李阿牛接到许师兄的电话，说是在办公室等他，让李阿牛马上过去。也不等李阿牛回话，许师兄就挂了电话。听着话筒里传来的“嘟嘟”忙音声，李阿牛一头雾水。再过二十分钟就要开车间技术分析会，自己一个离心泵的改造方案能不能报厂部，这次会议很关键。但考虑片刻后，李阿牛还是向车间主任说明原因请了假。

骑车赶到沈阳铸造厂，刚在大门口下车，门卫就主动问道：“您是沈阳化工厂的李主任吧？”

“对，是我。”

“许厂长让您直接去办公室找他。”

究竟有什么急事让许师兄这样急巴巴地找自己？李阿牛停好

自行车，按门卫的指引，进办公楼沿梯而上，径直来到3楼，在标有副厂长的办公室外，李阿牛一眼看到正在奋笔疾书的许师兄。李阿牛抬手叩响了房门。

“进来。”

直等脚步声快到办公桌前，许师兄这才抬起了头。看是李阿牛，许师兄当即放下手中的笔，推椅起身说道：“不错，动作迅速，不愧是延安出来的兵。”

李阿牛觉得许师兄这话说得有点牵强，自己虽在陕甘宁边区机器厂搬迁至山西更名为第一兵工厂后，曾换上军服列入解放军部队编制，但和许师兄不同，算不得是延安的兵。由于急着想知道许师兄找自己的原因，李阿牛于是迎上许师兄伸来的手，边握手边俏皮地回应一句后马上切入主题：“许师兄找我，我恨不得踩风火轮赶来。对了，找我有什么事？”

“急，很急。坐。”许师兄嘴上说急，可让李阿牛坐下后，自己却不紧不慢地给李阿牛倒起了水。

“许师兄，不用倒水，坐下说吧。”

“急办不了大事，更办不成事。就像我们当年打铁，不给铁淬火几次，肯定用不了。”

从许师兄的表情与言谈中，李阿牛揣摩他找自己应该是件大事，而且是件好事，即便心里仍牵挂着车间的技术分析会，也只能按下性子顺其自然。许师兄倒好水转身回到桌边，边向李阿牛递来杯子，边说：“快喝，这是上好的龙井。”

还没接上杯，李阿牛已闻到了沁人心脾的茶香。当年离开上海返回镇海，虽也喝过茶，却再也没有机会碰过龙井。所饮之茶有的清和鲜醇，有的香馨醇厚，但都没有龙井特有的香郁味甘。

李阿牛也不客套，端过茶杯吹了吹气，沿杯沿吸了口茶水含在嘴中，果然茶汤在舌齿回旋，顿时口鼻生香。

“好茶！”

“来沈阳前，我还真不知道茶有这么好喝。唉，若师傅还在，我一定让他喝这样的茶。”

李阿牛闻之有些动情，都过去十多年了，可许师兄心里还是装着师傅，相比之下自己还真有些羞愧。因为还想着尽快回车间开会，李阿牛故意抬手看了眼手表说道：“许师兄，现车间还在开离心泵改造方案的技术分析会，我可真有点人在曹营心在汉呢。”

“看来是要让你身心一致。”许师兄说完一屁股敦敦实实坐在自己的椅子上，斜靠椅背，一手随意放在交叠的腿上，一手压着桌面，微扬下巴，道出了急找李阿牛的原因，“沈阳铸造厂现已成全国第一个专业化铸造企业，我们马上要在苏联专家的指导下成立铸造研究所，我想让你来研究所主持工作。”

刚放下茶杯的李阿牛连连摆手：“许师兄，我可不敢担当这样的要职。”

“条件不够诱惑？”

李阿牛暗自惊讶，许师兄这话怎么听了这么别扭，就特意纠正着回复：“不是不满意，而是我觉得自己真不是这块料。铸造厂可是新中国第一枚国徽诞生……”

许师兄抬起压在桌上的手，张开五指朝李阿牛虚压了两下，粗暴地打断了对方：“我早就了解过。在延安你已是闻名当地的设计王，现在让懂俄语的你天天在基层车间修理机器，真是大材小用。”

"厂里一直在培养并重用我。"

"嘿嘿。"许师兄干笑了两声，旋即手指西面问道，"知道克拉玛依油田今年投入试采了吧？"

"嗯。"对于前一年国庆后克拉玛依1号井出油的消息，李阿牛的记忆比较深刻。因为那标志着中国一个新油田的发现，所以《人民日报》今年5月和9月相继发过社论，号召全国支援克拉玛依。可即便如此，他还是对许师兄的发问感到一头雾水。

"据说油田年产原油可达1.6万吨！"

李阿牛揣摩出了许师兄的用意，探问："沈阳铸造厂要造炼油设备？"

"国家对职工进行培养就是为了更好地使用，要让每个人发挥出更大的作用。"许师兄并没有正面回答李阿牛，但明显又回到了刚才的话题。

"可我觉得在沈阳化工厂也挺不错，也能发挥出作用。"

对于李阿牛的急切申明，许师兄没有马上接话，而是放下交叠的腿，直起上身，拿起杯子喝了口茶水，哂笑几声后才说道："我当初在部队也觉得挺好，可现在我还会这样想吗？你也一样，如果把延安的工业和沈阳的工业相比，能说是一样吗？"

李阿牛哑然，自己的本意可不是许师兄所理解的那样，于是只能从家庭来解释："许师兄，你也知道你弟媳和我同在沈阳化工厂，现在她刚怀孕，我若到沈阳铸造厂，就难以照顾她……"

"嗨，结婚都几年了，怎么还老想黏在一起。告诉你，分开一下滋味反而更好。"说到这里，许师兄压低声音交了个底，"如果你想让弟媳也来沈阳铸造厂，我会想办法把她调过来。"

"许师兄，我不是这个意思。要不我回去和抱石商量一下？"

对于许师兄的热情相邀，李阿牛不得不打起迂回战术。

“弟媳是搞人事的，应该是个明白人，把你放在车间其实就是浪费人才，还不如让你发挥特长做更大的事。我再给你透露个消息，明年沈阳有色金属铸造厂和沈阳重型机器厂铸铁车间也要合并到我们沈阳铸造厂，鼓风机、水泵等毛坯铸件都将由我们来设计和制造。你自己回去好好想一想，能成为全国唯一铸造技术行业归口研究所的所长，是不是前景一片光明？”

李阿牛被说得有点心动，但还是顺水推舟说道：“行，我回去和抱石商量后，马上联系许师兄。”

“别人可是挤破了脑袋想要，若不是我有这个权力，我想给你也难。”

李阿牛相信许师兄说的全是真话，只好哭笑不得地连连应道：“谢谢许师兄，谢谢许师兄，我回去一定好好考虑考虑。”

“行，那我就等你消息。”许师兄把杯子往桌上一放，就像当年打铁一样果断，也像是作战前动员的拍板。

李阿牛本想马上回车间，可舍不得杯中的龙井茶，于是自己动手续水后，又闲聊了一会儿，直等茶泡过 4 次，才告别许师兄回了单位。

到单位得知技术分析会并没有通过离心泵改造方案，李阿牛的心情顿时跌入谷底，这个方案可是自己跑现场、找资料、查数据，花了不少时间才想出的，不料连车间这一关也过不了。他自然马上想到了许师兄提及的铸造研究所，兴许真如许师兄告别时所说，这是改变自己命运的时候，也是可为国家做更大贡献的时候。

当天晚上一家人吃完饭收拾干净后，李阿牛把早上许师兄的想法和岳父母及傅抱石说了。

“去，当然去！”傅桢听完浓密眉毛一挑，并不大的眼睛满是精光，虽然话就一句，但态度很鲜明。

岳母也拉着傅抱石的手紧跟着表态：“抱石我们会照顾好，我们也就这么一个女儿，不会亏待了她。”

作为关键人物的傅抱石反而不急着接话，那双黄褐色的眼珠转了一圈后问李阿牛：“你自己有什么想法？”

“我觉得现在也挺不错，每天可以一起上下班。”

听到这话，岳母望向李阿牛的目光更加慈祥，可傅桢却连连摇头后替女婿做起了主：“男人若是婆婆妈妈的，那就干不成大事。明天一早你就直接去沈阳铸造厂找你师兄回复。”

几年下来，李阿牛已摸透了傅抱石一家人的性格。一家之主的傅桢呵护女儿可谓是不遗余力，也因此很是霸道，当时找上门斥骂并威胁自己，其实就是容不得女儿吃亏或受气。而作为一名老艺术家，他对事业总是充满了激情，认为男人就该投身革命做大事。近两年的共同生活，作为孤儿的李阿牛体会到了久违的父母亲情，也养成了对岳父母不忤逆的习惯。而这一切傅抱石都是看在眼里喜在心上，作为家中独生女的她不光希望能找到自己喜欢的男人，还期望这个男人对自己的父母如同生父母般孝敬，这也是为什么当初在了解了李阿牛的才气与能力后，对他产生了爱慕之意，尤其是李阿牛的孤儿身份，更是让她认定对方不会有入赘的苦恼，只有幸福的欢乐，现在的生活早已证明自己的眼光和判断。不过傅抱石心里对强势的父亲也颇有微词，以前家里只有两个女人，父亲怎么蛮横也没关系，可李阿牛也是男人，总得照顾一下脸面吧。刚才不管父母说什么，傅抱石并没有进耳，她关心的是李阿牛怎么想，并从李阿牛的答复"觉得现在也挺不错"的"也"字上听出了味道，知道李阿牛这是成熟考虑后的真实想法，只是不好意思说出来。于是松开母亲的手缓缓说道："作为重工业的第一道工序，铸造就是工业的基础。之前国家把 67 枚不同尺寸的金属国徽铸造任务交给沈阳铸造厂，并将他们铸造的新中国第一枚直径 2 米的国徽悬挂在天安门城楼上，这就说明了该厂的生产能力和地位。现在无论是飞向蓝天的战机，还是地里耕作的拖拉机、水里行驶的轮船，都需要优质的铸件产品。前几天我去市里开会得知，沈阳铸造厂无论是占地面积还是职工人数，注定要成为亚洲最大的专业化铸造企业。对于这样的机遇，越有能力就越应去尝试、去展示。研究所应该是为科研项目和任务建立的研究机构，没有研究所的认可，我想第一道工序也只能是镜中花、水中月。阿牛，你绝不只是配角的料，只要对你发展有利，放手去干，我们肯定支持。"

配角的料？李阿牛立即想起丁浩在决定去三机厂前对自己的一番忠告：不管多优秀，在这里你注定成不了主角。如果说那次自己还有点理想化，可这六年工作下来，自己觉得丁浩的分析有些道理。而且事实也证明了丁浩从配角变成主角后，的确更能对工厂发挥作用，成就感自然也更大。李阿牛顿时对自己将来的定位有了方向和目标，他向妻子投去感激的目光，随后犹豫着试问："那你愿意一起调去沈阳铸造厂吗？"

傅抱石莞尔一笑，轻抚隆起的小腹说道："阿牛，我在技术上可是一窍不通，在哪上班都一样。也因为做人事工作，其实我一直有两人分开工作的想法。毕竟同单位我不但帮不上你，相反还会因避嫌影响你的进步。"

“找我女儿做老婆，绝对是你这辈子最正确的决定，也是最幸福的事！”

对于傅桢的这一变相警告，李阿牛还真有点内疚，自己当年想追求的可不是傅抱石。就在李阿牛不知如何应对岳父时，傅抱石已嘟起嘴替自己回敬起父亲：“让妈做老婆，让阿牛做女婿，绝对是爸最幸福的两件事。”

傅抱石的明显袒护不但没有令岳母生气，相反她眉开眼笑，这反而让李阿牛红了脸。傅桢虽然强势，可在撒娇的女儿面前，往往只能缴械投降：“唉……女大不中留，留下结冤仇。”

话音刚落，岳母笑得前仰后合，傅抱石不好意思地捂住向上翘起的嘴角，李阿牛看了一眼妻子的小腹，相信里面那个小生命也和自己一样快乐无比。

晚上李阿牛刚钻进被窝，先上床的傅抱石像往常一样，翻身把自己埋在李阿牛的臂弯中。李阿牛动情地搂住妻子，先轻吻了一下额头，随后双唇下滑到挺鼻，接着扳平妻子的身躯，那股柔软、清甜的熟悉气息从掀起的被窝中溢出，不可抗拒地钻进李阿牛的鼻子，使他浑身血液沸腾起来，就像家乡的大潮水无法抑制，汹涌地扑面而来。李阿牛身子往下一缩，贪婪地吮吸那张红唇。傅抱石越发搂紧了李阿牛，可就在李阿牛伸手要褪衣裤时，她一把抓住那只有力的大手，侧过脸喘着娇气说道：“阿牛，现在不行。”

李阿牛不答，固执地晃动脑袋欲继续盖住妻子的双唇。傅抱石把李阿牛的手顺势移至小腹上，柔情劝道：“不能吵到我们的小宝贝。”

汹涌的潮水像是遇到了魔力，瞬间就平息下来，忸怩不安的李阿牛仰起脸，只见傅抱石含着骄傲与幸福的眼神，很是默契地点了一下头，李阿牛旋即羞愧地把头埋在妻子的脖颈处。傅抱石笑了，把手插进李阿牛浓密的头发中，深吸了一口气，再次柔声说道："阿牛，快睡吧，明天你还有很多事要忙呢。"

李阿牛顺从地翻过身，拉灭灯后躺平。傅抱石像以往一样，翻身替李阿牛掖好被角，再把自己埋在李阿牛的臂弯中。当两个躯体又紧贴在一起时，李阿牛觉得自己是世界上最幸福的人。这时，傅抱石突然像是想到了什么要紧的事，说道："阿牛，我前几天一直想和你说件事。"

"什么事？"

"许师兄是不是还没对象？"

"是呀。"李阿牛应声后马上反应过来，抽出垫在妻子脖下的手臂，再次翻过身拉亮了灯，"你有人选？"

傅抱石用手挡住灯光，笑着责怪："你也真是的，平时不关注比你还大的许师兄还没结婚，现在倒是急得像热锅上的蚂蚁。之前我也没觉得有合适的，这次厂质检科新招了名女工，不但人长得漂亮，各方面条件也不错。"

对于妻子推荐的人选，李阿牛自然十分放心。傅抱石不但可以从外貌和性格上进行把关，而且可以从个人档案上进行把关。于是当妻子刚把手从眼前移开，李阿牛就先亲了对方额头，接着做出了安排："太好了，我明天一早就去找许师兄。"

"别急。"

李阿牛诧异地问道："明天不说？"

"明天一早你先跟我去看一下这名女工。"

李阿牛认为有点多此一举，于是笑着问道："我去看她干吗？

不用了吧？”

“不是让你相亲，可你没见过怎么和许师兄描述？”傅抱石带着调侃反问道。

李阿牛恍然大悟：“对，对。”

“那就这样，快睡吧。”

李阿牛重新关灯，再次和傅抱石挨着身子睡下了。

第二天上午，李阿牛回到办公室，趁房内无人，自信满满地给许师兄打去了电话。得知李阿牛同意来铸造研究所，电话那头当即传来许师兄的爽朗声音：“就是嘛，水往低处流，人往高处走。你若不来，我以后还看不起你呢。”

许师兄话音刚落，李阿牛急忙补上傅抱石早上再次的叮嘱：“许师兄，抱石还是在老单位，就不动了。”

“这决定很正确，当然也让我省了劲。”许师兄似乎明白傅抱石的用意，毫不介意地说完后，马上补充了一句，“我一定会给你配好人，你尽管放手干，一定干出一些名堂来。”

“谢谢许师兄！”

“行，你就等消息吧。”

“许师兄，我还有个事。”看许师兄有挂电话的意思，李阿牛急着说道。

“啥事？”

“许师兄，我们厂质检科新招了名女工，不但人长得漂亮，而且各方……”

“你想给我介绍对象？”

李阿牛心里暗乐，自己这还没介绍完，许师兄已急了，他觉得这次自己肯定能吃上喜糖。想到这里，他带着邀功的情绪兴致勃勃地说道："抱石得知许师兄还是独身后，一直牵挂在心。只是之前没有合适的，所以拖到了现在。抱石今天一早找了个借口，特意把这姑娘带我面前。许师兄，她真的很漂亮……"

"你们简直是吃饱了饭瞎操心，有这时间和精力不如多为厂里干点事！"

李阿牛立刻敛了笑容，并迅速把听筒拿离耳朵，很是不解地看了眼话筒，真不相信这话出自许师兄之口。如果说自己刚才有点过度夸傅抱石的用心，那至少也是真的把你许师兄的私事记在了心上。如果以为自己有点夸大了女工的相貌，那完全可以见了面再下定论嘛。也许心里有点堵气，李阿牛原本感激许师兄的心情也为此打了折扣，他重新把听筒贴在耳朵上，说："那我们就不提这事。"

"唉，我知道你们是好心，可这事急不得，还是让我自己来找个合适的吧。"可能意识到了自己刚才的态度不当，许师兄连洪亮的嗓门也压低不少。

李阿牛的心一下子软了下来，于是就坡下驴一语双关："那我们等许师兄的好消息。"

"你就等消息吧。"

李阿牛听得出这句话还是和刚才一样，仍专指自己工作调动的事。他只能无奈地接道："好，谢谢许师兄。"

"再见！"不等李阿牛道别，许师兄已挂上了电话。

过了半个月，傅抱石把刚收到的调令透露给了李阿牛。虽然竺厂长极力想挽留李阿牛，但考虑到新合并成立的沈阳铸造厂急需人才，并且沈阳化工厂对李阿牛来说也确实难以发挥更大的作用，也就在祝贺声中送走了依依作别的李阿牛。

到沈阳铸造厂刚办理完手续，李阿牛就在许师兄的陪同下来到还在筹建中的铸造研究所。铸造研究所紧挨厂部办公大楼，是一栋两层的砖楼。许师兄指着小楼边走边说：“看，这楼就是你的，条件比你沈阳化工厂的车间好多了。现在人员也基本上齐了，苏联的技术指导专家明天就过来，后天我们就召开成立大会。”

李阿牛虽然不在乎办公条件，但看到这样的楼房，还是满心的欢喜。他接连发问：“苏联技术指导专家来几位？研究所共配多少人？当前的主要任务是什么？”

“苏联专家就 2 人，研究所包括翻译共配 69 人……”

“这么多？”

许师兄提高了嗓门刻意强调：“不多，我们可是第一家研究所，你得为国家培养各地的人才。”

李阿牛听明白了，重重点了点头。刚要随许师兄进楼，忽然听边上有人叫道：“李阿牛同志！”

李阿牛觉得耳熟，扭头顿时吃惊得瞪大了眼睛：“啊，怎么是你？！”

“咦？你们认识？”许师兄随即停下了脚步。

李阿牛终于回过神来，忙不迭地解释：“认识，认识，她是我在沈阳工学院进修时的俄语指导老师呢。”

史冷霜捂着嘴角自嘲道：“什么指导老师，还不是你这个大所长给封的。”

“这就是我给你找的翻译人员，她还在抗美援朝时上过前线……”

许师兄还没说完，突然有个人从后面插了进来：“许厂长，市里有人急着要找您。”

“知道了。”许师兄冲来人点了下头，随后又招呼史冷霜，“对了，既然你们是熟人，也就不用我介绍了。你陪李所长去办公室，带他熟悉一下所里的人。”

“好的，许厂长。”

“许师……许厂长您先去忙吧。”在对许师兄脱口而出的称呼中，李阿牛硬生生改了过来。

等许师兄跟来人走后，李阿牛扭回头刚想开口，不料和史冷霜四目相对后，七年前在沈阳工学院操场见最后一面的场景瞬时涌上心头，似乎耳边又响起了凌厉呼啸声，那脚踩积雪的跑道发出的嘎吱声，就像是替史冷霜抵挡自己的表白。李阿牛的脸瞬时红了，张开嘴不知说什么好，好在史冷霜及时打破了尴尬，主动问道：“这几年你去哪里了？怎么不回信给我？”

“你给我写过信？”李阿牛以为听错了，手指自己的脸反问，似乎那张脸上写了个大大的问号。

史冷霜更为惊讶地问道：“你离校第二天我就给你写了信，你没收到？”

李阿牛暗暗叫怪，自己明明也是第二天就给史冷霜寄去了信，为什么两人都没有收到信？一封信遗失可以理解，但连去三封信都石沉大海，里面肯定有猫腻。那中间该会是谁在捣鬼？李阿牛的脑海里立马浮现出两个人名——瞿永雷和傅抱石。可在没有证据之前，李阿牛觉得不可乱下结论，更何况傅抱石现在不但已成了自己的妻子，还即将是自己孩子的妈妈。为了掩饰自己的推测，李阿牛故作轻松地揽错：“可能是我当时给你留的地址写错了，真不好意思。”

没想到偏执的史冷霜摇了摇头，像是自言自语："这个不可能，投寄前我还在邮局核对过。"

担心史冷霜误会自己故意不回信，李阿牛急忙申辩："我真没收到你的来信，而且我也是离校第二天就给你写了信，并且连续寄了三封信给你。"

"咦？奇怪了，我怎么都没收到过？如果我寄的那封信有可能出错或丢失，但你寄的三封信怎么可能都出错或丢失？"

李阿牛的余光看到一个瘦高的年轻男子从楼内向外走来，他不想在外人面前提这些与工作无关的往事，想着暗地调查明白后再和史冷霜解释清楚，或干脆保密一辈子不和任何人提。于是压低了声调侃："你看，过去我们相互接不到信，所以老天干脆安排我们一起工作。以后我们有事不用再写信，直接面对面交流。"

史冷霜这时也听到了身后的动静，扭头主动朝瘦高男子招起了手："小童，过来一下。"

"史老师好！"瘦高男子边问好，边走到了李阿牛的面前。

"我给你介绍一下，这位就是我们的李所长。"史冷霜说完转头对李阿牛也介绍起了来人，"李所长，这位是今年刚从清华毕业的童志远。"

李阿牛一下子联想到为延长石油厂立下找油大功的汪家宝，见童志远边向自己伸手边问好，他本能地握紧对方的手，边摇边说："太好了，我们十分需要你这样的知识分子！"

猝不及防的童志远被李阿牛的手握得生疼，可又不好意思松手，只能倒吸一口气，弓耸肩膀回应："谢谢李所长的信任，我一定努力工作。"

"行，你先去忙。"

“李所长再见！”终于抽回手的童志远揉着手腕又向史冷霜解释出楼的原因，“史老师，我去宿舍拿个仪器。”

“要不要帮忙？”

“不用，不用。”

“好，再见！”

“再见！”

史冷霜继续陪同李阿牛向楼内走去。刚进楼，史冷霜回头看了一眼后轻声说道：“李所长，你手劲太大了，小童刚才脸都疼红了。”

李阿牛这才明白刚才小童脸红不是害羞，而是手被自己捏得生疼。于是谢过史冷霜的提醒后自嘲：“谢谢你提醒，看来我这个大老粗日后和你们知识分子交往还是得注意些。”

察觉出李阿牛有些尴尬后，史冷霜马上自圆其说：“李所长，主要是所里刚大学毕业分配来的人太缺乏体育锻炼。”

李阿牛感激地望了史冷霜一眼，本想就此顺梯而下，可想到汪家宝当年能独自骑马在延长山地测上万个数据，靠的可不仅是丰厚的专业知识，还有顽强的意志和强健的体魄，于是结合当下的热点说道：“现在学校从小学起就要评‘三好学生’，培养德、智、体全面发展的建设者和接班人。小童没能赶上好时代，我们得为他们补上，不光要品德好、工作好，还得要身体好。”

“这个想法太好了！清朝时期无论是国家的实力，还是国民体质，只能在西方列强的欺凌中，被迫戴上‘东亚病夫’这顶帽子，好在我们的志愿军战士用实力把这顶污名帽甩在了残酷的战场。现在该轮到我们工业战线的战士，要把别人强加我们头顶的‘贫油国’帽子扔进太平洋！”

李阿牛觉得自己的点子让史冷霜一诠释，瞬间变得高尚起来了。提到志愿军，李阿牛自然接口问道：“对了，听说你还上过抗美援朝前线？”

“嗯。”

李阿牛发现史冷霜不但应声很轻，而且眼神躲闪，似乎不愿提这事，就在他犹豫着如何接话时，史冷霜抬手做了个请的姿势，说：“李所长，我陪你到里面熟悉熟悉。”

李阿牛觉得这个称呼和动作不光别扭，还显得生疏客套，就看似很随意地提议：“我们都是老熟人，还是叫我老李或李阿牛同志吧。”

史冷霜像是早有考虑，不假思索地回应：“也好。但有第三人在时，我必须还要称李所长。”

“好，那一言为定！”对于史冷霜时时想维护自己的威信，李阿牛心里觉得挺温暖。

“一言为定！走，李阿牛同志。”

“走！史冷霜同志。”李阿牛感觉一下子轻松许多。

九　举荐被批

一晃第一个五年计划的日历就翻完了。在全国人民的共同努力下，苏联帮助中国的 156 个重点建设项目不但大部分已施工建设，而且超过三分之一项目或全部建成，或部分建成投入生产。这些包括飞机、汽车、发电设备和重型机器等的工业，使中国实现了从无到有的目标，更大幅增加了基础工业实力。

李阿牛对自己近两年的工作情况也很满意，不但许师兄说的鼓风机、水泵等毛坯铸件都由研究所来设计，而且研究所还参与了一些大项目的研究与制造。这些项目既开阔了李阿牛的眼界，又奠定了他个人的设计权威。但随着工业的高速发展，国家面临钢铁紧缺的问题。钢铁是工业的粮食，没有钢铁意味着工业成了无源之水。于是新年刚开始，借助全国掀起的新一轮“以钢为纲”工业浪潮，李阿牛又投入了紧张的工作中。

傅桢似乎比以往更忙。这几年来，作为新中国第一个电影制片厂，长春电影制片厂的拍摄任务非常重，不但成功拍摄了《白毛女》《钢铁战士》《董存瑞》《上甘岭》等优秀影片，还拍下了许多运动的纪录片，作为主任的傅桢自然不分天南地北，没日没夜地工作。那天在钢厂拍摄钢炉时，为了拍摄出更好的角度，他攀上直梯工作。可能因为劳累过度，就在钢水出炉移动时，他突然眼睛一黑，大叫一声从空中坠落。人当场坠亡，可手中的机子却因被紧紧抱在怀中，仅仅外壳有开裂，并不影响使用。

在办理完岳父的丧事，即将迎来1958年的春节之际，当天下午李阿牛接到许师兄的电话，说是让他在办公室等着。李阿牛这边才应声，对方旋即挂了电话。虽已习惯了许师兄的工作风格，但搁好话筒后李阿牛还是琢磨起许师兄的来意，可想了半天还是理不出一个头绪来，干脆继续审核起桌上的设计图。

不到一炷香的工夫，李阿牛听到楼道传来几个人的脚步声，也分辨出其中许师兄的跛脚声，他正奇怪许师兄今天怎么没提前放开大嗓门，只见许师兄已陪着两位客人进了办公室，随后拉过房门，在关门前叮嘱随后跟着的人："不许任何人进来和靠近！"

"是，许厂长。"

对于这样有点熟悉的场景，李阿牛心里咯噔了一下。难不成又要调查我？那这次是谁诬告？告我什么？已起身绕过桌的他不敢轻举妄动，眼巴巴看着许师兄关紧门，转身对自己说道："这两位是北京来的领导。"

许师兄这种有头无尾的提示，让李阿牛放下心来，若真要调查自己，根本不需北京来人。但他也意识到来人非同小可，且所带的任务应该属于保密性质。于是在许师兄介绍自己时，李阿牛主动向更靠近自己的客人伸出了手："欢迎，欢迎！"

"久闻大名，没想到李所长这么年轻。"年长客人握手时寒暄了一句。

许师兄相继把两位客人介绍给李阿牛："这位是中国科学院第一设计院的秦主任，这位是胡组长。"

李阿牛热情招呼:“秦主任、胡组长,请这边坐!”

等李阿牛倒好茶随后四人坐稳时,许师兄开门见山介绍两位客人的来意:“老李,秦主任和胡组长是带着特殊任务来我厂物色人选,厂部要求研究所必须全力配合,任何人必须无条件听从秦主任和胡组长的调遣。”

当得知客人来自中国科学院后,李阿牛猜测国家应该是有特重大设计项目需所里配合,可没料到对方是直接挑人。不过也就这片刻时间,李阿牛已想好了该推荐谁。也许是心里已有了谱,所以话也应得很爽快:“是,我们一定听从组织的安排!”

秦主任和胡组长不急不忙地打开笔记本,边问边记。在问了所里许多人的情况后,胡组长望了秦主任一眼,见对方点头,于是合上本子说道:“李所长,相关情况我们已基本清楚了,谢谢你的配合。”

李阿牛没想到心头一个极强的念头居然连个冒泡的机会也没有,于是顾不上纪律主动推荐道:“两位领导,刚调查的几位同志政治和业务的确都很出色,但我们所的史冷霜更是不错的人选。”

胡组长一脸诧异地看着李阿牛而忘了合上本子,秦主任抬起眼皮不动声色地应了一声:“哦?”

“她不但懂俄语,还上过抗美援朝的前线。”

李阿牛觉得自己的话虽不长,但都切到了关键点,既能说明史冷霜有着和苏联专家对话的能力,又能说明她有很好的政治素养。可没想到秦主任听了微微一笑说道:“史冷霜同志我们也考虑过。”

“也考虑过”这一说法意味着考察不合格,李阿牛一下子蒙了，史冷霜近两年的工作业绩在所里可以说是出类拔萃，如果连她也不合格，那还能有谁更合适？但李阿牛知道谈话到这一步就不能再硬推荐，不然弄巧成拙，那样既不能让史冷霜有更好的发展机会，同时会让组织对自己产生误解。李阿牛正想着如何收场，好在许师兄帮起了腔：“老李，组织上早有安排，不要打乱秦主任的考察节奏。”

“是。”李阿牛心情低落地应了一声，这声音任谁都听出有不甘的味道。

“今天谈话就到这里，不要和任何人提任何内容。有什么想法和建议，我们非常欢迎。”

看秦主任叮嘱后打完圆场起身，三人也相继站起握手告别。

送走客人回到办公室后，重新坐在办公桌前的李阿牛思想再也集中不到设计图上，脑子仍在回味刚才的对话内容与细节。如果真是组织考察不合格，那史冷霜会有啥问题呢？现可以肯定的是自己在沈阳工学院进修和与史冷霜再次相逢一同工作的时期，对方没什么问题，那中间相隔的四年发生过什么？即便自己之前曾有心了解，目前也只能从吕老师和同学的有限信息中，得知史冷霜和瞿永雷有过短暂的婚姻。另外，有心的李阿牛在和门卫聊天时，得知傅抱石曾有段时间天天翻找邮局刚送来的信件，现在即便没有证据，也基本可断定史冷霜给自己的来信就是傅抱石暗自截下的。不过对于自己给史冷霜的去信为何石沉大海，李阿牛虽一度也想解开这个谜，可高强度的工作让他无法分身分神，同时因担心又是妻子所为，加之即便查明其实对自己也没什么意义，相反还有可能破坏夫妻关系，于是干脆作罢。可这次的谈话却让李阿牛欲罢不能，即便会触到史冷霜婚姻的痛，他也想探究个明明白白。就在李阿牛打定主意找史冷霜直面了解时，桌上的电话响了起来，他回过神接起了电话："喂。"

"把门关上！"

李阿牛听出是许师兄的声音，放下话筒疾步关上门，再回到桌前边坐边拿起话筒："许师兄，门关严了。"

"你今天怎么回事？！"

许师兄的呵斥让李阿牛明白刚才的错犯大了，不过他还是不甘心地申辩："许师兄，我真的是出于公心……"

许师兄粗暴地打断了李阿牛："还公心，我看你是母心！如果是推荐，这种大事还轮不上你来插嘴！"

李阿牛赌气地认起了错："好吧，许师兄，是我错了，行不？"

"这种大事容不得任何人出错！"

虽然连续三次开口斥责，但李阿牛听出这次的语气明显比前两次好许多。同时，李阿牛从许师兄又一次强调这种大事上听出了严重性，就像是认错又像是恳求地说道："许师兄，今后遇到大事还得提前提醒我一下，千万别再因我出错给你添麻烦。"

"我这次也只是知道代号'五八一'任务是绝密计划。"许师兄说到这里压低了声音，"估计是搞人造卫星。"

"太好了！"李阿牛一下子从椅子上跳了起来。

"我只是猜测，在外面绝不能乱说！"

"明白。"

话音刚落，电话那头传来敲门声，只听许师兄回了声"我马上过来"后，又对着话筒压低了声音："我得去会议室，记住别乱说，这是纪律！"

"请许师兄放心！"

搁好话筒的李阿牛仍抑制不住兴奋，以至当第一声敲门声响起时，竟然小跑着过去打开了门。门还没全开，一张布满愁容的熟悉的脸映入眼帘，不等李阿牛开口，史冷霜嘴唇发白急切道明了来意："我父亲病了，我需马上回老家。"

"病得重吗？"话刚出口，李阿牛就后悔不已。对方的表情和泪痕说明自己问的都是废话，还有不批请假的嫌疑。

"嗯。"史冷霜从口袋掏出电报。

"你马上去买火车票，有困难我们一起想办法。"李阿牛赶紧补救刚才的过失，同时在接过电报时扫了一眼内容。

"今天晚上 6 点 20 分有趟过站车，我有办法上车。"

"那太好了。"李阿牛说完抬手看了下手表，"只剩三个多小时了，你快回去收拾。"

"谢谢！"拿回电报，史冷霜转身离开李阿牛的办公室。李阿牛起身站在窗口，当看到对方瘦弱的背影渐渐离开大楼时，心里五味杂陈，甚至为对方不公的命运打抱不平。现在即便是组织上有心考察她，可这时的她肯定也无法集中精力。突然，开着的门又被轻轻敲了两下。

"请进。"李阿牛扭过头来。

"李所长，这是您这个月的工资和票证。"

"谢谢。"李阿牛走到桌前，拿起笔在劳资员递来的工资单上签字。

劳资员从标有"李所长"的工资袋中取出钱和票证："李所长，请点一下。"

虽然知道不会有差错，但李阿牛还是装模作样点了点，随后往桌上一压："没问题。"

等劳资员离开后，李阿牛望了眼桌上那沓钞票和票证，突然冒出一个念头：前两次史冷霜回家乡过年，返程都会给自己带瓶"沱牌曲酒"和一袋橙子，自己一直没好意思回礼，干脆这次借她父亲生病慰问之机，也买些牛肉和苹果请她带去。想到这里，李阿牛再也没心思看设计图，揣上钱和票证就要往外赶。可刚要拉上办公室的门，电话铃声又响了起来，李阿牛犹豫了一下，还是推开门回到桌前接通了电话："喂。"

电话那头传来傅抱石急切的声音："李阿牛，儿子发高烧得去医院，我现在手头有急事，你能不能早点回家陪妈去医院？"

"这——"想着史冷霜极可能买上票就走，没有思想准备的李阿牛支吾了一下。

"好吧，你就别分心了，我来想办法。"

李阿牛没想到妻子接话这么快，正准备改口，不料傅抱石已挂了电话。听着"嘟嘟"的忙音声，李阿牛准备连按搁话筒的按键接总机，可想到如果真去医院，就肯定送不上史冷霜，不如抓紧时间买好东西送到史冷霜手上，然后再赶往医院看儿子。打定主意后，李阿牛迅速出门下楼，骑上车就向市场赶去。

自结婚以来，岳母包揽了家务活，李阿牛再也没用过各种票证，由此也得以全身心投入工作中。到了肉店才知道自己这张票买不了半斤肉，而且当天的肉已供应完毕，想要得次日一早来排队。李阿牛急了，掏出工作证向一位正在整理刀具的师傅一亮："师傅，我是沈阳铸造厂铸造研究所的，我们所有个同事的父亲病危，她等一下就要上火车，您能不能帮我先买点？"

"你掏工作证有什么用，我认的是肉票。"肉店师傅瞥了一眼李阿牛的证件后强调，接着又申明，“即便你手上有肉票，可我这里没肉，那也用不了。”

李阿牛意识到自己亮证的行为有点荒唐，一边收起工作证，一边恳求道：“师傅，帮下我吧，那个同事还上过抗美援朝前线……”

急着要下班的肉店师傅被李阿牛纠缠得有点不耐烦，当即打断李阿牛：“看着倒像个干部模样的人，怎么就和你说不清楚，不是我们不卖你，是店里根本没有一两肉！”

肉店另一位师傅斜挤上来努了一下嘴角：“别说是抗美援朝，就是你们沈阳铸造厂参加过抗日的许厂长现在过来，那也没肉买。”

李阿牛扭头一看，马路那头骑车过来的还真是许师兄。这时，许师兄也看到了李阿牛，径直骑到肉店门口刹住了车，随后身子微斜左脚撑地，冲着李阿牛问道：“咦？你怎么在这里？”

已迈出肉店门槛的李阿牛把刚才史冷霜找自己请假和自己想回礼的打算简要说了一下。

许师兄瞥了一眼李阿牛手上的钱和票证，说：“唉，你也是，这里就算有货，你也就只能买半斤，你堂堂一个所长好意思送这么点东西？！”

“那怎么办？”

“行了，跟我走！”

许师兄说完就蹬上车慢慢骑了起来。李阿牛觉得许师兄话里有话，该是能有办法搞到肉。于是匆匆把钱和票证重新揣回口袋，急忙骑上自行车追了上去。等两人并排后，许师兄对李阿牛说道：“现在可不是国民党时期还有黑市，就算有再多钱也没用。”

李阿牛听完顿时泄了气，心里暗自恼火，既然许师兄没办法帮忙解决，干吗还要让自己跟着走，要知道自己儿子现在还急着要上医院看病呢，自己可没闲工夫听他瞎扯。于是李阿牛马上接话道：“许师兄，那我再去其他地方看看。”

许师兄瞥了一眼李阿牛，撇着嘴角说道：“这个时候你把全市的肉店都跑完，肯定也买不到肉。算了，跟我走吧。”

李阿牛心想，难不成许师兄带自己去市里要批条？想到这，脚下像是装了马达，蹬起来特别的轻松。当许师兄在“宝发园”门口停下车时，李阿牛立马明白了许师兄的意图，可旋即质疑起来，下车扶着把手问道：“许师兄，人家会肯卖给我吗？”

“要是他们连这事也办不了，那还开什么饭店？还有，你现在是不是脑子不灵了，如果不是风干的牛肉，人家还没带到家，路上就臭了。”说完，许师兄很有气魄地把手一挥，“赶紧停好车，走！”

李阿牛慌手慌脚支起脚撑锁上车，像个小跟班似的随许师兄进了门。

当李阿牛再次出门时，简直不敢相信自己双手拎着的牛肉干和苹果。看时间已剩不多，他也顾不得和许师兄道谢，骑上车就向火车站冲去。眼看再拐一个弯就到火车站，可突然出现的傅抱石却站在人行道上拦住了他：“李阿牛，你怎么知道儿子送妇儿医院了。咦？现在物资这么紧张，你哪里搞来这么多吃的？再说，孩子感冒发烧也吃不了牛肉干。”

李阿牛跳下自行车，擦了一下额头的细汗，说：“所里一同事的父亲病危，赶今晚 6 点多的火车，我去送她。”

“那快去忙吧，别骑太快。我给妈买点吃的，她有点低血糖。”

“我马上过来。”

不等傅抱石接话，李阿牛已重新骑上车走了。傅抱石刚走两步，像是想到了什么，猛然扭头抬手欲叫住李阿牛，可刚张开嘴又戛然而止，急促的短音就像李阿牛刚才自行车的急刹声，聒耳烦心。看着拐入另一条马路的李阿牛，傅抱石放下手臂，转身心事重重地向副食品店走去。

当李阿牛火急火燎跑进火车站，恰好时钟敲响，检票口此时已没多少乘客在排队进站。李阿牛赶紧跑到队伍前面：“同志，我要送个人，能不能让我进去一下？”

“后面排队，凭站台票进站！”检票员说话时头也不抬。

“我怕来不及找人，能不能让我进一下，我是沈阳铸造厂铸造研究所……”

虽然检票员还是循规蹈矩低头检票，根本没有理会李阿牛，但有人听到声音后，当即斜插过来招呼：“咦，李专家，您这是要去哪里？”

这个几年前被沈阳化工厂职工的尊称让李阿牛一下子联想到了宿舍隔壁的杜师傅的老婆，扭头一看，那人果然是见过几面的杜师傅老婆。李阿牛如溺水者侥幸抓到了木板，惊喜地叫道：“太好了，嫂子，我急着要送个同事，快帮我买张站台票。”

看李阿牛准备放下手中东西掏钱，杜师傅老婆一把拉过对方，蛮不讲理地把手插到排在最前面的乘客前，一脸霸气地说道：“往后让一下。”随后又对检票员说道：“先让李专家进去，等一下我来补站台票。”

随着乘客的后退一步和检票员点头，李阿牛敏捷地过了检票口，快速向站台跑去。虽然火车没有开，但长长的9节车厢让李阿牛犯起了难。史冷霜有没有上这趟车？如果上了，那又会是在哪一节车厢？李阿牛顾不得面子，沿着火车车厢边走边扯开嗓子喊："史冷霜，你在哪？"

李阿牛前后来回喊了两趟，可还是没能找到史冷霜。眼看车厢已关上门，车头腾起白烟，累得气喘吁吁干脆蹲在地上的李阿牛正打算放弃回礼计划。可就在这时，李阿牛终于听到史冷霜的回应："李所长，我在这里。"

李阿牛抬头一看，只见史冷霜从车窗探出上身正朝自己招手，他赶紧起身跑到车窗前，高高举起手中的牛肉干和苹果："带给你父亲，替我问好。"

史冷霜连连摆手说道："不用，真的不用。"

"这是我的心意。"说完，李阿牛踮起脚把手中的东西往车内塞。

头发有些零乱的史冷霜只得接过："谢谢你！"

"千万别见外，有什么困难和我说，我能办的，定尽全力。"

"谢谢！"眼带血丝的史冷霜哽咽着说道。

"别难过，一切会好的。"

"Все трудности временны（一切困难都是暂时的）。"

李阿牛毫不犹豫也用俄语回应："Я верю（我坚信）。"

话音刚落，卧在铁轨上的机车头拉响了汽笛，随着"哐当"一声响，车厢猛地一震，在火车头喘着"呼哧、呼哧"的粗气中，绿色长龙开始缓缓前行。李阿牛跟着车厢边跑边叮嘱："Не принимай все на свой счет（别一个人扛困难）。"

“嗯。”史冷霜刚应完声，眼泪夺眶而出。

李阿牛边跑边挥手：“пок（再见）！”

“пок（再见）！”

随着绿色长龙喷出的白雾越来越浓、越来越急，几乎跑尽站台的李阿牛不得不停下脚步。就在李阿牛若有所思看着渐渐远去的火车时，脸上突然感觉有道水丝滑过，起初还以为是火车蒸汽水，可借着路灯抬头细看，才发现天空飘起了细雨。这雨不像冷漠无情的骤雨，也不像电闪雷鸣的暴雨，更不同于家乡来势凶猛的台风雨，而是随着轻柔的风，在空中像绢丝密密斜织，似烟如雾悄无声息地落到地面上。李阿牛抬手抹了一把脸，此时肃穆的青山、湿润的铁轨、闪亮的轨道灯，远近皆朦胧，人在诗意中。此情此景，让李阿牛不由朗诵起史冷霜在沈阳工学院教会自己唐代刘复的《春雨》一诗——“细雨度深闺，莺愁欲懒啼……”

刚念到这里，这时候车室隐约传来的婴儿啼哭声，李阿牛突然一个激灵，他想起儿子发烧还在妇儿医院就诊，于是他转身向外跑去。刚到检票口，只见杜师傅的老婆迎面走来，手上比刚才多了件雨衣。李阿牛以为她要去站台，上前准备感谢她刚才的帮忙，不料话还没出口，杜师傅的老婆就把手中的雨衣递到李阿牛面前，一脸关切地提醒：“李专家，我看你没带雨衣，快把它穿上。”

“不用，不用，雨不大。”

杜师傅的老婆眼一瞪，说：“大兄弟，你这就别见外了吧。再说把你这个大专家淋感冒了，我们沈阳人也没面子呀。”

李阿牛觉得话说到这一步，再客气真是见外了。于是李阿牛谢过杜师傅的老婆，披上雨衣，穿过人群出了火车站，迅速骑上自行车向不远处的医院赶去。可还没进医院，只见傅抱石抱着儿子，岳母打着雨伞刚从里面走了出来。

“妈、抱石，磊磊好点没？”

傅抱石边拍儿子，边轻晃身子，说：“好多了，现在睡着了。”

“我来抱吧。”李阿牛准备支起自行车脚撑。

岳母抢先拉住李阿牛，扭头对傅抱石说道：“你坐车先带孩子回家，我一个人走。”

“妈，要不还是你坐车？”

“你心疼儿子，我也心疼女儿，快回去吧。”岳母回转身拉了一把傅抱石。

傅抱石犹豫了片刻，终究还是依母亲的话坐上自行车后座。看岳母要把雨伞塞给傅抱石，李阿牛单手利索地脱下雨衣，边往傅抱石头上罩，边说：“妈，伞你用，我们快，回家我用热水擦一下就行。”

岳母这回没再推让，先帮女儿穿好雨衣，旋即又从包里掏出一条白毛巾要替李阿牛围扎在头顶，说：“快回吧，你也别着凉了。”

李阿牛心头一热，想起了母亲，也想起了刘福贵。记得在延安被刘福贵批评后，自己后来在捻棉线劳动时戴的就是白羊肚毛巾。他顺从地低下身子让岳母在头上围扎好毛巾，随后带着妻儿先回了家。

傅抱石一路没说话。到家后李阿牛帮着安顿好儿子，拿上热水瓶和脸盆去擦了个身。等回到房间，李阿牛看到傅抱石默默坐在椅子上抹眼泪，就上前劝道：“孩子就发个烧，至于这样吗？”

虽然傅抱石没吭声，但明显眼泪流得越来越多。李阿牛蹲下身子，掏出手帕塞到妻子的手中："别哭了，孩子明天就会好的。不早了，我赶紧去做饭，等妈回来吃饭。"

不料傅抱石听到这话反而哭得更厉害，李阿牛这才察觉出不对劲，半扬着脸紧张地问道："医生说什么了？"

看泪如雨下的傅抱石摇了摇头，李阿牛急得起身转了一圈，旋即再次蹲下摇着傅抱石的腿追问道："你倒是快说呀，磊磊到底是什么病？"

傅抱石终于抬起泪流满面的脸，说道："阿牛，你不会变心了吧？"

"变心？"李阿牛一下子摸不着头脑。

"你是不是去送史冷霜了？"

"你怎么知道？"李阿牛吃惊地反问道，毕竟刚才碰到妻子时，自己并没有说送谁。

"这个点的火车路过射洪县，而且……"吞吐片刻后，傅抱石还是道出了下半句的推理，"而且送这么多吃的，说明关系非常……"

李阿牛觉得傅抱石的心思缜密得有点可怕，但又觉得好笑。他抬起双手轻压妻子的肩膀劝道："别胡思乱想，根本不是你想的那样，快起来去洗把脸，妈马上到家了。"

傅抱石不但没起身，反而身子向前一倾，一把搂住李阿牛的脖子，把头埋在李阿牛修长的颈下，带着哭腔说道："李阿牛，你可不许变坏。"

从变心到变坏，口吻也从央求到要求，竟是这么一瞬间的事。李阿牛以前听人说女人在处理感情上很感性，甚至很任性。

那时他还认为这种说法本身就很任性，可现在看来还真是有道理，连向来理性的傅抱石，似乎结婚后也变了性子。看时间不早了，担心岳母到家看到这一幕会尴尬，李阿牛只得缓缓起身并拖抱起妻子，同时轻拍对方肩膀应诺道："放心，我不会变坏，永远，永远。"

一个副词的两次强调，让起身的傅抱石破涕为笑，并仰脸嘟起嘴撒娇："家里又要多个人，你可不能让我生气。"

这一意外的好消息顿时将刚才的不快甩至九霄云外，李阿牛的手顺势往下一移，捂着妻子的小腹惊喜地问道："多久了？"

"快两个月了。"

"这段时间不要太累，多注意休息。嗯，快坐，快坐，我这就去做饭。"

"嗯。"傅抱石松开双手，一脸幸福地擦干了眼泪。

十　道明真相

当史冷霜休完丧假重新回到研究所，不但人明显消瘦了很多，两条腿更是纤细得像两根水草，看上去有点伶仃；原本稚气的脸没了灵性，脸色发青，紧抿的双唇毫无血色，凹陷的眼眶平添了几分呆滞。李阿牛很想帮史冷霜走出丧父的阴影，可除了她来办公室答谢时劝慰一下，实在想不出有什么好办法。一天，听到门卫喊人，李阿牛想起史冷霜在陪自己参观沈阳工学院时，曾告知她有时也会在空地叫上几声解压。李阿牛很想陪史冷霜找个无人的地方，陪着她尽情喊个够，把所有的不快发泄一空。可每次看到史冷霜时，他却不知如何开口，毕竟时过境迁，这种叫喊发泄并不适合他们现在的身份，更不适合他们俩的关系。

这年入夏后，童志远和另一位年轻人接到调令，前往新成立的中国科学院第一设计院报到。那天，送童志远他们到火车站后回办公室已过下班时间，李阿牛收拾完文件准备提包接妻子去医院检查，刚关上门，只见身穿圆领格子裙、腰际系了布条的史冷霜从楼道口向自己走来，于是停住脚步问道："冷霜，有事找我？"

"嗯。"眉头微蹙的史冷霜点头轻轻应了声。

虽然不知史冷霜为什么这个时间来找自己，更不知道是什么事，但李阿牛从对方的神态中揣摩出是私事，而且一时可能说不清，所以马上从包里掏出钥匙打开了门：“进来说吧。”

进了门放下包，李阿牛边给史冷霜倒凉开水，边故作轻松地找着话题：“这两天气温上升得也真够快的，稍微动动就会出汗。”

“李阿牛，你别忙了，我是来说个事。”

李阿牛听出言外之意是让自己出面帮忙，为了让对方轻松开口，于是乘递上茶杯之机，热情地宽慰道：“不忙，喝点水，什么事尽管说，我一定想办法。”

史冷霜接过杯子轻轻放下，等李阿牛在对面坐稳后，直接道出自己的恳求：“我想调去延长石油厂或兰州炼油厂，你能不能帮我？”

对于延长石油厂，李阿牛自然熟悉，不过现在刚建成投产的兰州炼油厂名声更是家喻户晓。作为中国第一个大型炼油厂，兰州炼油厂不但设计产能达 100 万吨 / 年，而且炼制的是克拉玛依原油和玉门原油，因而成为各地青年干事业的梦想平台。不过对地区生产总值不断递增的东北来说，这里本就是干事业的大平台，很少有人愿意“背井离乡”去闯荡。于是刚松下身子的李阿牛扶着把手又挺起了上身，愕然问道：“为什么想离开东北？”话刚说出口，李阿牛觉得有必要提醒，于是又加了一句，“那里的各方面条件可不比这里。”

“我只想到一个无人知道我的地方。”

虽然越听越糊涂，但李阿牛知道史冷霜的想法肯定不是一时冲动，而是再三斟酌后的决定，他起身掩上门，等重新回到自己的座椅后，才轻声追问："能告诉我为什么吗？"

史冷霜力避李阿牛的视线，虽看上去极为稳重地端着茶杯，可垂着的眼帘还是遮不住张皇的眼神，像是要破地钻进去。只听她弱弱地嘟囔了一句："想为国家找石油、炼石油。"

是的，国家太需要石油和石油产品了。没有石油不但机器转不了，飞机也上不了天，而且还会影响到国家卫星工程的研究。这段时间，包括李阿牛在内的很多中国人都把目光聚集在石油上。虽然国家在第一个五年计划交出了一张满意的答卷，完全改变了我国工业落后的面貌，但美中不足的是党中央很关注的石油工业部，却只完成了计划的 72.6%，成为国民经济各部门中唯一没有完成"一五"计划的单位。现在中苏关系有些紧张，进口石油也受到严重干扰，加上自产原油极少，连最基本的需求也难以满足，以至于许多地方的汽车只能背着煤气包行驶。好在今年兰州炼油厂第一期 16 套装置全部建成并相继投产，同时，兰州肥料厂设计的年产 1 万吨粗甲醇装置、5 万吨合成氨装置和 9 万吨硝酸铵装置等一期工程也即将投产。有着配套的热电厂和水厂的兰州，现已被有些人誉为新中国炼油工业的"共和国长子"、石化工业的"摇篮"，成了青年学子投身革命、建功立业的好地方。可李阿牛心里明白，史冷霜这个冠冕堂皇的说法背后必定有难以说清的缘由，就在他想着如何劝说史冷霜时，无意间看到桌上的文件，一个念头突然涌上心头：如果能促成许师兄和史冷霜的姻缘，不但可以解决许师兄的婚姻问题，还可以让无依无靠的史冷霜也安定下来。也许是这个念头一下子让李阿牛兴奋起来，他双手交叠隔着桌子向对方倾伏上身，真诚地说道："但我清楚，这里更需要你这样的人才，我也相信你在这里会有幸福的未来。"

史冷霜苦笑了一下，紧抿嘴唇没接话，原本明亮的眼睛空洞地望着茶杯上来回滑动的拇指。

出于还没有征求过许师兄的意见，李阿牛只能仍从工作角度来劝说对方："研究所的工作刚有些起色，现在一下子少了两员大将，如果你再走，我担心工作会受到影响。"

"我不如他们……"

李阿牛手一挥，很是粗暴地打断了对方的话："不，我清楚你比他们更合适去中国科学院，为此我还向组织推荐过你。"

"啊？！"史冷霜猛地抬起头，吃惊得瞪大了眼睛。

"相信我，是真的。"李阿牛本还想说自己为此还受到过严厉的批评，但组织纪律让他话到嘴边又咽了回去，更何况这个秘密虽能证明自己对史冷霜有很高的评价，可对她反而是更大的心理负担。

"我肯定相信你，只是担心这会影响你。"史冷霜说到这里，终于端起茶杯抿了两口水，等再次放下杯子，说出了让李阿牛大吃一惊的一句话——"我父亲不是病故，是服毒自杀的。"

"啊？！"李阿牛吃惊的表情远胜刚才的史冷霜。

史冷霜平静地说道："我父亲因举报被冤打成'右派分子'。"

李阿牛这下终于明白自己在推荐史冷霜后，胡组长为什么会显得一脸的诧异。他顿时断了刚才冒出的促成许师兄和史冷霜两人姻缘的念头，拧紧眉头轻声追问："是谁举报的？举报什么内容？"

"瞿永雷！"史冷霜从牙根蹦出这三个字后，深吸了口气，接着讲述了那段李阿牛不知道又迫切想解开谜团的往事。

当年在瞿永雷的"关照"下，史冷霜光荣参加了边境志愿服务队。在前线那段危险又艰难的日子里，史冷霜被瞿永雷无微不至的关心所打动。返校后，在瞿永雷的热烈追求下，两人确定了恋爱关系，并在参加工作后不久，结婚成了家。可不承想这对史冷霜却是一种难言的煎熬，毕竟谁也想不到看似正常的瞿永雷竟然性无能。洞房那晚，史冷霜终于明白此前一直不敢越雷池一步的瞿永雷的真实面孔，其实那彬彬有礼的背后是为了掩盖无能的事实。婚姻对他来说是一种可以向外遮盖缺陷的手段。

两年后，看前来探亲的史冷霜肚子仍然没有变化，母亲就忍不住拐弯抹角向女儿问起了房事。于是终于在女儿羞涩的半遮半掩的答复中，知道了女儿久不孕的缘由。可作为一名家庭主妇，她除了伤心流泪和叹息，别无他法，好比吹灯烧了胡子——只能自认倒霉。而史冷霜的父亲在得知事情真相后的态度截然不同，不光为女儿的青春交付给一个“无能”的人担忧，更担忧日后女儿老了谁来养。向来性格稳重平和的父亲愤怒地冲出卧室，敲开隔壁刚上床休息的女儿和女婿的房门，要求女儿第二天就办离婚手续。第一次看到气得脸色大变的父亲，史冷霜一时吓得不知所措。倒是打开房门的瞿永雷一脸淡定地回望妻子一眼，毫不羞耻地对着挤进房间的岳父，用一贯高调的口吻说道：“生命的意义不是男欢女爱，而是干出一番事业来，我和冷霜都觉得这样挺好，可以有更多的精力和时间投入革命事业中。”虚伪的瞿永雷的话让史冷霜的父亲气得浑身哆嗦，手指对方骂了声“无耻之尤”。不料，瞿永雷冷冷一笑后，若无其事地回到床边威胁道：“离婚的女人抬不起头，何况新中国的法律是不允许父母干涉儿女的婚姻的！”本就愤怒不已的父亲一把推开边上涕泗滂沱的妻子，拖上瞿永雷就要往外赶，并几近暴跳如雷地吼道：“你马上给我滚，我绝不允许你为了一张皮而拖累我女儿！”激烈的争吵让史冷霜幡然醒悟，她起身插在两个男人中间，平静地对父亲说道：“爸，妈，你们先回房休息，这事让我和永雷单独谈。”看着泫然欲泣的女儿，父亲心如刀绞，好在他已从女儿的冷静口气和眼神中，读懂女儿已下定的决心，于是在妻子的半拖半拉中，回到了自己的卧室。虽然在承诺为对方隐私“保密”后，史冷霜顺利地和瞿永雷办理了离婚手续，但她明显感受到这个男人处处在工作中给自己使绊子。为此，她不断向组织申请调离工作，最后终于成功调到铸造研究所。本以为一切可以从头开始，不料年初，史冷霜父亲所在的单位收到一封举报信，举报内容为史冷霜父亲曾在社会主义农业合作化运动时大放厥词，是极典型的资产阶级“右派分子”，借鼓吹所谓的“大鸣”“大放”“大民主”向我党和社会主义制度发起进攻。由于史冷霜父亲平时为人大家都清楚，单位领导本想对这无厘头式的举报走个程序，调查一番走过场了事。但不料在找当事人核实时，史冷霜父亲居然一口认了下来，并有理有据地说革命不能操之过急。恰巧单位正在为落实“右派分子”指标发愁，于是经过集体讨论，一致评定史冷霜父亲为“右派分子”。一向高傲的史冷霜父亲戴上这顶沉重的政治帽子后，被压得喘不过气来，倔强的他表示绝不认错，由此让批斗越发严厉。那天在回家路上，听到邻家小孩围着唱新编嘲笑他的儿歌后，情绪失控的他一夜没睡，凌晨时分留下一封遗书，悄悄出门服毒自尽了。

听完史冷霜的讲述，李阿牛倒吸了口冷气，联想起在沈阳化工厂被瞿永雷举报的事，如果当初三位领导调查后没能还自己一个清白，估计自己在那场运动中也难逃一劫。也许有过这样的恐惧感受，李阿牛愤怒地问道：“瞿永雷为什么这样做？”

史冷霜不答反而提醒起李阿牛：“你也得小心。”

“我早已被他举报过。”李阿牛愤愤地简要说了当初被举报的经历。

史冷霜的嘴唇咬出了血印，明亮的眼睛像被怒火所烧，只听她咬牙切齿地说道：“他是条不达目的不罢休的恶狼，认为我不肯和他恢复关系的原因，除了我父亲，还有一个就是你。”

“他敢！”李阿牛气得猛拍了一下桌子，只见史冷霜面前的茶杯跳了一下，好在水位不高，没有洒出来。

“这也是我决心要离开研究所的原因，我不希望给你带来麻烦。”

史冷霜的这句话，更激起了李阿牛的庇护之情，他拍着胸口保证：“没什么麻烦，有我在，你别怕！”

“我不是怕，我只是迫切想离开这里，到一个看不到这条恶狼的新环境重新生活，即便不是为了自己，我也得为我妈、你及你的家庭着想。”

李阿牛愕然，对方的话似乎一下子刺中自己的软肋，那一刻的他就像是一个气球被人扎了一下，瞬时瘪了下来。李阿牛很不自然地移了移上身，慎重点了下头算是默认。

“那就这样吧，谢谢，你快点回家吧。”

看史冷霜推椅起身告辞，李阿牛也起身一边绕过桌子准备送对方，一边允诺：“我会尽快办好，有消息马上通知你。”

“谢谢，再见！”

“等等。”李阿牛指了指史冷霜的脸颊，“这样出去不好。”

羞赧的史冷霜用手在脸上草草抹了一下。看对方没擦干净泪痕，李阿牛从口袋里掏出手帕替对方擦去泪痕，不承想越擦越多。他迟疑片刻，还是用手轻轻拍了拍史冷霜的肩："Все трудности временны（一切困难都是暂时的）。"

话音刚落，身后传来一声门撞墙的巨响。不光史冷霜吓了一跳，即便经历过战场的李阿牛也受了一惊，扭头一看，只见虚掩的门被重重推开，一脸怒气的傅抱石叉着明显变粗的腰站在门口。李阿牛转身迎了上去："抱石，你怎么来了？"

傅抱石没有接话，而是绕过李阿牛径直冲到史冷霜面前，愤怒地挥起手掌。李阿牛抢前几步，张开手臂搂住身材略显臃肿的妻子："你这是干吗？"

失去理智的傅抱石边挣扎边冲史冷霜厉声尖叫："我们处对象，你插足捣乱。现在我们结婚都有了孩子，你这个狐狸精还想干什么？！"

"你……"史冷霜气得嘴唇哆嗦说不出话来。

李阿牛没想到一向理性稳重的傅抱石会如此荒唐愚蠢，这哪像人事管理的干部，简直就是骂街泼妇。他抱起妻子转身放下后，把手帕往口袋一塞，满脸不悦地呵斥道："你胡说什么？！"

"我胡说？你以为我不知道？人家不光把你进修时干了什么告诉了我，就连你写给她的信，人家也抄送给了我！"

李阿牛觉得所有的谜团瞬间揭晓，看来之前自己的判断没错，一切都是瞿永雷干的，而且极有可能这次的事也是他在背后导演。想到这里，李阿牛急切地求证："告诉我，是不是瞿永雷？"

傅抱石冷笑了一声："怎么，你怕了？"

又恼又气的李阿牛狠狠跺了一下脚："你别信他……"

“难道让我信你？！”傅抱石突然涕泪俱下、泣不成声地数落道，“你一个孤儿到沈阳来，我和我们家哪点配不上你？当初你被举报调查，还不是我想办法联系阳早给你写感谢信，可没想到你是个……”

也许是过度伤心，傅抱石说到这里突然双眼一闭，身子发软往地上倒去。李阿牛眼疾手快，一把搂住妻子。史冷霜终于也缓过了神，上前急促地问道：“要不要叫人送医院？”

李阿牛果断地摇了摇头，冷静地安抚对方：“冷霜，你先走，这里的事我来处理。”

史冷霜也觉得自己在这里帮不上忙不说，反而还可能添乱，倒不如让李阿牛一个人处理，于是点头拔腿欲离开。可刚走了两步又急刹回转过身：“李阿牛，今天说的事不要和别人提，毕竟……”说到这里，史冷霜咬了咬嘴唇，迟疑片刻还是低头红着脸道明了原因，“我和他也算夫妻一场过。”

李阿牛几乎不敢相信自己的耳朵，一个无耻男人为了掩饰自己的性无能，不但活活拖累前妻不说，甚至还把前岳父整死，这难道不是杀父之仇吗？记得儿时听郑爷在说书中讲过，杀父之仇，不共戴天。一代枭雄曹操因张闿杀了他父亲，怒而举兵讨伐陶谦，导致徐州惨遭兵祸所害。成吉思汗也因记恨父亲被塔塔儿人毒杀，成年后发起斡里札河之战，攻破塔塔儿营寨，并捕杀首领篾兀真笑里徒报了仇。虽说冤冤相报何时了，但也绝不能过度仁慈。农夫与蛇的故事，就是要我们学会分清善恶，如果对恶人心慈手软，那受伤的只能是自己。考虑当下突发的事容不得分神，李阿牛决定日后再找机会劝史冷霜，于是轻声应道：“我知道了。”

史冷霜抬头把散在额头的头发捋到耳后，感激地望了李阿牛一眼，转身出门并轻轻带上了门。李阿牛抱起妻子放到椅子上，对着人中掐了掐。傅抱石终于缓缓睁开了眼，转头看清四周后，猛然张开双臂抱住了李阿牛，把头埋进对方的小腹，失声叫道："李阿牛，你可不能上狐狸精的当，你得为孩子们……"

看着双肩不停颤抖的妻子，李阿牛又好气又好笑，捧起对方的泪脸打断道："抱石，别胡想，根本没有你想的那样。"

"那你为什么要发火？她又为什么骂我是恶狼？你答应她办好什么事？为什么要搭肩并替她擦眼泪？"

对于妻子连珠炮般的发问，李阿牛这才明白一直很理性的傅抱石为什么会情绪失控。可问题是她在办公室外偷听到的只是自己和史冷霜的半截对话，加之带情绪的盲目猜测，推门又看到自己正在替对方擦眼泪，自然误判两人有不正当的关系。他腾出手本想掏手绢替妻子擦眼泪，可在捏到有些潮湿的手绢时，担心怀着身孕的妻子会反感甚至动怒，于是又悄悄放回手绢，用手指抹去对方如断线般滑落的泪水，认真地说道："抱石，你放心，我李阿牛不是那种男人，我之前也答应过你不会变坏。对了，今天我才知道阳早寄来的感谢信也是你在暗中帮我，真的太感谢你为我做的一切了。"

松开手的傅抱石突然问道："我想问你一句，你能不能说真话？"

"我一定！"望着那双惊慌又渴望的眼神，李阿牛心疼地重重点了头。

"你有没有喜欢过她？"

李阿牛不得不叹服妻子的智慧，很多复杂的事她不需抽丝剥茧，而是迅速抓住重点剖析。他知道自己此时不可能撒谎蒙混过关，当然也不想刻意向她隐瞒，也许这正是一次向妻子坦诚的机会，是一次能让妻子解开多年心结的难得契机。想到这里，李阿牛不急不忙转身拉过一把椅子放在妻子面前，等坐定后，拉起妻子的手握在手心，动情地说道："我到沈阳第一个认识的就是史冷霜，在进修时，我的确喜欢上了她。"看刚止哭的妻子又无声地流起了眼泪，李阿牛不得不加快了语速，"但和你结婚后，我不但感受到了被爱的幸福，而且更因为有了这种幸福，让我工作再累也很快乐。我现在和以后只爱你一人，希望你能相信我，也希望你能理解我的工作，我对她的帮助绝对没有见不得光的男女之情。"

"可她像噩梦一样始终缠绕着我，我怕。"

见傅抱石说完委屈地趴过上身想靠向自己，可臃肿的身体难以前倾，李阿牛只好起身靠前，让妻子再次把头埋进自己的小腹。他用手抚摸着对方的头发劝慰道："她是个可怜人，不用怕。有的事就像你的人事工作，我没办法告诉你，但你一定要相信我。"

其实刚才傅抱石看到史冷霜被自己恶骂后气得嘴唇哆嗦说不出话时，就已怀疑自己的猜测有误。现在李阿牛亲口说出史冷霜是个可怜人，傅抱石的心又放下一半，推测刚才在门外听到令丈夫动怒和史冷霜咒骂的对象并非自己。既然李阿牛说这事像人事机密，那就适可而止，不必再追问。于是傅抱石破涕为笑，仰起脸嗔怪："今天说好了下班陪我去医院，现在不知道林大夫还在不在。"

李阿牛拍了拍自己额头："下班时还记得，刚才有事耽搁居然给忘了。走，赶紧去医院。”

当李阿牛把傅抱石搀扶起时，她知足地笑了，偎着那粗壮的手臂向外走去。李阿牛顿时哭笑不得，女人啊女人，结婚生子后就把男人当成唯一的精神支柱。看来史冷霜的可怜与失败，恰恰也是这个原因，在没有性爱与爱情结晶的面前，婚姻是不牢靠的，甚至会因为失败的婚姻影响到生活与工作。想到那与残酷现实不相符的瘦弱的身躯，李阿牛心里一阵难过，打定了要帮史冷霜离开沈阳的决心。

在李阿牛的不懈努力下，当年年底史冷霜终于离开了沈阳，但不是西行前往延长石油厂，也不是更远的兰州炼油厂，而是南下到上海炼油厂。这也是因为李阿牛考虑史冷霜出生地在四川射洪县，成年后学习和工作都在沈阳，去延安或兰州恐怕难以受风沙和缺水之苦。恰巧上海炼油厂经多次扩建，原油年加工能力达到 50 万吨，急需调入一批技术人员，所以在征求史冷霜意见后，李阿牛通过多方努力，终于帮她拿到了赴上海炼油厂的调令。

得知史冷霜马上就要调走，当天晚上，傅抱石等喂过女儿奶后，到里间从柜中取出前一年积攒下的 5 张 5 斤和 6 张 3 斤的全国粮票，连同李阿牛刚放进的当月工资用信封包上，重新回到外间放在了李阿牛的面前。

正在给儿子磊磊折纸飞机的李阿牛放下手中的活，拿起信封打开瞄了一眼，不解地问道：“这是干吗？”

“这个带给史冷霜，现在困难，去上海肯定用得上。”

望着颇感意外的李阿牛感激地看了眼自己，傅抱石舒心地笑了，现在不光压在心头九年多的那块大石头随着史冷霜的调离终于落地，而且自己在最后时刻赢得是那么的精彩与完美，没有丝毫的缺陷与瑕疵。虽然这个月少了丈夫的工资会让手头拮据，送出积攒的全国粮票更是心疼，但以这样的代价换取最终巨大的胜利，傅抱石还是心甘情愿的，其实即便以再大的代价，她也乐意。在转身抱起刚哭闹的女儿时，傅抱石突然闪出一个念头，是的，等女儿长大后，她一定要教会她懂得“卧榻之侧，岂容他人鼾睡”的道理，可旋即觉得这话太过粗俗，只适合教儿子，于是转而在心里默念了一句：神圣的爱情不可侵犯，夺爱者必除之！

十一　苦难岁月

对李阿牛来说，女儿淼淼的出生让日子过得有点艰难。本来添件“小棉袄”是幸福的事，可窘迫的生活让这份幸福大打折扣。即便自己和傅抱石都有一份工资，不时还有岳母的帮衬，往往还要为了一家人的吃饭问题而费脑筋。然而，市场上不光锅碗瓢盆供应不足，连缝衣针、奶嘴、卫生纸和火柴等日用品也常常脱销。看着报上的新闻，李阿牛甚至觉得有点魔幻，农业提出“以粮为纲”，不断宣传“高产卫星”“人有多大胆，地有多大产”，可事实却是连之前人民公社提倡的“放开肚子吃”都做不到，家家户户粮食都不够吃，厂里个别职工还因营养不良患上了夜盲症和浮肿病。

不过最让李阿牛头疼的还不是吃不饱的问题，而是工业提出“以钢为纲”的全党全民大炼钢铁运动。由于中央提出钢产量要在1958年比1957年翻一番实现1070万吨的基础上，1959年要比1958年再翻一番，并将目标定为3000万吨。在厂部按上级“大办”“特办”的要求下，沈阳铸造厂不断生产急需的钢炉，李阿牛所在的研究所几乎停止了之前的工作，工作重点改为下乡帮各地在“没有干不到，只有想不到”这一口号指引下，改造田野间星罗棋布建起的小土炉。那些化不开废铁，反而在风箱鼓吹下烧塌的小土炉，既没有耐火材料，往往还没有懂炼钢技术的师傅，而只有一腔热血与激情。

立冬这天，李阿牛接到厂部紧急下达的援助羊角沟公社改造炼钢炉任务。当他坐船到浑河对岸边渡口刚下船时，只见刘文忠急步迎了上来："太好了，我刚接到通知说大专家来了，这下总算可以把问题彻底解决了。"

李阿牛颇为意外地握过对方的手，问："老刘，你什么时候调到这里来了？"

刘文忠苦笑了一下："也是急调来帮羊角沟公社炼钢的。可我又不懂，只能当个跑腿联系的。"

与刘文忠同来接李阿牛的公社书记马上打岔："刘师傅也是个大专家，不但指出了我们原先几个炉用错了砖，而且还指导我们用上了风箱。"

"唉，我一个搞行政的能懂啥？"刘文忠又是一个苦笑后，附在李阿牛耳边说道，"公社把一座古塔给拆了，用的是古砖。"

李阿牛心一惊，倒不是因为这砖炼不了钢，而是担心镇海古城墙和延安宝塔会不会也被拆了。公社书记听不清刘文忠和李阿牛耳语什么，急性子的他催促道："走，时间不早了，车上慢慢和你说。"

跟着刘文忠和公社书记坐上候在一旁的马车后，听完刘文忠介绍，李阿牛大致明白了羊角沟公社炼钢产量低的原因。除错把煤渣砖当耐火砖烧塌炉子外，还有这里用的炭全是从山上砍来的树木烧制而成的。原先还把砸碎的铁料和炭按一定的比例放入炉内，达到一定温度后，用钢钎来回翻搅炼成钢。可现在炼的全是铁矿石，这个温度根本熔化不了小高炉内的铁矿石。

在李阿牛的指导下，羊角沟公社很快提升了炼钢的产量。可看着开始光秃的山峰，李阿牛心里一点也没因热火朝天的劳动场面而激动，这和当年在沈阳工学院如火如荼地挥铲炒面不同。现在他不仅担心日后没了这些树木哪来炭，更忧心的是没了这些树木，这里和西北的黄土地有什么区别。在和阳早的信件交流中，李阿牛多少了解到树木对土壤保护的重要性。

三天后回到沈阳市内天已擦黑儿，考虑到岳母回了延吉老家，李阿牛担心傅抱石这几天一人带孩子辛苦，就让来接的司机直接送自己回家。刚下车，看到傅抱石一手怀抱女儿，另一手拉着儿子刚从幼儿园回来。儿子磊磊眼尖，看到李阿牛就松开妈妈的手迎跑过来："爸爸！"

李阿牛把手中的拎包往地上一放，蹲下把儿子抱起后，一边借势向上抛，一边嘴里喊着："飞起来啰，飞起来啰。"

磊磊已习惯了父亲的抛接游戏，在空中伸开双手咯咯笑个不停。等傅抱石走近后，李阿牛这才放下儿子，一边伸手去接女儿，一边说："我来。"

傅抱石刚顺从地把女儿移到李阿牛手中，见李阿牛又要抢背肩上的袋子，侧身一挡，顺手捡起李阿牛放在地上的拎包，说："你刚回来，够累的。"

对此，李阿牛也不勉强，一家人开开心心进了门。

当傅抱石叫李阿牛带孩子吃饭时，看着桌上的饭菜，李阿牛大吃一惊，不但有熏肉大饼，还有红烧鲤鱼。他伸手挡住还没坐稳的磊磊正要抓饼的手，咽了咽口水问道："哪来这么多吃的？"

傅抱石从李阿牛手中接过女儿嗔怪道："今天是我们的结婚

纪念日，我还想你这次急着赶回来是记得这事呢。”

李阿牛讪笑了两声，挠了挠头，自己是年年提醒自己要记得，可年年到了日子又忘记。磊磊趁父亲不注意，敏捷地抓过一个熏肉大饼，狼吞虎咽地吃了起来。傅抱石坐下后笑着给儿子解起了围：“都饿了，快吃吧。”

李阿牛坐下后，先给妻子拿了个熏肉大饼：“你也快吃。”

傅抱石没接，而是拿起汤匙，说：“你先吃，我趁热先给淼淼喂点米汤。”

女儿淼淼出生后，傅抱石的奶水一直不足，现在更是只能用米汤替代。李阿牛大口咬了口饼，转手递到傅抱石嘴前，边嚼边嘟囔着说道：“好久没吃到这饼了，太香了。”

傅抱石并没有顺着已咬出的肉馅往下咬，而是侧过脸小咬了口饼，看女儿扬着脸往上凑，赶紧咀嚼烂用嘴往下送。母女俩就这样如鸟儿喂食，淼淼将母亲嘴里的食物吞进了肚子。李阿牛也当上公鸟，咬上一口后就会把手中的饼往傅抱石这边送一下。也许吃腻馒头的磊磊太缺油水，才四岁的他居然一口气吃了两个熏肉大饼和大半条鱼。就在磊磊打完一个饱嗝准备伸手去抓最后一个熏肉大饼时，李阿牛开口阻止了：“磊磊，妈妈还没怎么吃，这个饼留给妈妈。”

磊磊虽缩回了手，可眼睛仍直勾勾地盯着那个饼。看女儿已吃饱，傅抱石放下手中的汤匙，转身先将女儿放到边上的摇椅上，等回转身顺手拿起那张饼。就在磊磊感到失望时，那饼竟然被妈妈一分为二，一半递到自己面前，一半递向爸爸。磊磊惊喜地接过饼，听到妈妈对爸爸说：“刚才那两个饼你没吃足，这半个你快吃了吧。”

“跟你说了这个给妈妈！”李阿牛脸一沉，迅速夺下儿子正要送进嘴的饼。

猝不及防的磊磊被夺走饼后先是一愣，旋即眼泪汪汪一脸委屈地看着父亲。傅抱石端起面前的米汤碗，说：“我这里还有不少的米汤饭，够了。”

“不行，我们都吃了这么多，你还没吃呢。”李阿牛赌气似的把掰成两块的饼往妻子碗里一搁，扭头瞪了一眼儿子。

磊磊跳下椅子朝傅抱石腿上一扑，旋即委屈地放声大哭起来。李阿牛刚想起身去拖儿子，傅抱石已抢先放下碗护住儿子，同时用拿筷子的手一挡：“李阿牛，别冲孩子发火，他也是饿了。”

话说到这一步，李阿牛自然不会再迁怒儿子，而是懊悔自己刚才没能省下几口给妻子。不料磊磊却因听了妈妈的话，反而觉得委屈，哭得更加伤心，哽咽加抽泣，一下子让食物顶到嗓子眼，上身一躬，“哇”的一声吐了出来。李阿牛一时竟没反应过来，倒是傅抱石迅速扔下筷子，双手拢成碗状，严丝合缝地接住了儿子的呕吐物。李阿牛心疼还没消化的食物，赶紧替儿子揉胸口。好在磊磊吐了一口后，似乎知道哭会让食物吐出来，于是深吸了两口气，渐渐平静了下来。此时，李阿牛被妻子的举动惊呆了，她竟然一声不吭低头吮吸掉了儿子的呕吐物。在觉察到李阿牛惊讶的眼神后，傅抱石若无其事地拿起桌上的抹布擦净手，随后顺势抱起儿子想搁坐在自己腿上，不料脚无力一滑，脚腕重重磕在桌腿上，痛得她放下儿子紧捂小腿咧着嘴吸冷气。

回过神的李阿牛也拿起桌上的抹布擦了下手，俯下身查看妻子的小腿。刚拉上裤脚，李阿牛鼻子一酸，差点流下眼泪。虽然傅抱石的小腿没有磕破，但其实远比外伤更为严重。无法回弹的凹痕，就像是平滑的海涂被人踩了个坑，光亮的皮肤足以说明浮肿病已不轻。在上海跟方液仙每周去“清澜堂”学习时，李阿牛不但从名医赵烺彦那里学了些药材的作用，更学会了一些对人健康状况的判断。他心事重重地替妻子重新拉好裤脚，直起上身，这才发现傅抱石眼睑紧绷浮肿，不但把单眼皮顶得越发的小，黄褐色的眼珠看上去更像个气若游丝的病人。李阿牛心里很是自责，妻子病成这个样子，自己居然漠视这么久。他盯着妻子沉默了片刻，语气变得异常沉重：“抱石，从现在起，你不能再省下自己的那份给我们吃，你也不要再吃菜团子了。”

李阿牛口中的菜团子是傅抱石把采来的野菜掺上少量面粉糅合而成的，有时为了让李阿牛和儿子吃饱，她干脆连这么点面粉也省，悄悄把野菜往水里一煮直接充饥。磊磊似乎也听懂了，拉着妈妈的胳膊央求道：“妈妈，菜团子太难吃了，我们都吃肉饼。”

“嗯，好。”傅抱石应声摸了摸儿子的头，然后若无其事地给李阿牛夹了块鱼肉放进碗里。李阿牛却再也吃不下去，强忍的泪水在眼眶打转半天，最终还是夺眶而出。

“别这样，让孩子看了不好。其实有你在身边，我再苦再累也感觉幸福。”

听了妻子这话后，李阿牛不但没有收住眼泪，相反感觉那眼眶像是两口泉眼，肆意喷涌横流。李阿牛知道自己刚才说的别做菜团子根本做不到，只能提醒自己日后多抢吃菜团子，把面或米尽可能让给妻儿。

一阵寒风咆哮着掠过小巷后，一片墨色的城市再次陷入深深的静谧。李阿牛熄灯上床时，已哄睡了儿子和女儿的傅抱石像往常一样，转身摸索着被角替李阿牛掖上。已三天没睡在妻子身边，那股柔软、清甜的熟悉气息钻进鼻子，飘在脸上的头发挠得他心里发痒，就像是一个火星迸进了柴油桶，瞬间点沸了浑身的血液，李阿牛本能地转过身抱住了傅抱石。

“嗯，阿牛……”傅抱石呻吟了一声后，把手按在了自己的小腹上。

这是傅抱石经期发出的特殊肢体言行，李阿牛迅速恢复了常态，重新平躺了下来：“我还以为没来。”

“是没来。”

“嗯？”李阿牛不解，即便伸手不见五指，还是睁大了眼睛看对方。

“这次快50天了，我有点着急。”

啊！李阿牛没料到傅抱石连经期也乱了。他内疚地拉过妻子的手，悄悄给她搭起了脉。对方脉搏显现部位深，而且脉气鼓动乏力，这是虚证的沉脉。对于傅抱石这样无疫病的脏腑虚弱、气血不充的现象，治疗其实十分简单，只要适量进食富有营养的蛋白质类食物，休息几天即可。但近期必须节制房事，以防损伤真元。李阿牛轻轻拍了拍傅抱石的肩膀，安慰道：“别急，是劳累加缺乏营养所致，这几天多注意休息。”

“嗯。”傅抱石应声后，偎在李阿牛肩旁睡了过去。

虽然倦意已浓，可李阿牛合上眼后一点也没有睡意。研究所前一周有个同事大冬天头上老是冒汗，到医院一查，竟然是营养不良和过度劳累所致，不但患上了严重的神经衰弱症，而且连说话也产生障碍。李阿牛盘算着怎样给妻子搞点吃的，甚至一度想打电报向阳早求助。想着想着，脑海中清晰地浮现出一个人。对！就找许师兄，看看他能不能搞点吃的，即便来路不正，也管不了这么多了。下定决心后，李阿牛也很快沉睡了过去。

次日早上，李阿牛参加完炼钢劳动后，就直奔厂部找到了许师兄。听了李阿牛的困境和来意后，许师兄笑道：“你这家伙真是太为难我，都知道现在搞吃的简直比搞到废铁废钢还难上百倍。”

李阿牛从那笑意中看出了希望，于是紧跟着说道：“许师兄，我也是实在没办法，这才找你。”

“弟妹是得调理一下。这样，我想办法给你弄点牛肉干和小米……”

李阿牛欣喜地打断许师兄的话道谢：“太好了，谢谢许师兄！”

许师兄摆了摆手，压着嗓门叮嘱：“不能和任何人提这事。”

“嗯嗯，知道，知道。”李阿牛连连点头。

“先回去等我消息。”

第三天下午，李阿牛就接到许师兄的电话，让他尽快回家。虽然许师兄没说是什么事，但李阿牛知道肯定和许师兄答应自己的牛肉干和小米有关。于是他像是接到了密令，迅速拎上包冲出办公室，和隔壁的副所长打了个招呼后，匆匆骑上自行车往家里赶。到家后，李阿牛从柜子中翻出少得可怜的粮票和钱，因不知有多少东西，更不知道该付多少，就一股脑儿揣进口袋。刚关上柜门，门响了，李阿牛应声后小跑着去打开了门。

“老丁？！”

丁浩没理会惊讶的李阿牛，挤进门用脚一勾，旋即向外一蹬，只听“砰”的一声，门被关上了。丁浩径直走到桌前，把手中的东西往桌上一搁，说：“实在搞不了多少，也就这些了。”

李阿牛打开其中一张报纸，只见里面是个纸袋。刚打开纸袋，立马飘出浓郁的肉干香。这时，丁浩也打开另一张报纸和纸袋，李阿牛一看，里面是黄灿灿的小米。一股熟悉的味道似在味蕾上慢慢绽放，李阿牛咽了咽口水，郑重地说：“太感谢了！”

“都是兄弟，你也就别客套了。”

客套？这怎么是客套？这可是肺腑之言，现在这个时候，粮食从某种意义上来说，那就是生命！李阿牛边掏出兜里的钱和粮票，边解释：“老丁，我可不是客套，你这可是雪中送炭呀。”

“你掏这些东西干啥？”丁浩一把推开李阿牛递过来的钱和粮票。

“我总不能收了你的东西又让你破费……”

已升任科长的丁浩很是大气地手一挥：“我可搞不到，这是许厂长安排的。”

李阿牛觉得许师兄已帮了自己这么多，断不能再让他破费。或许许师兄正是考虑到自己送来不好意思算账，所以安排自己的老朋友丁浩来送。于是就恳请道：“告诉我这得多少钱和粮票，你得帮我带给许师兄。”

丁浩再次推开了李阿牛的手，说：“你这点钱和粮票在黑市上根本买不了这些东西。”

李阿牛一愣，对呀，现在听说黑市是有私下交易，但买卖的价格根本不是他所能承受的。面对眼前的食物和手中并不匹配的钱和粮票，李阿牛甚为汗颜，就在他不知所措时，丁浩利索地把两包东西重新一包，再次叮嘱道：“收起来，保密，不要让外面的人知道。”

黑市，保密，李阿牛觉得丁浩不是在替自己购买食物，倒像是在抗战时期为八路军买盘尼西林一样。他机械地按丁浩的要求把东西藏入里间的柜中，等再出来时，只见丁浩已坐在椅子上，并自行倒了杯热水，正端着搪瓷杯喝水。李阿牛见状，赶紧边取茶叶边说：“老丁，我来给你泡杯茶。”

“开啥玩笑！”丁浩把手中的搪瓷杯往桌上一搁，也许是意识到自己的语气生硬，旋即又拍了拍肚子苦笑着调侃，“再刮肚子油水，估计连上厕所都难。”

“也是，也是。”李阿牛放下茶叶罐，边坐到丁浩面前讪笑，边重新掏出了钱和粮票，“如果是许师兄出的，那你也得告诉我多少吧？即便现在不够，我日后也好还清。”

“不谈这个。”说到这里，丁浩犹疑片刻后，眼神一闪，“算了，你不要问了。”

即便心里有所准备，但李阿牛听了还是很心虚，怯怯地问道：“要不我还是退还了吧？”

“你是疯了还是傻了？”

听丁浩语气甚是不满，李阿牛红着脸解释：“我是觉得不好意思，现在大灾之年你们也难……”

丁浩听到这话，心里挺不是滋味，当即抬手打断李阿牛的话，故作轻松地说道：“想当年在延安时，我还曾因长期喝小米粥而抱怨，现在回味是香。唉，好在一切都在好转，难关就要过去了。”

“也是，都快三年了，老天也该给我们一条生路。”

丁浩很是不屑地摆了摆手，随后边转动手中的搪瓷杯边说："老天既不会给我们生路，也不会给我们死路，一切必须靠自己。"

联想到当前研究所的工作和之前许师兄在"宝发园"吃饭时说的"不能把自己全寄托在别人身上，任何时候都要做好坏准备"的言论，李阿牛很有感触地回应："说的也是，苏联专家说撤就撤，结果还是得靠我们自己。"

话音刚落，只见丁浩又连连摆手："我不是这个意思。"

"那是……"

"我说的是纠错能力。"

"纠错能力？"李阿牛越听越糊涂。

"前几天中央发出的《关于农村人民公社当前政策问题的紧急指示信》，就显现出强大的纠错能力。"

李阿牛终于明白了丁浩的意思，可想到这两年多自己在参与大炼钢铁过程中，目睹大量树木被砍伐，所炼的钢不少，但都是豆腐渣形状的废物，顿时懊丧地说出一句让自己也吃惊的抱怨："脱离实事求是说大话真的是太害人！"

"不。"

看丁浩摇头否定，一脸笑容地盯着自己，李阿牛不由恐慌起来，眼神闪避虚应了一声："哦？"

"要辩证地看当下。"

李阿牛觉得丁浩的口气似乎并不对当下的生活有反感，想想也是，人家虽说不上吃喝不愁，但毕竟还是能搞到些紧俏的东西。于是再次虚应了一声："哦？"

"新中国成立以来，我们不但彻底结束了几千年的匪患和兵患，肃清了黄赌毒，解放了上百万的西藏农奴，而且在朝鲜战争中，我们英勇的志愿军打得‘联合国军’总司令克拉克不得不在美国历史上第一份没有胜利的停战条约上签字。同时，‘一五’期间我们走集体化道路，通过保障工业原料的供给和劳动力的来源，在苏联的援助下，不但我们的工业得到极速发展，各方面也取得巨大的成就，显现出中国共产党的卓越领导力。”

虽然丁浩这段言论与之前明显不搭，但李阿牛对走集体化道路还是认同的。之前无论是自家的“李记铁铺”、范师傅的“范记铁铺”，还是被誉为“国货大王”的方液仙的公司，其实都代表着中国几千年来的一家一户在农业和工业上规模不同的单干模式，一定程度上阻碍了大规模的发展。可因不知如何接上丁浩杂乱的话题，他只好点头等下文。果然，丁浩看对方点头后又发表起了看法：“别看现在的生活有点糟糕，但我们过去这三年依然有着巨大的成就。不但有了第一台内燃机车、第一艘万吨远洋货轮、第一辆拖拉机、第一条输油管线，武汉重型机床厂、洛阳矿山机器厂、哈尔滨汽轮机厂、兰州化工厂等相继投入生产，而且包兰铁路、湘黔铁路、南福铁路、京原铁路、黔桂铁路等也已动工兴建或通车。对了，前年沪杭甬不是也通铁路了吗？”

听到家乡的交通大事，李阿牛有感而发：“离开家乡都十多年了，一直想回去看看，可现在常忙得下不了决心。”

丁浩并没有接李阿牛的话，而是继续追问：“我所举的这些事你都知道吧？”

就在李阿牛点头时，听到肚子传来几声“咕咕”。他起身给丁浩续水，顺便也给自己倒了杯水，猛灌几口后，放下搪瓷杯抹了抹嘴角，才不解地反问道：“那你刚才说的纠错能力是什么意思？”

“对于过去两年多经济工作中急于求成和急躁冒进带来的高指标、瞎作为、虚报风、浮夸风，我们之前不但没有批评，反而媒体争先恐后地报道，这个教训是惨痛的。可我们也要看到，能在大灾之年创造如此巨大的成就，这就是我们社会主义集中力量能办大事颠扑不破的道理，更是大灾连年人心不变的根本原因。”

想起新中国成立那天在太原火车站看到的载歌载舞的游行队伍，李阿牛内心忍不住再次暗呼：“得民心者得天下！”可情绪还没平复下来，他又想起当年得知日本投降后和刘军的对话，没想到现在自己和丁浩的认知差距也在扩大。丁浩像是看出了李阿牛的心思，拍了拍对方的胳膊，起身说道：“行了，我还有事先走了。”

起身送走丁浩后已近下班时间，李阿牛就打开煤炉，关严窗户，从柜中取出小米淘洗后煮上，又取了四条牛肉干放在碗中。可还没等把纸袋重新藏入柜中，又折身返回餐桌，从碗中取回两条牛肉干放进纸袋，这才安心地把纸袋藏入柜中。当傅抱石拖抱一对儿女开门进来时，瞬间愣住了，李阿牛怎么比自己还早到家，更为吃惊的是炉上的锅正冒着热气，整个房间飘着小米那特有的沁人心脾的香糯味。磊磊朝炉子仰起鼻子深吸一下，几乎是流着口水问道：“爸爸，什么东西这么香？”

李阿牛跨步上来关紧房门，转身抱过女儿兴奋地对傅抱石说道：“今天许师兄让丁浩送了些小米和牛肉干，你可得多吃点加强营养。”

“这么贵重的东西送我们？他们哪里搞来的？”

看妻子一脸警觉，李阿牛埋在心底的那份不安又提到了嗓子眼，就老实说道：“我也不知道，丁浩只是叮嘱我不能和任何人说。”

“阿牛，你是老党员，也是党的干部，可绝不能犯错。”

想到之前被处决的刘青山和张子善，再联想起之前在“宝发园”吃喝和送史冷霜看望父亲的东西都没付钱和粮票，李阿牛嗓子眼上的不安迅速演变成惊悚。这时，磊磊发现了桌子上的牛肉干，禁不住诱惑的他手扶桌面踮起脚尖扭头叫道：“爸爸，妈妈，我肚子饿了。”

傅抱石上前蹲下身子，吓唬儿子道：“磊磊，这些不是我们家的东西，而且有毒，不能吃。”

磊磊吓得赶紧放平了脚，可眼神仍牢牢盯着牛肉干，手扶桌面不愿离开。就在李阿牛犹豫着如何处置时，只见傅抱石托着腰一时起不了身，连忙上前搀扶妻子到椅子上坐下，不假思索地表明了态度：“抱石，这些东西还是留下，你不能再继续营养不良了。”

傅抱石仰起头看着李阿牛强调：“我没事。即便身体真出了问题也没啥，但你可不能在工作上出任何的纰漏。”

“我既没偷又没贪污……”

不等李阿牛说完，一脸严肃的傅抱石当即打断，而且语气越发坚定：“阿牛，这次听我的，你一定要退回去。你也知道现在国家正在精减非生产人员，你千万要小心。”

李阿牛刚倔强起的底气瞬间泄了，但还是不甘心地指了指炉上焖着的小米：“可这小米已煮了呀。”

“煮上的小米补上钱和粮票，余下的包括这两条牛肉干全退回去。”傅抱石指着碗里的牛肉干果断提出解决方案后，又特意提醒李阿牛，“要想办法留下凭证。”

“凭证？”李阿牛愣了，难不成自己还要逼丁浩写收条不成？

“要设法让别人看到你把东西退回去。即便日后有事，起码也有个证人。”

对妻子的缜密心思和周到安排，李阿牛百感交集。他想起那年从沈阳工学院返厂时，抱石在驾驶室接过退给她的钱和粮票后淡定的回复，想起史冷霜寄给自己却石沉大海般的那封信，李阿牛的心猛地一沉。假如当初让傅抱石产生敌意，那自己极可能在声名狼藉中众叛亲离。好在和傅抱石除了上次误解史冷霜后和自己有冲突，其他时候一直对自己百依百顺，甚至有着广大中国女性宁愿委屈自己也不让丈夫吃苦受累的高尚品德。俯视那双肿胀的眼皮，李阿牛在暗自庆幸中柔声问道：“那你……”

“放心，我妈已托人带信，说是今年灾情已好转，她在老家弄了些米和油，这两天就会带来。还有……”傅抱石说到这里，拉过李阿牛，压着嗓门说道，“听说中央已在各地开展调研，这样的苦日子即将过去了。”

十二　反目举报

正如傅抱石所言，1961 年党的八届九中全会提出实行“调整、巩固、充实、提高”的八字方针，标志着国民经济开始转入调整的新轨道。

这一年元宵节过后，国务院公布了第一批全国重点文物保护单位。名单上虽然没有故乡宁波的招宝山古城墙，但包括延安革命圣地等 180 处重点文物上了榜，这让李阿牛对曾担心各地为炼钢建小土炉会不会拆文物砖的事放下了心。

又过了一周，李阿牛再次收到史冷霜的来信。信中说她打听不到“清澜堂”赵烺彦，替李阿牛到上海医学院找过钱悳教授。只是钱教授为了支援内地的医疗事业，早在三年前全家就迁至了重庆，现任重庆医学院副院长。李阿牛原本想请史冷霜联系上钱悳教授，向他请教对当下热议的“废医存药”和“废医验药”的看法，希望有着丰富现代医学理论的钱教授能支持以阴阳五行为理论基础的传统中医理论，现在看来只能以后再找机会请教了。不过李阿牛的小遗憾随后被信中的两件喜事冲得干干净净，一是史冷霜现被上海炼油厂任命为职工学校的教研组长，二是她还和早调至中国科学院第一设计院的童志远谈起了恋爱，两人商议国庆就结婚。

连看两遍来信，李阿牛这才收好信并琢磨起该给新人准备什么礼物。就在眼睛扫过书柜时，李阿牛立马打定了主意。对，《英汉词典》和所里刚出版的《设备铸造原理》必须随贺礼一同寄出。记得史冷霜上次来信说，由于原来所学的俄语现在几乎没用武之地，于是开始转学英语，想必《英汉词典》应该用得上。而《设备铸造原理》是所里集多年设计研究设备经验而编的专业书籍，对设备日常运行、维护、保养具有指导意义，可以有效提升职工的操作技术水平。李阿牛思忖，既然职工学校用得上这样的好书，那作为教研组长的史冷霜拥有这样的新书必定有面子。

晚上等孩子们睡下后，李阿牛从包里取出了史冷霜的来信，递到了正在搓洗衣服的傅抱石面前。前一年在收到史冷霜首封来信时，李阿牛曾考虑了许久，最终还是带回了家，让傅抱石拆信是因为李阿牛担心以前那封石沉大海的来信真是傅抱石所为，如果不让她知道，以后极有可能会重复这样的事。相反自己大大方方给对方拆，反而会让她安心，而这样的安心才可以确保自己和史冷霜之间的通信畅通无阻。

“冷霜来的信？”傅抱石瞄了一眼，依旧倾着上身在搓衣板上用力，泛起的泡沫盖住了双手。

“嗯。”李阿牛应声后轻拍傅抱石的肩膀，“我来洗。”

“来信说什么？”埋着头的傅抱石丝毫没有停下手的迹象。

“我请冷霜去找钱惪教授问些中医理论，可钱教授调到重庆工作了。”

傅抱石双手停了一下，侧过脸问道：“我已经调理好了，干吗还要麻烦钱教授？”

李阿牛蹲下身解释道："我对当下的医学热议有些想法，这次你身体能调理好，更让我坚信了中医的作用。"看傅抱石又埋头继续搓衣服，李阿牛干脆又讲起了当初在上海学中医的经历，讲"望闻问切"四诊合参的意义，最后引用方液仙先生关于中医的一段点评：中医是中华民族最为耀眼的瑰宝，千年的中医文化可不能在我们的手上中断了。

傅抱石知道现在李阿牛讲的信上的内容只是个引子，这些长篇大论和自己无关，接下来要说的才是重点。果然，李阿牛说到这里咽了下口水，说："对了，来信还得知史冷霜和童志远打算在国庆结婚了。"

傅抱石刚好把最后一件衣服搓好扔进边上的盆里，听到这里，手僵硬了一下。对她来说，这对新人的婚事绝对是件大喜事，当然并不是指新人的喜，而是让自己欢喜不已的喜。要知道即便史冷霜远调至上海工作，那也不过是暂时性因空间距离让自己放心，严格意义上来说，算不上放心，更不是安心，而是担心程度有所缓解而已。作为一名女性，傅抱石深知爱的力量，当初自己可以不顾一切，甚至在单位不要面子公开倒追李阿牛，即便顶撞父母也要和李阿牛走到一起。而可怕的不光是李阿牛承认曾喜欢过那个女人，虽然那个女人有没有喜欢过李阿牛并不得知，但只要她没有爱的归宿，就会像一只终日在外翻飞的劳燕，肯定有心和另一只劳燕筑巢安家，这就不得不格外让她警惕。现在史冷霜总算是要嫁人了，也就是说那个女人终于可以让自己彻底放下心来。于是傅抱石侧过脸冲李阿牛莞尔一笑，由衷地说道："这是大喜事，该送什么贺礼你来定。"

"我还没想过，到时候再说。"李阿牛自然懂得傅抱石强调大喜事的含义，既然一切已说好，就没有必要再拖泥带水，所以端起搓洗衣服后的脏肥皂水盆，“我去换水。”

李阿牛倒了脏水灌上清水重新端盆进来后，两人配合着很快洗完衣服，并挂晾在暖气片上。上床后，李阿牛关灯刚躺下闭上眼睛，傅抱石突然转过身在李阿牛耳边轻声说道：“今天我向组织反映了高峰的问题。”

李阿牛倏然睁大了眼睛，可四周什么也看不见，他迅速撑起上身又拉亮了灯。只见傅抱石像是什么事也没有发生，依旧平静地躺着，只是那双黄褐色眼睛正看着自己，似乎在说有什么大惊小怪的。

“发生了什么事？”

“高峰袒护包庇反革命。”

“袒护包庇反革命？”李阿牛实在想象不出才升任厂党委副书记一个多月的高峰干了什么事，也猜测不出傅抱石为什么要告这个老领导，更不理解曾多次帮助过自己的高峰如何得罪了妻子。

傅抱石像是明白李阿牛的困惑，平静地说出了答案：“我不想被牵连，更不想给你添麻烦，我们必须和他划清界限。”

“这……这不会……”听完妻子的解释，李阿牛像是惊掉了下巴，连说话都结结巴巴起来。

“本不该和你说，但考虑到组织会来调查我，所以提前和你打个招呼，你提前有个心理准备。”傅抱石说到这里，像是妈妈安慰受惊吓的孩子，从被窝伸出手轻轻拍了拍李阿牛的胸口，“你不用担心，没有人会知道是我反映的，我会把这件事处理好。我不会让任何人伤害到你，不能让你有一点点的风险。快关灯睡吧。”

灯重新关了，四周又漆黑一片。再次躺下的李阿牛睁着眼睛，回味着与妻子刚才的对话，感觉这种爱有点变味，简直就是不顾他人感受的过度自私反应。他只希望妻子的反映即便不是波澜不惊，那最好也只是虚惊一场。

一个多月后，李阿牛虽还记得给史冷霜和童志远寄了什么礼物，却真不清楚高峰是怎么被抓的。当在食堂吃饭的许师兄提及刚听到的消息时，李阿牛忍不住回想起了十年前的“三堂会审”，当初若不是高峰和高主任的细致调查工作，说不定瞿永雷的诬告真可能让自己成为反革命或打入革命队伍的奸细。如果现在瞿永雷再一次连高峰和高主任一起诬告，会不会推翻十年前的调查结果，甚至十年前的事情也成为高峰袒护反革命的又一案例？还有，如果高峰知道这次事件的起因是妻子的举报，会不会对妻子和自己产生仇恨？看着碗里的面饼，李阿牛还想起了刚到沈阳化工厂时三人围坐一起吃熏肉大饼的场景，真不知道日后还有没有这样的机会。

“怎么了？不舒服？”

许师兄的话一下把李阿牛拉回了现实中，他慌乱地摇了摇头：“没，没，高峰以前是我的老领导，这消息让我有点吃惊。”

“弟妹肯定比我更清楚，难不成她在家没透露半点风声给你？这也太讲组织纪律了吧？”

许师兄的调侃其实很正常，可在李阿牛听来，变成了嘲讽的味道，他再次摇了摇头：“不，不是，嗯，对……”

许师兄夹筷的手一挥，极不耐烦地打断了李阿牛的话：“你一个上过战场的男人，怎么变得这么婆婆妈妈？”说完，端起碗，把碗里的菜和饭一口气全扫进了嘴里。粗粗咀嚼几下后，喉结上下一滑，刚把饭菜咽下，旋即边用手抹嘴边说：“我先走了。”说完，也不等李阿牛回话，拿上碗筷起身就向外走去。

李阿牛早习惯了许师兄如此的行事风格，也许厂领导就该有这样雷厉风行的作风，只有这样挤时间才能做更多的事。然而，他也不想改变自己不急不躁的行事作风，比起许师兄的工作，自己所在的铸造研究所更需要沉稳的性格，就像当年的枪支等武器制造，如有闪失，会给使用者带来巨大的危险，极可能造成不可估量的损失。

吃完饭上楼还没进办公室，李阿牛就听到了电话铃声响，于是推开门加快脚步走到办公桌前，拿起了话筒：“喂，我是李阿牛。”

“我们家平安了。”

李阿牛听得出电话那头是傅抱石，而且听得出她是捂着话筒在说话。虽知道妻子是指高峰的事，但他佯装不明白：“你说什么？”

“回家细说，如果有人谈及高峰的事，马上回避，切记不要议论。”

“噢。”

“中午抓紧休息一会儿，再见！”傅抱石恢复了平时的声音。

“再见！”

挂断电话后，李阿牛愣愣地站在原地，突然产生找高峰聊一聊的冲动，想着这时候就算去了帮不上什么忙，至少也是种姿态的表达。可冷静一想又觉得不妥，如果对方已知是妻子所告，那有可能会让他感觉自己是落井下石后看热闹或探口风，这岂不是自寻烦恼与尴尬？可明知对自己有赏识之情和呵护之恩的高峰现在落难，自己却不顾不问，又实在不近人情。李阿牛越想越心烦，不知不觉沿着桌椅的空间转了一圈又一圈。直到有人敲门，李阿牛才回过神来，冲着房门喊了一声："进来。"

"李所长。"

"老徐！"李阿牛惊喜地跨大步迎上前，刚想伸手去抱才带上门转回身的徐国科，抬手却发现左手仍捏着碗筷，便很自然地改为握手礼。

"李所长，你还没吃饭？"

"吃了，刚准备把碗筷收起来。"说到这里，李阿牛松开手向里做了个请的动作，"真是难得，我们好像快半年没见了。"

"有九个月了，上次还是你到老厂来开会碰上的。"

"对，对。坐。"李阿牛让徐国科坐下后，到柜前放好碗筷倒了一杯水。

"李所长，别忙，我今天来是有件事想请你帮个忙。"

"忙啥？给老室友倒杯水难不成还客套。"李阿牛边说边把杯子递到徐国科面前，旋即为了宽慰对方又表态道，"有什么事尽管说，我一定尽力。"

"李所长……"

刚准备坐下的李阿牛立马抬手打断了对方的话："老徐，什么所长不所长的，就算你叫着不别扭，我听着也别扭。还是像以前一样，叫我老李吧。"

徐国科晃了下上身，看李阿牛坐稳后，这才双肘压着桌面，前倾身子轻声说道："老李，今天高峰书记被捕了。"

"哦？"李阿牛没想到徐国科并没直奔主题，而是"闲聊"

起了自己敏感的话题。傅抱石提醒过自己要回避这个话题，更何况徐国科又是沈阳化工厂的人，传话出去可不好。但现在看来回避是不可能的了，但不议论还是可以做到，所以李阿牛轻描淡写地应了一声。

“老傅没和你说？”

“人事上的事她从来不带回家，也要求我不要插手过问。”李阿牛没想到徐国科会步步紧逼，于是立马谨慎地予以回应。李阿牛对自己软中带硬的回应挺满意，不但可提醒对方打住这一话题，而且也说明了妻子的工作是有原则的。当然，为了不让对方难堪，李阿牛又指了指手表微笑着催促，“老徐，等一下我有个会，你有什么事要我去办？”

“就是高书记的事，这事我想了一下，也只能请你出面救他。”

“高书记的事？”李阿牛听了心下暗自一惊，高峰的事他徐国科怎么跑到我这里来求帮忙？难不成他知道是傅抱石在告吗？如果这样，那夫妻俩日后如何做人？李阿牛心一抽，眉头立马锁成一个深深的“川”字。

“对，这次我也奇怪，叶钢的身份没几个人知道，可举报者却比我还了解整个过程，我也是叶钢出事后才知道。”

李阿牛这下听得更糊涂了，高峰的事怎么又扯出叶钢来？他不得不认真听完了徐国科的叙述。原来，叶钢并非甘肃人，而且叶钢也是假名，其真实身份是来自云南的马大喜。1941 年冬，他应征中国远征军，次年一月就随第 6 军进入缅甸与日军作战。他虽只是一名工兵，个子也不高，但作战勇猛。在同古保卫战与日军肉搏时，不幸被敌方一军曹连砍两刀，脸上一刀虽然吓人，其实肋部一刀更为严重，差点因此丧命。庆幸战友背后补枪，让那个军曹在再次举刀欲砍他时轰然倒地。抗战胜利后，他伤愈随军回国，本计划回乡的他，不料一纸军令只能随大军赴东北。由于不愿打内战，他乘混乱逃离了兵营，本想一路乞讨回老家云南昭通，可又担心路上被当作逃兵抓捕，于是干脆躲进棋盘山一带，在人迹罕见处靠狩猎和采摘野生果子果腹。那天早上，听远处隆隆的炮声已平息，他推上自己制作的独轮车，装载所打的猎物去镇上换盐和日用品。到了常去的店铺才得知沈阳已解放。既然国民党军已被赶走，思乡心切的他当即回到栖身的山洞收拾好一切，次日一早就踏上了返乡之路。当他再次走进沈阳城时，被眼前的景象惊呆了，这里到处都是废墟。他清楚记得刚随军进驻沈阳城时，眼前高耸的烟囱冒出的股股浓烟，顿时让这批从南疆过来的扛枪弟兄们兴奋不已。可现在举目眺望，烟囱虽然还有不少，可没有一根在冒烟。更让他惊讶的是面对这样的场景，居然所有人都洋溢着笑脸。大家或清理废墟，或手提肩扛各种物资赶路，也有不少人拉着“护厂复工”“献纳器材”的横幅在游行。在经过一广场时，他看到有许多人围在那里，就本能地绕开继续向西而行，不料有个姑娘上来拦住了他的去路，热情地问道：“同志，您这些物资准备捐到哪里？”他愣了，自己肩挑的东西虽然值不了多少钱，却是自己的全部家当，并不想捐献，而是准备带回老家。就在他不知如何答复对方时，那姑娘眨着一双机灵的褐色的眼睛央求道：“同志，能不能捐给我们油脂厂？我们厂太需要大家的帮助了。”据叶钢后来交代，自己当时也不知哪来的冲动，竟然立马点头，并跟着那姑娘径直走到登记处。登记处的人一看叶钢车上的东西，说这种个人的生活物资厂里不收，现急需的是机器零件。看到那姑娘喜悦的眼神变得失望，叶钢居然说出让自己也吓一跳的话：“我会修机器零件，你们需要不需要帮忙？”这下登记处的人有了兴致，起身盯着瘦小的叶钢问道：“你懂机器？”工兵出身的叶钢不光会埋雷排雷、设障除障，也会修筑道路、架设桥梁，而且出于个人兴趣爱好，他在部队有空就喜欢摆弄工具，所以刨、剪、锤都会一些。为了验证自己没有撒谎，他看登记人身后有他人捐献的工具和零件，就上前拿起管钳，翻找出一段管子，并在围观人群的见证下，迅速地把一个机器上面的破损管子换了下来。登记处的人见状急步上前一把拉住叶钢的手臂，连着发问：“同志，你是哪里人？叫什么名字？准备去哪里？”叶钢不慌不忙放下手中工具，平淡地讲起提前编好的故事：“我是甘肃人，叫叶钢。由于爹娘早亡，早年在当地炼铜厂当学徒。”说到这里，叶钢还指着脸佐证，“一次炼铜厂出事故，脸受伤后被资本家赶了出来，我就跟人逃荒来到了这里。现听说老家也解放了，我准备回老家。”登记处的人纠正道：“同志，甘肃还没解放，不过马上也会解放的。你老家还有亲人吗？”“没了。”“那你不如留在沈阳，和我们一起建设新中国。现在我们都是国家的主人，你不会再受苦了。”叶钢暗忖，既然甘肃尚没解放，回乡说不定会被抓了当逃兵处理。现在这里要我，倒不如先留在这里另做打算。于是就爽快地答应了下来，成了沈阳化工厂的职工。

听完徐国科的讲述后，李阿牛心存侥幸地问道：“那个姑娘是谁？”

“就是你妻子。”徐国科说完这话后当即避开李阿牛的眼神，可垂下的眼帘赫然在用眼角的余光留意对方的反应。

“那登记处的人是高峰？”

见徐国科轻点了一下头，李阿牛完全明白了整个事由，他试探着问道：“我怎么可以帮到高峰书记？”

徐国科把茶杯推移至另一侧，身子又向李阿牛这边倾了倾，一脸敬仰地说道：“你是延安来的老革命、大专家，沈阳的许多领导都认识，只要你肯去求情并作担保，高书记肯定不会有事。”

李阿牛听到这话哑然失笑：“老徐，我根本谈不上有什么样的身份。”

“你不是还有国际友人和老师吗？”很明显，此刻一本正经的徐国科这句话不是求证，而是强调。

“这可能行不通。”看徐国科准备插嘴，李阿牛赶紧抬手制止，一脸正色地分析道，“据我了解，高书记当时留叶钢进厂工作并没有错，就算他是旧政权的人，照样符合刚解放沈阳时用人的规定。”

“就是，高书记不应遭受这样的不公。”

李阿牛猛然意识到自己不应该参与这样的议论，于是抬手看了一眼手表。徐国科很是知趣，主动起身说道：“老李，你还有会要开，我就不打扰了。希望你出面帮一下高书记，这也等于是帮了我们沈阳化工厂。”

“于公于私，我都当想尽一切办法。”李阿牛的这句话是发自真心，没有半点敷衍推诿之意。

送走徐国科，李阿牛恢复了日常的工作。可无论是看资料，还是接电话，或是在送来的文件上签字，总感觉精神恍惚，思想根本无法集中。本来李阿牛对当前的工作是处于亢奋状态的，自集中力量大会战后，大庆油田前一年产量大幅增加，不光让只加工克拉玛依和玉门原油的兰州炼油厂不再“饥饿”，甚至出现了国内炼油工业跟不上形势发展的局面。为多搞快搞一些化肥以增产粮食，这一年中共中央决定把加速氮肥工业的发展，列为工业支援农业的重要任务之一，批转了中央化肥小组《关于加速发展氮肥工业的报告》。这份报告吹响了新中国化肥工业奋进的号角，各部门配套结合、为化肥工业发展保驾护航的化肥工业发展体系逐渐形成。其中决定借助大连、南京、吉林、兰州、太原和成都6家年产两万五千吨或五万吨合成氨的大型氮肥厂的设备管理经验，坚持自力更生，争取制成三套年产两万五千吨合成氨所需的设备，努力在下一年底使全国化学肥料产量达到一千万吨。一机部为了保证所要建设化肥工厂的设备质量，决定为104家企业定点制造化肥设备、仪表、阀门。作为全国唯一铸造技术行业归口研究所，通过两个月的努力，李阿牛带领铸造研究所全体职工顺利设计了高压反应筒和高压压缩机等重要机器和部件，并试制获得一次成功。这些日子，为满足各地中小型化肥工厂的建设，李阿牛又根据上级要求，加快设计中小型化肥工厂设备。可现在这些图形和数据就像中了邪，倒腾一番后，如糨糊灌进脑子，黏稠得让人发晕。好不容易挨到下班时间，李阿牛索性当即收拾好桌面，关上灯和门匆匆往家赶。本来是迫不及待要理清楚困惑了一个下午的谜团，可到家后，看到傅抱石像什么事也没发生一样，一会儿教磊磊写字，一会儿陪淼淼玩布娃娃，其间还拉开炉门，添加上煤球，手脚不停地揉起了面粉，李阿牛随之掐灭了对话的念头。

当晚，在一对儿女入睡后，李阿牛一边帮妻子封炉子，一边轻声问道：“高书记怎么样了？”

“别人的事我们不管。”

“问题是他不是别人！”李阿牛刻意强调后又略带情绪地强调道，“高书记是我来沈阳后接触到的第一位领导，而且给过我很大的帮助。”

看炉子已封好，傅抱石放下火钳，起身仰着脸对李阿牛说道：“这正是我所担心的，他很能笼络人心。其实他对你并不是雪中送炭，最多算是锦上添花。”

“难道你不记得那年瞿永雷诬告我的事了？”

“当时我参与了调查过程，那不能说是他在帮你，而是事实证明你是清白的。”

“如果没有他当初的秉公调查，我就不可能有今天的工作和生活。”

傅抱石手用力一挥，语气一下子变得凝重起来：“这种可能不要假设，要永远相信组织，不然会有危险。”

“据我了解，叶钢是……”李阿牛本想说叶钢本是想回老家，只是因为你的劝说，高峰才把他留了下来参加工作，可话到嘴边，想起傅抱石就是因为担心这事会牵连自己所以才向上告发了高峰，于是又改口说道，“吻合当时的用人规定。当然，即便叶钢后来真有什么问题，那也不能扯上高书记嘛。”

傅抱石绷紧脸皮后再次加重了语气：“阿牛，一个人只要是清白的，即便有人想诬告，组织也会基于调查到的事实真相予以保护。当然，一个人若有问题，那也甭想在组织面前掩饰，明察秋毫的组织有能力让他原形毕露。快去睡吧，明天还有好多事呢。”

李阿牛想不到傅抱石把话说得这么死，只得皱着眉头准备洗漱上床。

高峰的事情最终既不是虚惊一场，更不是波澜不惊，而是飞来横祸。自他被带走后，再也没能回家。不久，传来叶钢承认参与高压电破坏等犯罪事实，由此导致高峰以包庇反革命分子的罪行被重判有期徒刑5年。得知消息的当天晚上，李阿牛拉灭灯后无法合上眼，觉得眼前有个黑洞，身子正向那个黑洞飘过去。李阿牛不知道该怎么办，是挣扎还是摆脱，可一切好像由不得自己做主，身子正快速旋转起来，越来越快，越陷越深……

十三　举家赴甬

持续高强度的紧张工作，让李阿牛暂时忘却了一切烦恼。国庆 13 周年活动结束的次月，李阿牛前往北京参加大型设备研制表彰大会。这天会议结束，李阿牛提包赶往火车站，下公交车还没进候车大厅，突然有人一把拉住自己的肩膀，随后惊喜地叫道："李同志！"

李阿牛没想到在北京还会有人认识自己，本以为是认错了人，可扭头一看，竟然是阳早。意外的巧遇让李阿牛激动得把提包往地上一扔，张开双臂就搂住对方肩膀："阳早同志！"

阳早也松开了手中的提包，同样搂住李阿牛的双臂，说："我还担心会不会认错人，没想到我刚到首都，第一个碰到的熟人竟然是你。你是来开会？"

"对，刚结束，现在准备回沈阳。"为了说明自己还有时间，李阿牛又加了一句，"是晚上的火车。"

"真是巧，如果不是我提前来北京，如果不是你提前来火车站，我们这次也碰不上面。"

李阿牛双手顺势下滑，握住对方的手后，问道："你也是来北京出差？"

“这个月底农业部要召开全国农业会议，重点讨论发展畜牧业、培育和合理利用草原的问题。农业部认为我原先提的一些草地培育设想和建议很有意义，所以安排我进京提前座谈。”

李阿牛觉得很是新奇，草地怎么还要培育？无论儿时种庄稼，还是成年后参加支农活动，都是要除草。这草也是奇怪，不用撒种，不用松土，更不用施肥浇水，却能够莫名地疯长。也因为生命力强，导致农民不得不费时耗力地在庄稼地除草，又因为这项工作难，所以还有句成语叫“斩草除根”。阳早话音刚落，李阿牛旋即不解地问道：“培育和合理利用草原？”

已松开手的阳早又像诗人一样比画着解释：“对。过去我们的工作一直重视畜牧业轻视草原，认为草原如大海，取之不尽，用之不……”

听阳早一时噎住说不全，李阿牛立马补上：“用之不竭。”

“对，对。用之不竭。”阳早点头后继续激情地解说自己的生态观，“随着畜牧业的发展，草原的作用越来越凸显。如果盲目开垦和不合理利用，一旦发生草原超载过牧和草原沙漠化的问题，那么就会导致草原生态系统遭受不同程度的破坏，甚至会出现鼠害问题。因此，我们一定要摒除重视畜牧业轻视草原的观念。”

像草原生态系统这样的词语，李阿牛还是第一次听到，但还是明白了阳早所要表达的意思，尤其是之前碰到过的鼠害问题，更让他锁起了眉头：“这么严重？”

“草原能够维护生态系统的平衡性，是促进畜牧业发展的重要组成部分，所以我还建议农业部要在想办法划区轮牧或舍饲圈养的基础上，同时进一步加强牧草新品种育种工作，这样才能保障草原生态系统的屏障功能正常发挥作用。”

看来阳早已经有了成熟的建议，李阿牛相信这位长期研究农牧业的洋专家，肯定能解决好保护草原和推进畜牧业发展这一对矛盾问题。想到刚才阳早把草原和大海同比，李阿牛又忍不住好奇地问道：“那大海也要保护吗？”

“当然！《伊索寓言》也说有些人因为贪婪，想得到更多的东西，却把现在所拥有的也失掉了。”

“《伊索寓言》是什么？”

“是公元前六世纪古希腊奴隶伊索所收集的民间故事，经后人加工成书，共三百五十七篇。”

“奴隶？”李阿牛以为自己听错了。

“对，伊索是个知识渊博、聪颖过人的奴隶，可以说是古希腊著名的思想家、哲学家、文学家。”说到这里，阳早夸张地拍了一下额头，旋即又比画着解释，“对了，伊索和孔子差不多同时期，《论语》被奉为儒家经典，《伊索寓言》则是以动物为喻，教人处世和做人的道理，都是留给后人的宝贵精神遗产。”

虽然没有读过《伊索寓言》，但阳早贴切的比方让李阿牛明白了许多。他重新把话题拉回，试探着问道：“那就是说大海也不能过多捕捞？”

“不但不能过多捕捞，而且不能过多污染，尤其是炼油化工企业，绝不能贪图方便，随意往大海排放生产废水，不然会让大海成为没有生命的死海。”

“嗯。”李阿牛无法想象大海里没有鱼虾、海涂上没有贝类，于是默默记下了阳早的叮嘱。

“你来信说……”

阳早的话还没说完，突然被人插话打断了："阳早场长，您让我们找得好苦。"

"你们是农业部畜牧处？"

对方主动向阳早伸手自我介绍："对，阳早场长，我就是畜牧处的华宏。"

阳早热情地握了握对方的手："华科长好！"

"您什么时候下的火车，我们在站台怎么没接到您？"

"不是说不用接我吗？"说完，阳早松开对方的手，调皮地眨了眨眼，双肩一耸，手势配合言语连比带画，"我既然能从美国来到中国，肯定也能从西安到北京，绝不会迷路。"

"您是国际友人，既能云游四海立志革命，又能扎根农村埋头工作，是我们学习的榜样。"

"哈哈。"阳早爽朗地笑后打趣道，"我可不是什么国际友人，现在就是地地道道的中国人，地地道道的中国农民。你看，今年19岁的北京姑娘侯隽也响应国家'大办农业，大办粮食'的号召，毅然放弃高考，选择下乡插队。"

"您连这也知道？"

看华宏一脸惊讶的表情，阳早指着自己的高鼻梁笑着说："秀才不出门便知天下事，我应该也算得上是秀才吧？"

华宏被逗得连连点头："算，当然算。"

"不。"

对于李阿牛的贸然否定，不光华宏愣住了，连阳早也不解地看着对方。李阿牛笑着说出了下半句："阳早同志博学多才，起码是进士。"

阳早和华宏听到这话恍然大悟，相视大笑起来。笑过后，阳早俏皮地申明："总理在3月的《论知识分子问题》报告中，肯定我国知识分子的绝大多数已经是属于劳动人民的知识分子，我可是绝大多数的知识分子。"

"无论是之前的解放战争，还是现在的社会主义建设，您可都发挥了巨大的科学作用，中国人民将永远感谢您。"

华宏的肯定让气氛更加愉悦。道别之际，阳早介绍了李阿牛和华宏相识。李阿牛目送他们下台阶上了候在路边的小车。直到进了候车室坐下，李阿牛才想起刚才阳早提到自己去信的事被华宏打断没说完，估计是有事要答复，现只能去信再追问了。带着满满的收获和小小的遗憾，李阿牛当晚踏上了向北的列车。在行进的火车上，李阿牛伏在狭小的茶几上，借着昏黄的车厢灯，给阳早写了信。虽然知道阳早还在北京，但第二天李阿牛还是向西安草滩农场畜牧场寄出了这封信。

元旦这晚，李阿牛和傅抱石带着一对儿女来到沈阳剧场，观看了大型歌剧《阿诗玛》。虽然磊磊和淼淼听不懂歌词，更不懂艺术家所表达的情感，但对于舞台上演员精美的服饰表现得饶有兴致，更被演员假扮的活灵活现的老虎吸住了目光，这让李阿牛和傅抱石能够全程欣赏这部歌剧。离开剧场回家的路上，一手挽着李阿牛的胳膊，一手拉着磊磊的傅抱石突然抱怨道："真是浪费人力和财力，这种文艺真没什么看头。"

"嗯？"情绪仍被歌剧感染的李阿牛听了妻子的话很是奇怪。

"也不知上面怎么想的，如果主题是宣扬男女爱情也罢了，非要搞出第三者来。"

李阿牛愕然，阿黑和阿诗玛的爱情故事中的阿支怎么成了第三者？那完全是阿支垂涎阿诗玛的美貌而做出的荒谬抢亲行为。

但在扭头看到妻子紧锁的眉头时，李阿牛一下子明白了过来。近两年来，李阿牛发现即便史冷霜远调上海工作并成家，但傅抱石似乎仍对自己这段没有过程和结局的“爱情”耿耿于怀。为了让妻子不再纠结歌剧，李阿牛试图转换话题：“这次辽宁歌剧院排练的《阿诗玛》还是全国首场演出呢，想要观看的人太多，市委还是照顾了我们这批人。”

“这种歌剧不要也罢，倒不如好好排练《草原之歌》《长征》《洪湖赤卫队》，那种看了多能鼓舞人心。”傅抱石不无遗憾地数落后，又长吁了一口气继续发表自己的看法，“就是真要讲爱情，那完全可以选《一个志愿军的未婚妻》，里面也有第三者，可人家不是乱七八糟的男女事，是村民无意撞见赵淑华相随小胖后，一度误解造成的流言蜚语，更要紧的是结局郑永刚和赵淑华很幸福，这让人看了很阳光、很乐观。对了，这个故事可不是神话传说，而是由真实事件改编，有真实的人物。”

李阿牛一开始还想和傅抱石探讨《阿诗玛》，想说这歌剧并非如妻子所述，而是一个揭示光明终将取代黑暗、善美终将取代丑恶、自由终将取代压迫与禁锢的故事，不但反映了彝族撒尼人“断得弯不得”的民族性格和民族精神，更歌颂了当下中国人民的勤劳智慧和反抗邪恶势力的斗争精神。可在听出傅抱石所有针对《阿诗玛》“问题”的背后是生活中的“隐患”后，李阿牛只能选择违心点头。他知道，如果探讨下去，妻子将凭借出身艺术家庭的身份，凭借多年对艺术的了解，在理论上辩倒自己，而这种无聊的话题引申下去，最后只能在浪费时间和口舌中，伤了两人的感情。

看李阿牛点头，傅抱石心满意足地笑了。她知道聪明的丈夫不需要太多的话，废话或絮叨既起不到作用，相反还会让他产生对抗情绪。高明之处就是点到为止，看破不说破。于是她停下脚步转身，双手伸向女儿："淼淼，妈妈来抱会儿，别让爸爸累了。"

"没事，我不累。"李阿牛自己脱口而出的这句话是真话。是的，和傅抱石结婚后，妻子几乎包揽了所有的家务，在家自己的身体真没有感到什么累，可心有时真累得有点别扭。

收到阳早的回信已是第二年立春，阳早不但细述了上一年全国农业会议的感想，更主动聊到了在北京火车站偶遇时没讲完的话题。原来李阿牛曾在之前的去信中问起大庆油田对中国工业的影响，由于阳早那时对这方面的信息了解不够，所以谨慎的他没有及时复信。这次乘进京开会之机，他特意向相关部门了解了情况，认为大庆油田的成功开发，既让中国用事实向世界证明了早先提出的"陆相生油理论"的正确性，打破了"海底腐泥起源说"的"海相生油理论"，更让中国石油工业的落后面貌为之一变，极可能由此基本实现石油自给。更为重要的是，阳早在信中最后写道："记得在延安拒绝你协助我养牛羊后，我们俩有过长时间的沟通交流。我想，现在的你到了应该考虑为国家再次调整工作的时候。"

放下手中的信，李阿牛想起了和阳早曾在延安风车前的对话。按照阳早当时先机器厂再石油厂的建议，现在这封来信是明确提醒自己到了去石油厂的时候。看来中国石油工业将借助大庆油田的发现，会有一次较大的飞跃。想到这里，李阿牛情绪激动地起身从柜中翻出地图册，在玉门、新疆、青海、四川之外，又用红笔在黑龙江西南部画了个圈。就在李阿牛出神地盯着标注出的5个石油、天然气生产基地思考时，电话铃声响了起来。他拿着地图册走到桌边，顺手接通了电话。还没等他开口，对方先招呼起来："李所长，我是童志远。"

李阿牛听到这话，人一振，立马把话筒更贴近耳朵："哎呀，志远，你是到沈阳了吗？"

"不，我和冷霜都在上海，刚才我们给四川打了个长途电话……"

四川？那指的估计是史冷霜的老家射洪县。考虑到不是急事一般不会打长途电话，李阿牛急着追问："伯母那边有什么事我可以帮上忙？"

"不是，岳母刚退休，我们联系把她接到上海来，再说冷霜马上要生产了，也好有个照应。刚才冷霜说顺便给您打个电话报个喜。"

"太好了，太好了。"李阿牛把手中的地图册往桌上一扔，挥舞着手，激动得说不出其他话来。

"李所长，非常感谢昔日的关照……"

听到话筒里传来史冷霜的这句话，李阿牛打断了对方："别说见外话。对了，预产期是什么时候？"

"还有三周多。"

"有什么需要吗？"

"这里啥都不缺，真的。"史冷霜刻意强调后，又回到了刚才的话题，"去年我在职工学校推出'三好学生'后，又在上级的支持下，开展了'三好职工'评选活动，得到厂领导的表彰。"

史冷霜的话让李阿牛又想起了和童志远第一次见面握手的尴尬场景，为了不让史冷霜再说感谢自己的话，李阿牛马上转移了话题："厂生产形势还不错吧？"

"挺好。我们这边最近也忙着在找石油。对了，上月有个专家来厂时，得知我是从沈阳调过来的，还提到了你，说认识你。"

"谁？"

"汪家宝。"

汪家宝在上海帮着找石油？难道中国又发现了新油田？李阿牛边重新摊开桌上的地图册，边说："老汪是大功臣，曾在延安成功找到了石油。"

"呵呵。"

听对方只笑不说，李阿牛只得又特意强调："你笑什么？是真的。"

"我笑他也是这么夸你，说你是大功臣，曾在延安成功解决了石油的储存和加工生产的大难题。"

史冷霜这边话音刚落，话筒里又传来边上童志远的提醒声："冷霜，李所长是宁波人，问问需不需要寄家乡特产过去……"

"志远，还是你直接问吧。"

听话筒又转到了童志远的手上，李阿牛不等对方开口马上说道："志远，真的不用费心，我已离开家乡二十年，也没什么想吃的。"

"原来我也想不到这些，这次我们院去慰问残疾人协会时，有个孤寡老太太挺有意思，其他什么也不要，只说还想吃上次我们带去的醉蒡元蟹。"

听到熟悉却二十年没吃到的家乡菜，李阿牛忍不住脱口附和："这个我也喜欢。"

"好，那我们尽快寄给您。"

“谢谢！麻烦你们了。”考虑到旁元蟹廉价并且自己真想回味一下儿时的味道，李阿牛也就不再推托。

“这真不麻烦，而且我后天就去宁波出差，也答应了会给那个孤寡老太太带去一些。”

“她是宁波人？”

“对，据说是其他家人在抗战时全没了，老太太不但耳朵半聋了，而且右眼也瞎了。”

“你说这些干什么呀。”

当话筒里传来史冷霜的责怪声后，李阿牛知道细心的她是担心半聋半瞎老太太的悲惨命运会引起自己伤感。他笑了，史冷霜永远是那样的善解人意。为了不让童志远难堪，李阿牛正准备插话劝说，不料对方已抢先道歉：“李所长，真不好意思。”

不等李阿牛回话，电话那头的声音又换成了史冷霜：“李所长，你还需要什么？真不要和我们见外。”

“真的不用，非常感谢。”考虑到长途电话费贵，李阿牛又加了一句，“衷心祝愿你们在上海一切顺利！”

“好，有事儿信上联系！”

“李所长，再见！”

“再见！”

挂了电话后，李阿牛又重新盯上了地图册。从汪家宝在上海找石油来推断，李阿牛认为中央在坚持“陆相生油理论”的基础上，仍没有放弃“海相生油理论”，也许不久后自己地图册上的红圈会越来越多，而这也意味着日后我国不仅可以基本实现石油自给，甚至可以把用不完的石油卖给其他国家。想到这里，李阿牛心潮澎湃，虽然还不知道日后在祖国哪家炼油厂发挥特长，但可以肯定的是中国工业实力会越来越强。同时，李阿牛也打定了主意，一旦上海找到了石油，就想办法去上海工作，毕竟大庆最为艰苦的创业期已过。这十多年的沈阳工作经历，让李阿牛明白了一个道理，新兵在老阵地是很难发挥更大的作用的。只有披荆斩棘，一切从零开始，才能有更好的收获。这相当于在芋头地里种白菜，肯定不如在新开垦的地里撒下白菜种子收获多。当初自己如果不是赴条件艰苦的延安，也就不可能成长为如今在设备设计上有所建树的专家。

惊蛰这天下午，李阿牛开完会回到办公室，习惯性往桌上一瞧，看到有张包裹通知。他急步上前，果真是上海童志远所寄。李阿牛把手上的笔记本往桌上一搁，边低头把包裹单往上衣口袋塞，边三步并作两步向外走去，结果差点和刚进门的人撞了个满怀。

“老李，你这慌慌张张的样子是不是知道我来抓人了？”

“啊，老丁，是哪阵风把你这个大忙人吹到我这个小破房了？”

丁浩拎着包抬眼打量了一番房间，故意扯起嘴角讥讽：“这也叫小破房？刘副部长在延安工作时那条件还不及你的一半呢。”

想到上班时间丁浩不会来串门，现在听对方又提到已调任三机部副部长的刘鼎，想来必定有大事。于是李阿牛一把拉住丁浩的胳膊，边伸手相请边打起哈哈：“呵呵，好吧，无事不登三宝殿，快坐下说。”

丁浩继续嘴不饶人地调侃：“三宝殿倒也算不上，不过再怎么好也比不上家乡好。”

家乡？李阿牛心一动，引丁浩坐下后，转身去倒水。当再次回到办公桌前，只见丁浩已从包里抽出一份函，说：“老李，我们要回家乡走一趟了。”

李阿牛赶紧放下茶杯，拿起了那份印有“中华人民共和国第三机械工业部”的函，匆匆读过后，抬眼看着丁浩困惑地问道：“老丁，这函是发给市里的，既不是给沈阳铸造厂的，也没有提到我，这……”

“刘部长钦定了我俩，三机厂和铸造厂已同意。”

李阿牛听了更加困惑，倒不是因为刘部长安排人发函并指定自己和丁浩参与这项新技术的学习，而是为什么厂里批准的事，怎么让丁浩这个厂子的“外人”来通知自己。李阿牛绕过桌子在自己椅上坐定后，坦率地说道：“可我对高能成形并不内行。”

“许厂长的意思就是让你去参观学习，不但能提高你的技术水平，而且日后对铸造厂的工作也会有很大帮助。本来他想叫你过去提前聊一聊，可刚才我从市里拿到函去他办公室，他因临时有要事急需处理，所以让我过来先和你打个招呼，这样你也可以提前准备明天的谈话。”说到这里，丁浩斜着茶盖推开茶沫，抿上一口像是想到了什么，马上放下茶杯抬眼又说道，“对了，许厂长说刘副部长这次向中央汇报时，分析和论述了中国国防工业技术水平与国外先进水平相比的十大差距，并提出加强技术基础建设，要重点扶植精密机械加工，其中就提到了高能成形技术。”

解开丁浩来通知之谜后，李阿牛满脑子都是和高能成形有关的知识点。对于高能成形技术，他目前还只是肤浅地知道这是一种利用高能率冲击波的技术，通过介质使金属板材产生塑性，从而获得所需形状的成形方法。想到丁浩长年在搞制造，李阿牛当即探问：“老丁，你有没有高能成形这方面的学习资料？”

“我也是厂里一早通知我去取函件才知道这事，对于高能成形我之前只是看过相关介绍。因为说的是用空气或水来代替刚性凸模或凹模，而我们目前根本没有这样的条件，所以也就没记在心上。但可以肯定的是因为这项技术易于完成形状复杂和难加工材料的制件，而且制件精度又能高许多，想必日后定会全力推进这项新技术。”

丁浩的解释让李阿牛又产生新的困惑，他不解地问道：“宁波现有这样的技术条件？”

“我也不知道，但既然上面这样安排，那里肯定有我们学的东西。”

“什么时候走？”

“刘副部长的意思是尽快过去。”

“好。”

说定事后，丁浩冲李阿牛掰着手指算道：“上次我说沪杭甬通了铁路，你还感慨离家乡十多年了，没想到这一晃又是四年。我也不知道二十多年没联系的远房叔叔还在不在镇海。”

想到当年热心相助办学校的鱼行丁老板，李阿牛脑海里自然又浮现起牺牲的侠民叔和埋在龙山墓地的家人，当然还有离开镇海后没能再见过面的柯老师等人。于是马上接口说道：“到了宁波后，我们找时间去一趟镇海。”

“我肯定陪你去。”

“嗯？”李阿牛不明白丁浩为什么说是陪自己，难道他不去看望丁老板？

“离开老家都二十多年了，再忙也得去家人和侠民叔墓前添土焚香、磕头跪拜吧？所以在拿到这函件后，就是许厂长不吩咐，我也要提前和你打招呼。”丁浩边说边收起了函。

“谢谢！”李阿牛感激地望了眼对方。当初在延安得知侠民叔牺牲的噩耗后，就是丁浩陪同自己连夜登宝塔祭祀。想到宝塔的摩崖石刻群，李阿牛又想起当时为了迷惑日军，许参谋请江志航县长组织人掩埋的“抗战阵亡将士纪念碑”。也不知道这碑挖出后是否耸立在原地，李阿牛打定了主意，这次回去定要去祭奠一下。对李阿牛来说，这碑现如今又有了更深的含义，它不仅仅是纪念在镇海牺牲的抗日将士，也是纪念吴剑英、左权等全国各地为国捐躯的英雄。

“好了，我也该走了。看你刚才急匆匆出门的样子，估计也是有急事。”

想到丁浩在镇海生活过一年，可能也喜欢醉蟛元蟹，于是李阿牛疾速从上衣口袋中摸出包裹通知单，展开通知单询问道：“刚才急着想去取上海朋友寄来的醉蟛元蟹，二十年没吃了，想起来真有点馋。你分一半去？”

已起身的丁浩见李阿牛咽了咽口水，笑着连连摇手：“不用，不用。”

“你还和我客气？”

不料丁浩把眼一瞪：“啥？我跟你还需要客气？！”

李阿牛几乎把单子凑到丁浩的鼻子底下：“那就拿一半去，想吃我让他们再寄。”

丁浩这下脸也变了色，仿佛肚子又隐隐作痛起来。在镇海生活的一年，他实在不明白远房叔叔怎么会爱吃醉蟛元蟹。要知道那种蟹不但个小没肉，蟹壳盖仅半截拇指大小，而且钳硬如铁，咬起来特别费劲。更让他受不了的是远房叔叔餐桌上常有臭冬瓜、臭苋菜梗和臭菜心，只要其中任何一道菜摆上，顿时整个房间就会无比酸腥臭。看远房叔叔滴上几滴菜籽油，一家人扒拉着米饭吃得欢时，丁浩认定他们肯定是嗅觉坏了，不然怎么连这么酸臭的东西也能入口？因为臭，他本能谢绝了品尝，可对开坛后带有酒香的蟹元蟹，实在忍不住好奇，也用筷子夹了一只仍保持张牙舞爪姿态的蟹元蟹，学着用嘴嘬干汁水，顿时一股咸香味充盈整个口腔。再掀开蟹壳，挖除两侧鳃后，琥珀色蟹膏和白如玉蟹肉虽然量少，但半流状甚是诱人。所以当混合酒汁醇香甘冽的一小点蟹肉激活味蕾后，即便味咸，丁浩还是一口气连吃了六七只。可两个小时后，正和小伙伴放风筝的丁浩突然腹部传来一阵绞痛，他迟疑一下后，还是决定收线。可才收了四五圈，就慌里慌张地把手中线团扔给身旁的小伙伴，反手压着臀部急步往家赶。还没到家门口，一个肠鸣音后，脸色发白的丁浩呆若木鸡，直愣愣地站在原地。随着一道黄色的稀便从裤脚流出，邻居们在酸臭中终于明白了怎么回事。随后的一整天，丁浩又是吐又是拉，虽然没吃任何东西，可还是挣扎着不时去厕所蹲下。从那天起，丁浩一看到醉蟹元蟹就汗毛直竖。一年后，再嫁人的母亲把他重新带到了南洋，从此他再也没有接触过醉蟹元蟹。现在李阿牛再三提及，本已淡忘模糊的往事又清晰起来，于是丁浩不得不申明：“这玩意儿就是给我，我也只能扔了。”说到这里，丁浩觉得还需补充一下，于是加重了语气强调：“对了，到宁波我可不吃这东西，也不要和我吃饭时上臭冬瓜、臭苋菜梗和臭菜心。”

“哈哈，老丁，看来你终究不能算是宁波人。”

送走丁浩，李阿牛径直到邮局取来了包裹，并顺路买了半只白斩鸡。回办公室打开包裹一看，童志远不但给寄了两罐醉蟹元蟹和一包大白兔奶糖，还附有一封报喜的信。信上说史冷霜于农历二月初四平安产下一个六斤二两的女婴，夫妻俩决定取“路漫漫其修远兮，吾将上下而求索”中的“漫漫”为名，寓意无论是中国火箭研发之路，还是孩子成长之路，都需百折不挠地去追求和探索真知。李阿牛猜测这取名肯定是史冷霜的意见，记得刚见面时，对方就在介绍自己名字后解释，父亲本想从诗句“霜降向人寒，轻冰渌水漫”中撷取“漫”为名，只是母亲觉得不妥才作罢。想必现在给新生孩子取这个名，也是为了纪念去世的父亲。当然，史冷霜母亲这次肯定也不会持反对意见，虽同选“漫”字，但由于取自的诗句不同，自然赋予的意义也不同。这就好比炼油塔，即便都是从原油中提取物质，但有的是轻油，有的是重油，除了外观上不同，其作用也完全不同。更有意思的是，信上告知那个孤寡老太太曾提前猜准了漫漫的性别，甚至连体重也精准到了两，真让人怀疑她耳朵虽听不清人世间的声音，却能听得到我们听不到的声音。

合上信，重新包好包裹，李阿牛打定了主意，决定去宁波学习时，顺道到上海去看望童志远和史冷霜。到了下班时间，李阿牛拎上包裹，还是和从邮局取出时一样，用绳在后座上固定好包裹，半只鸡和包裹挂在把手上，骑上车就往家赶。

刚拐进家门口那条胡同，正在门口玩跳绳的森森就迎了上来：“爸爸！”

磊磊和同龄的小杰正在撅着屁股打玻璃珠，听到妹妹的叫声扭头看了李阿牛一眼，喊一声“爸爸”，旋即转回头紧盯对方即将从手中弹出的玻璃珠。李阿牛跳下车问女儿：“妈妈在家做饭？”

“嗯。妈妈说今天要给我们做好吃的。”

李阿牛将半只鸡从把手上取下交给淼淼，说："爸爸买了鸡，还有今天你们冷霜阿姨还给我们寄来很多好吃的，想不想吃奶糖？"

不等淼淼回复，只见磊磊一下子从地上跳了起来，咽着口水问道："爸爸，能不能先给我两块奶糖？"

"回家洗手再吃。"

小杰抢先说道："磊磊，今天就不玩了吧？"

磊磊不甘心地看了一眼地上的"战局"。刚才对手因失误，那颗常胜的"奶油弹"已近边界线，这次只要自己打得准，一定能够赢得心仪已久的乳白色弹珠。犹豫片刻后，磊磊还是抵挡住了美食的诱惑，语气坚决到不容任何商量："不，打完这盘。"说完，蹲下身子从地上捡起自己那枚咖啡色的"酱油弹"，当然也不忘叮嘱淼淼："妹妹，给我留点。"

"放心，多着呢。早点回家。"说完，李阿牛推车带着女儿进了门。

看磊磊大拇指的指甲紧贴用食指钩住的弹珠，趴伏身子瞄准自己的"奶油弹"，小杰心里开始慌张起来。现在对方无论是采用定位打，还是回旋打或跟弹打，只要碰上自己的弹珠，必定出线。于是趁磊磊还没出手，他从口袋掏出一把弹珠，蹲在磊磊边上开出了停战的条件："磊磊，要不我让你随意挑两颗弹珠，这盘不玩了？"

小杰这种"保帅弃车"战术显然没有动摇磊磊的心，他瞥了一眼后果断拒绝："给我十颗也不要，就要你这颗'奶油弹'！"

望着地面上几近定局的败局，小杰绝望地看着磊磊手中的弹珠，可在看清磊磊的指法后，小杰的表情变了。那颗"酱油弹"

并没有如子弹一样直线射向“奶油弹”，而是以曲线的路径向前滚动，不但没能打中“奶油弹”，反而以自杀的方式出了边界线。像“奶油弹”一样死而复生的小杰愣了片刻，等回过神后，激动地捡起自己的常胜弹，也顾不得沾上的泥土，放在唇上连亲了几下。

磊磊傻眼了，搞不明白弹出的“酱油弹”怎么会以这种轨迹滚动，看着小杰欣喜若狂的样，心里很不是滋味的他干脆耍起了赖：“不算，不算，刚才你故意打岔，重打。”

小杰一把按住欲去捡“酱油弹”的磊磊，一脸严肃地申明道：“这个弹珠现是我的，你不能碰。”

“你耍赖，重来。”

小杰仗着身高力大，一把拎起磊磊的衣领：“你想赖皮？！”

磊磊不甘心失去明明可以到手的战利品，不理性地和小杰扭打起来。可才过了两招，就被小杰死死压在地上。好在小杰在庆幸中多少有点同情磊磊，没有再下重手，在邻居大人的劝阻下，起身捡起滚落在地的属于自己的弹珠，一脸窃喜地回了家。

当磊磊带着一身泥痕推门进家时，森森举着手中的一颗大白兔奶糖冲了过来，嘟着小嘴说道：“哥哥，快吃，这奶糖真甜。”

磊磊刚接到手中，从厨房端菜出来的傅抱石慌忙放下盘子，一把拉过儿子，边往外攆，边解身上的围裙责问：“磊磊，身上怎么都是灰？”

磊磊顾不得解释，忙不迭地剥开糖纸将奶糖塞进嘴里。任由母亲把自己拖到门口，习惯性地闭上眼缓缓转身，配合一下又一下拍在身上的围裙。可就在一圈转完后，只听傅抱石吃惊地问道：“你脸怎么破了？”

刚放好东西的李阿牛闻声也走到了门口，看是一道指甲划出的血痕，立马猜到了原因，脱口问道："是不是打架了？"

"嗯。"磊磊若无其事地应了一声，嘴中奶糖的香甜得让他忘了刚才的不快。

"又惹事！快洗手去！"傅抱石拧了下磊磊的耳朵，旋即重新系上围裙，急步向厨房走去。李阿牛等磊磊进门后，掩上门问儿子："刚才为什么打架？"

听完儿子讲述后，李阿牛耐着性子问道："你这样对吗？"

"爸爸，那颗'奶油弹'很厉害，我真的太想得到它了。"

见儿子没有回答自己，而是直接表达自己的真实想法，李阿牛沉着脸说道："你没有赢却想要，那是抢，是小流氓！"

刚吃完奶糖咽下口水的磊磊听到这里吓了一跳，本想去找桌上还有没有奶糖的目光，瞬时收了回来，冲着李阿牛连喊："我不是小流氓，我不要当小流氓。"

"我相信你不会要当小流氓。"李阿牛缓了缓脸色，蹲下身子比画着手势强调，"但你要记住，必须遵守游戏规则，不能输了就想赖。"

"嗯。"磊磊重重地点了一下头，不但应声干脆，而且神情专注。

"那行，明天给小杰道个歉。"

"这……"磊磊表情瞬时变得犹豫起来。

"男子汉有错要敢认，认了才会改，改了才会让自己进步。"

对于父亲的开导，磊磊似懂非懂又应了一声："嗯。"

这时，傅抱石又从厨房回到了房间："快过来吃饭了。"

李阿牛起身轻拍儿子的脑袋："快去洗手。"

这一天的晚饭自然丰盛，除了李阿牛带回的白斩鸡，傅抱石还是像以往一样，不但蒸了熏肉和鸡蛋羹，还炒了土豆丝和熘肝尖，当然也少不了李阿牛爱吃的红烧鲤鱼。看傅抱石给自己倒酒，李阿牛想起了那两罐醉㔽元蟹，起身从柜上取过一罐，重新坐下后，边解盖上的绳，边说："抱石，猜猜这是什么？"

刚放下酒瓶的傅抱石瞅了两眼，摇了摇头反问："哪来的？"

"小童从上海寄来的，奶糖也是。"

"他俩很有心，替我也谢一下。"对于丈夫刻意强调的童志远，傅抱石很大度地点明要同时谢童志远和史冷霜，随后又继续追问，"这罐里装的是啥？"

李阿牛掀开了盖子："以前和你说起过的宁波特产——醉㔽元蟹。"

一阵伴着浓浓海腥味的酒香扑面而来，傅抱石好奇地看着李阿牛用筷子从罐内夹出一只比拇指大不了多少的青褐色小蟹。只见这蟹头和胸甲略呈方形，一对螯足在灯光下泛着青瓷光，两侧长着毛的步足似乎正要爬行。森森抢先好奇地问道："爸，这会扎嘴吗？"

磊磊也忘记了已夹在自己碗里的鸡肉，盯着之前从没见过的㔽元蟹，很是疑惑地问道："爸，这么小能有肉吗？"

李阿牛笑而不答，在妻儿的注视下，放下筷子捏上醉㔽元蟹放到嘴边，轻轻吸干汁水。随后徒手掰除蟹脐，掀开蟹盖，挖净蟹鳃，用筷子去掉蟹盖中的蟹胃后，迫不及待嘬净膏黄和汁水，顿时，那股久违又熟悉的咸鲜醇香甘洌滋味激活了味蕾。

"太香了！"

冲鼻的独特香味和父亲陶醉的表情，让坐在边上的磊磊动了心，他伸手迅速拿起放在父亲碗里的蟹块，往嘴边一送，学着李阿牛的样子用劲一嘬，可马上把蟹块往桌上一扔，扭头往地上吐口水。看着挤眉弄眼连连咋舌的儿子，傅抱石误以为是辣到了，当即舀了一勺鸡蛋羹，连吹了两下递到磊磊面前："快吃口鸡蛋羹。"

对于父亲和哥哥截然不同的反应，淼淼一脸困惑地问道："哥哥，到底好不好吃？"

咽下鸡蛋羹后，磊磊连连抱怨："又腥又咸，没吃过比这更难吃的东西。"

笑得前俯后仰的李阿牛捡起桌上的蟹块，往嘴里一送，如同嚼茴香豆一样，根本不在乎尖硬的蟹钳和蟹足。在家人满是好奇与惊讶的表情中，吐出蟹渣后，又从罐内夹出一只，像刚才一样，熟练地掰除蟹脐，掀开蟹盖，去掉蟹胃，挖净蟹鳃，右手捏盖，左手捏身，同时递向对面的傅抱石说道："试一下？"

傅抱石没接，前倾上身凑近闻了闻，旋即缩回身举筷摇了摇："我不吃生蟹。"

李阿牛又把这只剥好的旁元蟹转到淼淼面前，淼淼学着母亲的样子歪着身小心翼翼地闻了闻，接着用舌尖舔了一下蟹盖中的蟹黄，非但没有像哥哥一样吐掉，反而伸手接过李阿牛手中的旁元蟹，抬眼诧异地问磊磊："哥哥，挺好吃的呀！"

难得大度的磊磊把那罐醉旁元蟹往淼淼那边一推："好，这些都给你。"

看女儿学自己要直接嘬蟹盖，李阿牛抢先挖了小勺饭替女儿搅拌在蟹壳里。傅抱石颇为惊讶地看着女儿有滋有味地扒净蟹壳内的拌饭，那神情似乎比吃猪油拌饭还要香。

"看来淼淼虽还没到过镇海，但有这方面的遗传基因，日后去镇海生活或工作没问题。"说完，眉开眼笑的李阿牛给妻子夹了块儿鸡胸，"抱石，快吃饭。"

去镇海生活或工作？傅抱石就像梅花鹿听到了不祥的动静，顿时警觉起来。她扒了一口饭，佯装不解地问道："阿牛，你不喜欢沈阳？"

"没有啊。"李阿牛吐出嚼碎的蟹壳，又从罐内夹了一只醉旁元蟹。

"那为什么有回镇海的想法？"

李阿牛停下正要掀蟹盖的手，吃惊地问道："你怎么知道我要去出差？"

傅抱石心里"咯噔"一下，脱口连着反问："你什么时候接到通知要出差？什么时候走？要多久？"

觉察到妻子内心的不安后，李阿牛打趣道："我还以为你这个组织部门也管我和丁浩了呢。"说完，李阿牛放下手中刚掀开的蟹，认真答复妻子的三连问，"今天下午刚知道，不过还不是正式通知，是丁浩从市里拿到函办手续时告诉我的。据说是三机部刘鼎副部长钦定了我和丁浩去宁波，现在三机厂和铸造厂已同意。不过什么时候动身，要去几天，一切还得等通知。"

记得李阿牛到沈阳工作后，第一次出差就是去培训，而且去的就是史冷霜所在的学校。这次虽然李阿牛的目的地不是史冷霜的所在地，可两地就隔了一个杭州湾，即便坐船绕外洋也就半天行程。傅抱石如快刀斩乱麻，当下打定了主意，于是咽下嘴里的米饭后，当即亮明临时的决定："你离开家乡二十多年一直没回去过，虽然没有亲人在镇海，但毕竟祖坟在。这次我陪你一起去，也算有个机会去给公婆扫个墓。”

妻子突然的决定让还没定行程的李阿牛有点措手不及，他指了指一对儿女：“那……磊磊和淼淼也去？”

“孩子马上要放假了，你不想让公婆看看我们？”

看看？傅抱石的话让李阿牛觉得很好笑，可如此严肃的话题又不能笑，只好绷紧嘴角连连应和：“好，好，让我爸妈都看看。”

看一切已了解清楚并安排好，傅抱石终于放下心，轻敲一下碗沿催促道：“快吃，别凉了。”

“嗯。”李阿牛重新捡起蟹盖，把忘了去蟹胃的蟹盖一口塞进了嘴里。与此同时，他在心里暗忖，看来自己过去的无果爱情注定将影响妻子一生的情感，而这种情感必定会影响婚姻的质量。即便两人至今共同生活了十年，可许多时候还是在一些问题上难以同心相向、同轨运行。而导致这样的原因往往不过是自我的“正确”判断，就像自己嘴里的醉滂元蟹，它不用热，也不能热，只能凉了吃，可妻子只是依照自己的习惯来判断正确与否。就像自己难以下咽的豆汁儿，到了妻子嘴里，那东西居然成了美味。李阿牛吐出蟹壳渣，喝了一口酒，一股辛辣味从口腔蔓延后，迅速通过喉咙向胃延伸。

从李阿牛显得迷茫的躲闪眼神中，傅抱石揣摩到了丈夫的想法，暗自伤感不已。看来丈夫的心中除了自己，那个影子始终难以根除，也许这就是主动爱和被动爱的区别。唉，当初如果选的是其他人，根本不可能有这些烦恼。为什么那时会不顾一切地爱上李阿牛，是被他的非凡才华所吸引？是被他的质朴情感所打动？是被他的敬业态度所感动？还是被他集江南男人的温柔和西北男人豪爽的性格所折服？这或许就是难以言喻的爱情魅力。是的，爱情根本不需要什么理由，也往往无法用逻辑和理性去解释。因此，有人因为爱而相敬如宾、白头偕老，也有人因爱而肝肠寸断、万劫不复。好在一切就像单位人事工作一样，都在自己的掌握中。就在傅抱石胡思乱想食不知味之际，只见李阿牛夹来一块已剔除鱼刺的鱼肉，往自己的碗里一放，叮嘱："抱石，这个家你最辛苦，多吃点。"

傅抱石抬眼望着李阿牛合了一下眼皮，低头夹起碗里的那块鱼肉送进嘴里。她边嚼边在心里默念：虽爱情可悲不能重来，但也可喜无须重来！

十四　返乡争议

南下出差行程审批虽简单，但出行并不容易。拖家带口的李阿牛好在有丁浩的帮衬，旅途中换乘火车等事还算顺利。

当晃晃悠悠的绿皮火车抵达宁波站后，就像一名马拉松运动员冲刺完，终于不再大声喘息渐渐安静下来。一行 5 人鱼贯跳下嘈杂拥挤的车厢，走在最前边的李阿牛感觉眼前的场景很是陌生。记忆中的宁波火车站还是位于槐树路，那是幢具有民国特色的五开间两层砖瓦小洋房，而眼下这个火车站据乘务员此前介绍，新建于 1955 年。当时萧甬铁路连通杭州萧山至宁波庄桥后，火车站就从北迁到了此处。如今的火车站是一长排用红砖砌成的房子，和沈阳的新建筑不同的是，它既有中间高两边低、左右呈中轴对称的苏联风格，又具有中国优美曲脚人字拱的北魏建筑风格，整个敦厚坚实的房屋在起翘屋角中，显得分外轻盈活泼。

火车站的前广场很大，足可容下近千人。在熙熙攘攘的人群中，李阿牛一眼看到正踮着脚翘首张望的李健民，于是把拎包往傅抱石手上一塞，顺势又把肩上的行李放到地上，撒腿向李健民跑去：“健民叔！”

李健民一手紧握李阿牛，另一手连拍其肩膀：“哎呀，李阿牛，我都认不出你了。”

“让您久等了。”

“你和我还见外？”李健民抬手戳了戳李阿牛的脑门，随即向后张望催问，“家人呢？”

李阿牛扭头，只见丁浩用力扛着两个行李，傅抱石左手拎包，右手提兜，磊磊和淼淼各自背着小书包，一边一个拉着妈妈背上的包袱角，4人正朝自己这边走来。李健民已认出渐渐走近的丁浩，当初到延安在陕甘宁边区机器厂门口问人时，就是这个年轻人带他径直到铣床旁。见李健民和李阿牛回身走来，丁浩提前放下扛在肩上的行李，平举双手迎上前：“健民叔好！”

李健民握过对方的手，爽朗地说道：“你比在延安时可要胖不少嘛。”

“是呀，现在不光睡得好，而且吃得又好，自然胖了。”

“爷爷好！”

听到怯生生的童音，李健民赶紧低头。说话的是个小女孩，鹅脸高颧，长眉明眸，鼻挺唇薄，穿了件合身的白蓝相间的连衣裙，双手拉着妈妈的衣角，一脸稚气地仰望着自己。李健民松开丁浩的手，蹲下一把抱起小女孩，笑得眯起了眼睛：“哎哟，我现在还当上爷爷了。”

“健民叔，您早就当上了。”

李阿牛话音刚落，磊磊拉着李健民的衬衣角叫道：“我也要爷爷抱。”

李健民把淼淼抱在左手，蹲下又抱起磊磊。傅抱石见状双手伸进磊磊的胳肢窝，很是体贴地说道：“健民叔，千万别累着您。”

“哈哈，我这个爷爷还没老，没问题的。对了，你就是傅抱石吧？”

“是，这次打扰健民叔了。”

“你们夫妻俩一个比一个客气，什么打扰不打扰，我还盼你们能常来，让我多看看这对小天使。”李健民说完在磊磊和森森脸上各亲了一下。

相比森森的躲闪，一点也不认生的磊磊不但大大方方回亲了李健民一下，并好奇地问道：“爷爷，你怎么知道我妈妈的名字？”

“我不光知道你妈妈的名字，还知道你爸爸小时候的调皮事。”

磊磊听到这话更有兴致了，瞪圆了眼睛追问：“爸爸小时候也调皮？爷爷你打他屁股吗？”

李阿牛和丁浩笑得前俯后仰，傅抱石笑着打了下儿子的屁股：“快下来，别让爷爷累着。”

已开始手酸的李健民蹲身放下磊磊和森森，随后直起身脸朝李阿牛调侃：“看来你不光有对乖巧的儿女，还有个好媳妇，生活很幸福嘛。”

“这也是靠当年李会长、侠民叔、健民叔和柯老师等前辈的相助，没你们我肯定只能赶海过日子。”

磊磊听到这话立马又插嘴问道：“爸爸，什么叫赶海？”

“就是等海水退走后，在海涂地抓海鲜。”

“有旁元蟹吗？”

“当然有，还有会跳的鱼和各种螺。”

磊磊顿时双眼放光，拉着李阿牛的衣襟嚷嚷开来：“爸爸，我现在就想去赶海。”

淼淼也跟着撒娇："爸爸，这里好热，我也要去赶海。"

"今天不行，大海没有退潮，会淹了我们。改天我们一定去。"李阿牛答应后指着俩孩子朝李健民故意一脸沮丧地抱怨，"唉，我好不容易上岸搞起了技术，可这两个小家伙……"

李健民当即打断了李阿牛，冲着磊磊和淼淼竖起了两个大拇指："好孩子，不愧是阿拉宁波人。"

当一行人重新拿起行李跟李健民来到火车站外马路边的一辆手推车前时，一个蹲在地上的年轻人马上迎了上来，边帮忙装行李边说："欢迎两位领导来宁波。"

李阿牛打量了对方一眼，觉得眼生，好在李健民介绍起了对方："这是我们体委的余阳，也是柯老师的学生，跟吴成章教练学过篮球。"

刚放下行李的丁浩扭过头问："柯老师现还在学校吗？"

"柯老师已调到省文化厅工作，估计这次你们碰不上面了。"

"李主任，您说的吴成章是新中国成立前到伦敦参加过奥运会篮球赛的运动员吗？"

"对，吴教练也是镇海人。他儿子吴忻水去年也参军了，现在是济南部队篮球队队员。"说到这里，李健民指了指余阳，"余阳是吴教练看中的苗子，我们就把他招进了体委。"

李阿牛配合余阳整理好车上的行李后，马上补起了刚才的握手礼，并自我介绍道："余同志好！我叫李阿牛，现在沈阳铸造厂铸造研究所工作，也是镇海人，跟柯老师学过，算起来我们还是师兄弟。"

"李所长，我可不敢冒昧，李主任常提到您，您的大名我们体委所有人都如雷贯耳。"

李阿牛望着李健民挠起了头：“健民叔，这……”

佯装不高兴的李健民拉着脸责怪：“有啥不好意思？搞得我像胡说似的。”

众人在笑声中重新结伴而行。此时，太阳已钻进薄薄的云层，火烧云笼罩了西边的天际，与远处香樟树肥厚叶子的剪影，就像共同构成一幅绚丽缤纷的水彩画。

余阳不愧是运动健将，拉着手推车健步如飞，不光磊磊和淼淼跟不上，连傅抱石也不得不小跑着。李健民干脆叫停余阳，把两个孩子抱上推车。到旅馆办完入住手续，李健民邀请李阿牛一家和丁浩晚些时候上他家吃晚饭，随后和余阳各自先回了家。

晚饭后，李健民和家人打招呼说要送李阿牛他们回旅馆。李阿牛本想回绝，但和对方眼神相撞的瞬间，立马明白健民叔是想多和自己聊聊，于是连声谢过李健民夫人后，走出了这个十多户合住的大院。傅抱石猜想三个男人有话要聊，故意牵着一对儿女的手不近不远地跟在后面。和来时匆匆赶路不同，李阿牛这次留心观察了四周环境。虽然第一次走这条街，但并不陌生，它和镇海的胡同差不多，两侧青砖高墙民宅夹出一条笔直的石板路，其中一边耸立着一根根高大的木桩，顶端挂着一盏盏昏暗的路灯。似曾熟悉的场景让李阿牛想起了自己在镇海的日子，那时自己常需穿过这样的石板胡同去玩耍、去听书、去卖阿妈赶海摸来的海鲜。当然很多胡同两侧没有这么高的墙，而是一溜的木房。阿爷和阿爸就是在这木房外打铁，阿妈或赶海，或在木房内忙碌家务……

“李阿牛，你这次来宁波不光要会学习，更要会传授。”

李健民的话一下子拉回了李阿牛飘飞的思绪，李阿牛当即应道:“健民叔，高能成形技术我第一次接触，学成回去肯定会传授给……”

李健民挥手打断了李阿牛的话:“阿牛，我不是指这个。我们都知道沈阳工业基础很强，技术很先进，我指的传授是你和丁浩要设法把在沈阳掌握的技术尽可能多地教给这里的人。”

丁浩听到这里愣了，一个体委的领导怎么会有这样的想法?难不成这是上面交代给他的任务?要知道自己和李阿牛来宁波是带着任务的，本就担心时间不够用，现在健民叔这样节外生枝，搞不好连任务都完不成。丁浩很担心李阿牛因和李家的关系会满口应允下来，他意识到自己刚才连连客气点头有点冒失，接下来该回绝还得回绝，不能因脸皮薄而影响工作。李阿牛对李健民的要求也颇感意外，自己是来学习技术的，怎么变成传授技术的人了?可出于礼貌，他很不自在地发了声叹词:“哦?”

“你们俩虽然年轻，但我早就听说你们在工业设计和制造方面的能力。阿牛，我想你这次回来不难发现，其实我们宁波在新中国成立后工业变化并不太大，和沈阳的工业有很大的差距。你们或者帮着想想宁波可以搞什么样的工业，或者到几家厂实地去看看，帮这些厂提升一下生产能力。如果工业搞上去，相信宁波也会有很大的变化。”

虽然搞明白了健民叔的想法，可李阿牛甚是为难。这次来宁波可不是回乡休养，而是带着组织的重托来学习的。如果答应健民叔，别说那耗时的设计，就是去几家厂实地看看也难挤出时间。李健民看身边两人没接话，干脆停下了脚步转过身，正对着李阿牛说道:“过去我们可以用蛮力和毅力吃饱肚子，但现在我们必须想办法用智力和斗志来提升工业水平，只有这样，我们才能强大起来。”

李阿牛觉得这话很是耳熟，当年在沈阳工学院第一次遇到史冷霜时，她也曾说过类似的话。于是，李阿牛情不自禁地点了一下头，并背出了那句带有哲理的话：“对。农业时代拼的是蛮力，工业文明时代拼的是智力。”

“说得好！不愧在延安进修过。”李健民夸完李阿牛后，继续比画着说道，“不谋全局者，不足以谋一域；不谋万世者，不足以谋一时。我们共产党人就要有这样的格局，只有整体国力强大了，我们才不会挨打。”

“对！”

站在边上的丁浩听到李阿牛再次应声后，暗暗提醒自己，接下来的日子里得和李阿牛保持一些距离，不能因他的感情用事而误了自己的学习。反正宁波仅仅是自己儿时到过的一个地方，就像是延安和沈阳，仅仅是自己不同人生时段生活、学习和工作的地方，想要有所作为，必须在理性中提升自己的水平，用实力得到他人的认可，用实力铺就成功之路，可不能再发生延安时期那种只能眼巴巴看着李阿牛不断升迁而自己只能在窑洞内整天手忙脚乱地操作工具的情况。

李阿牛虽察觉到丁浩的担心与不满，但他认为对健民叔的应允可不仅仅是出于尊重，也是一种觉悟被人点醒后的本能反应。他提醒自己，这次出差不一定给家乡工业的变化出多大的力，而是将来无论在哪，无论多忙、多苦，都要了解家乡的工业现状，力所能及地帮家乡各厂解决生产上的困难，避免其在工业生产上瞎忙吃苦。当然，他觉得现在这个话题不能再谈下去，于是开口问道：“健民叔，不知鱼行丁老板还在不在镇海？”

不明白李阿牛突然打听丁老板原因的李健民听完后反问道：“在，你还记得他？”

“当然记得，那时学校就是他提供的场地。”说完这话，李阿牛指着丁浩介绍，“他就是丁老板的远房亲戚，小时候还在丁老板家住了一年。”

眼前另一个专家居然也算得上是小老乡，这让李健民有点惊喜，他热情地拉过丁浩的手承诺道：“你们回沈阳前，我一定陪你们去镇海看看。”

第二天，李阿牛和丁浩来到修船厂，刚在门卫室办理进厂手续，突然有人进门，从背后捣了一拳：“老李！”

李阿牛之前想过在家乡有可能有人认出自己，可对“老李”这称呼心理上绝对没有任何的准备。他吃惊地扭过头，望着那张熟悉的脸，李阿牛赶紧扔下手中的笔和登记本，转身握住太行工业学校刘军同学早就期待相握的手，边用力上下摇，边说：“哎呀，老刘，真没想到在这里碰到你。”

“就是，刚才在窗外还担心是看花眼认错人了，等看到你包里的小匕首，我才确定是你老李。”

李阿牛回头这才发现刚才办理手续拉开包后，没有及时拉上，隐约可见包内的小匕首。李阿牛指着对方笑道：“看来你记它比我还要牢。”

“二十年过去了，匕首还是原来的模样，不像你，二十年后已是工业设备制造领域的翘楚，成了我们同学学习的榜样。”

“哈哈，老刘，二十年不见，我看你越来越能说，都要让我飘起来了。”

刘军腾出一手，朝李阿牛胸口捶了一拳：“老李，我说的是实话，你的名字在我们院里人人都知道。”

李阿牛也毫不示弱回了一拳过去，说：“那恐怕还是你吹的。”

刘军刚准备接话，不料门卫在房内敲着桌面催促：“你们还办不办进厂手续？”

“办，接着办。”李阿牛转身后忙不迭地拿起笔填起了表。

当刘军引着李阿牛和丁浩出门卫室向厂内走去时，李阿牛以为对方现就在这里工作。可慢慢才听明白，原来刘军也是从福建省石油化学设计院赶到宁波来学习高能成形技术的，不过就比自己早到了一天。由于两人原本关系就好，现从事的工作又相同，自然有着说不完的话。看马上要进楼，李阿牛突然换了个话题探问：“你觉得福建那边工业前景如何？”

“当然比不了东三省。”看李阿牛张口要接话，刘军抬手示意别打断，接着又带有几分自信地说道，“福建工业基础虽薄弱，可湄洲湾具有海水深、岸线长、航道宽和风浪小等地理优势，我想日后发展肯定不会比东北差。”

对于这样的判断，李阿牛自然不以为然，福建和浙江一样，不但几乎连个像样的炼油化工装置也没有，而且刘军所说的几点靠海优势，其实对工业非但起不到促进作用，相反还有交通不便、战争风险高、高温与潮湿等不利影响。当然，李阿牛不会说出这些心里话，这并非担心会和刘军起争执，而是他可不想打击刘军的工作积极性。刘军看对方有口无心地应着，自然马上明白对方这是既不认同自己的分析，而且还不愿商榷。刘军暗自责怪自己口无遮拦，怎么能说福建日后发展不会比东北差。人家李阿牛现如今可是沈阳人，沈阳不仅是新中国工业的重要摇篮和工业化的重要发源地，还是重要支柱工业的诞生地，自己说这些话岂不是在讨夜郎自大之嫌吗？刘军很不自然地抽了一下脸上的肌肉，提醒自己这不是在福建，别毫无顾忌地夸福建。因为两人对谈话内容都有所顾忌，自然就找不到像在延安时尽情表达各自观点的欲望。于是，随后的谈话变得空洞乏味。

一眨眼，在宁波的学习就结束了。十天内，李阿牛和丁浩在宁波修船厂不但丰富了自身对高能成形技术理论基础的认识，也掌握了相关的实际操作。其间，李阿牛还利用晚上的时间，分别对宁波纺织厂和面粉厂进行了设备检查，提出了一些改进建议。这天一早，李阿牛和丁浩送走刘军后，李健民如约而至，并且让余阳把两辆借来的自行车送到旅馆，陪同李阿牛一家人和丁浩，沿着石子路一路向东，浩浩荡荡朝镇海去了。

在龙山阿爷等家人的墓地前，李阿牛在点烛燃香祭拜后，突然取出贴身的小匕首。傅抱石以为李阿牛要歃血祭祖，刚想劝说，不想还没开口，只见李阿牛跪着连退两步，连戳带铲在墓前挖了个一拳宽、不足一臂长的小坑。几个人不解其意，在一旁看着一声不吭的李阿牛用手帕擦净小匕首，恭敬地把它放入小坑中埋土拍平整。傅抱石率先明白了过来，暗吁口气后，拉过两个孩子在李阿牛边上跪下磕头。果然，李阿牛双掌合十，流着泪说道:“阿爷，阿爸，阿妈，我不能常来看你们，这把匕首我从家乡带到延安，又带到沈阳，整整跟了我二十多年。现在我把它留在这里陪你们，见它如见我。”

烛灭香尽，一行人绕到李琯卿和李侠民的墓地。两个毫无生气的土丘让李阿牛无法和当时无私帮助自己的父子联系起来，他“扑通”一声跪在墓碑前，哭得比刚才还伤心。在李健民等人的劝说下，李阿牛这才在敬香后依依不舍地下了山。

几个人简单吃完祭祀过的糕点和水果后，李阿牛提议在去看望丁老板的途中，顺路去祭奠“抗战阵亡将士纪念碑”。不料李健民却告知纪念碑因战时由旧政府所埋，抗战胜利后没有及时挖出，导致现在无人知道埋在何处。

李阿牛越听越觉得不对劲，当看到对方无奈双手一摊时，他听到心里“咯噔”一声，就急着追问：“健民叔，不就是埋在镇海公园内吗？就算是整个公园都挖开，那也用不了多少人力和时间呀？”

果然，两个连问像是击中了李健民的要害，只见他的眼神迅速往下闪移，既像要重重坠落在地，又像是在快速躲避对手射来的子弹。沉默片刻后，李健民终于重新抬起眼道出了原因：“现在没有人会去挖出旧政府县长题写的纪念碑。”

李阿牛感觉心像是被一双无形的手绞了一下，怎么能这样？他扭头向公园的方向望去，前面一幢三层红砖楼房挡住了视线，这让他顿时想起了第一次进沈阳工学院时，史冷霜陪同自己参观的图书馆。正如史冷霜所说，原貌保存的三层红砖大楼既让侵略者深感羞愧，更让我们及后人永远记住落后就要挨打的教训。不能让这块“抗战阵亡将士纪念碑”长埋在地下，不是因为自己有着捐钱的功劳，而是它理应也要像沈阳图书馆一样，成为镇海人纪念英烈的地方。想到这里，李阿牛转回头刚要开口，不料一直面带微笑的傅抱石突然用肘顶了一下自己，凑近耳边轻声插了一句话：“李阿牛，不能给健民叔添麻烦。”

“其实暂时埋藏何尝不是一种保护？”

妻子的提醒和健民叔的宽慰，让李阿牛渐渐回过神来。对，健民叔现在是宁波体委的领导，管不上这事，也管不了这事，而且挖不挖这块碑确实需要斟酌，如果挖出来有招非议和被破坏的风险，倒真不如埋在地下安全。李阿牛朝傅抱石看了一眼，以示明白了健民叔的难处和妻子的用意。只见傅抱石像是川剧变脸的演员，瞬间堆上笑意催道："时间不早了，我们抓紧时间去丁浩老家吧。"

不想丁浩突然抬眼望天提议道："不早了，明天还得赶车，还是回旅馆休息吧。"

"都到镇海了，也不在乎这么点路。"

"上车，走。"李阿牛不会像李健民一样劝丁浩，说完，直截了当地让傅抱石跳上自行车后座，并率先骑了出去。

看李健民跨上车带着淼淼也骑出后，坐在丁浩前车架横档上的磊磊着急了，拍着把手催促丁浩："叔叔，快追，我们当第一名。"

丁浩苦笑着摇了摇头，也骑上了车。

鱼行的丁老板仍在原先的地方，只不过虽还是干着买卖活，却不需要像以往一样既要想着到哪儿进货，又得揽客谈生意。李阿牛发现之前店铺的门面一点也没变，只是原先门框上那个宽大黑底金字"好吃来鱼行"的横匾不见了，换成了挂在门旁白底黑字的"镇海供销社"条牌。现在不光门口的地面没有了杀鱼后的污水，店里也不再是丁浩记忆中整天弥漫着浓烈鱼腥味的各种鱼货。对于李健民带来的不速之客，正等着下班的丁老板摘下折了一条腿的老花镜，连扫站在柜台外这大小6个人两圈，最后还是向李健民摇头表示不认识。

"小爷，我是丁浩呀，您不认识我了？"

丁老板像是打了个冷战，放下手中的老花镜，双手压住玻璃柜台，伸长脖子眯缝着本就不大的眼睛，上上下下又打量了丁浩一番，终于略带惊喜地求证："你真是'泥鳅'？"

"小爷，是我。"看磊磊和森森诧异地看着自己，丁浩很不自在地瘪了瘪嘴。

丁老板的小眼睛一下子睁大了不少："哎哟，都长这么大了，真的是变天了。"

"丁浩现在是沈阳一家大厂的科长，这次来宁波出差，特地来看你。"

李健民话音还没落，丁老板已激动得绕过柜台，掀起挡板，几乎是小跑着来到几个人面前。还没站稳，先咧开嘴角，一手拉着丁浩的手，一手抹着眼泪说道："'泥鳅'都当上科长了？太好了，太好了，我们丁家也有出人头地的种！"

李阿牛觉得丁老板有点怪异，可又不好插话，只能赔着笑脸配合丁浩把手中的虎头包递给丁老板。

"小爷，这是我从沈阳给您带来的花生米。"

"好，好。"丁老板含着泪水接虎头包时，眸子十分的明亮，宝贝似的抱在胸口，"我都好几年没吃花生了。"

李阿牛觉得好奇怪，现又不是困难时期，花生并不稀罕，眼下这供销社也有供应，怎么丁老板好几年没吃呢？丁浩也不解地问道："小爷，这里不就有花生米吗？"

"家里人多，又没钱。"

"没钱？"

随后在丁老板唠唠叨叨的讲述中，李阿牛算是听明白了。原来新中国成立后不久，丁老板就响应国家号召，把店铺上交国家，自己则从鱼铺的老板变成新成立的供销社的会计。同时，原先居住的宽敞院落，也被分隔给多户人家，丁老板一家 11 口人挤在两个大厢房中，好在 9 个全是儿子，挤睡在一起没问题，大厨房也足够放下大圆桌一起吃饭。头几年凭积累的老本，日子过得还行。可随着时间的推移，即便国家给予了照顾，9 个孩子也参加了工作，但由于之前他们跟丁老板学做买卖，如今这些技能根本用不上，相反因为很多基本的生活能力也缺失，他们常常在单位抬不起头，也没有姑娘愿意嫁到这个日渐衰败的家庭。对照以前优渥的生活，现在日子过得紧巴巴的丁老板常在暗地里长吁短叹。

“以前叫卖是为了生活，现在生活只是叫卖。虽然人是省心了，可日子过得很闹心。”

蹲身佯装陪孩子看柜台货的傅抱石越听越不是滋味，趁众人不注意，起身朝李阿牛向外努了一下嘴角。李阿牛懂妻子的用意，可不想打断丁浩与小爷难得的见面机会，干脆佯装不见，继续听着丁老板和丁浩的对话。傅抱石有些着急，盘算着如何结束这种不恰当观点的讨论走人，恰巧磊磊正弯腰钻过柜台挡板去柜内，就故意大叫着上前拖住磊磊厉声警告：“不许乱来，不然挨打！”

这时店内营业员和顾客都把目光转到了这对母子身上。丁浩对此几近瞠目结舌，平时理性温顺的傅抱石怎么会在大庭广众之下如悍妇般呵斥儿子。李阿牛当然明白妻子这话是说给自己听的，想着既然氛围已被破坏，加之丁老板的抱怨确实不妥，于是灵机一动提议道：“老丁，孩子太皮，要不你留下陪小爷，我们先走？”

“一起走。”丁浩毕竟是个聪明人，转瞬间就明白刚才看的是一场戏。心想，既然这种话题不合适说，那就干脆画上句号，更何况李阿牛一家已架上了梯子让我下。于是，他转头对丁老板说道：“小爷，我这次来时间很紧，今天我就不陪您了，日后再来宁波来看您。”

“我这就下班了，不去家里坐坐？”

看着丁老板殷切的眼神，丁浩有点心动，但迟疑片刻后，还是狠下心说道：“小爷，下次吧，明天一早我们还得赶火车。”

丁老板突然放下一直捂在胸口的虎头包，攥紧了丁浩的手：“‘泥鳅’，也不知道你爸现在怎么样了，都二十年没消息了。记得有机会回家去看看，也替我问个好。”

“好，小爷。”

李阿牛发现丁浩应得很是勉强，而且眉头也紧了一下。

吃过晚饭道别李健民进旅馆之际，银盘似的月亮已悄无声息地爬上楼顶。等傅抱石和孩子躺下后，李阿牛合上笔记本拿上洗漱用品，蹑手蹑脚地出了房门。还没走到盥洗房，李阿牛看到丁浩倚着廊道的柱子，望着不远处高高的香樟树发呆，就上前推了推对方肩膀问道：“怎么还不睡？”

丁浩摇了摇头，依旧仰着头没转身。

“有心事？”李阿牛凑近对方压低了声音问道。

丁浩点了下头终于转过身来，借着明亮的月光，李阿牛清晰地看到两滴泪从丁浩的眼眶落下，并快速滑过脸庞，狠狠地砸向了地面。李阿牛吓了一跳，记得和丁浩相识以来，似乎从来没见他流过泪。是因为丁老板家道中落？还是经丁老板提醒思家？毫无心理准备的李阿牛正思忖着如何劝丁浩，不料对方边朝外走，边把手一招:“跟我来。”

李阿牛不假思索地放下手中的搪瓷杯就紧跟了上去。两人刚出旅馆的门，远处就传来了鼓楼的敲钟声，李阿牛不用数，就知道是 12 响。丁浩带着李阿牛来到日湖边，两人很是默契地找了块大石头挨着肩膀坐了下来。也不知过了多久，丁浩终于平静地开了口，问:“老李，今天你有什么想法？”

微弓上身的李阿牛双肘分顶大腿，把嘴闷在相叠的双手下，眼盯着粼粼的水波，似乎在思考。可过了半晌，他还是摇了摇头。

“你没任何想法？”盯着李阿牛等答案的丁浩一脸诧异。

李阿牛还是摇了摇头，但这次嘴从手后抬了起来，说:“我和你不一样，你至少还有亲人在，而我……”

丁浩很是粗暴地打断了李阿牛的话:“我问的是家乡！”

“家乡？”

“对，你有没有发现，新中国成立十多年了，可镇海变化并不大！”

经对方提醒，李阿牛觉得今天看到的景象和当年送《战时镇海》《镇海儿童》宣传册时确实没多少差别，如没有健民叔的陪同，他也可凭借记忆骑完这些行程。李阿牛为丁浩这种淳朴的感情有点感动，他从湖面收回了眼神，直起上身，转过脸对丁浩说道:“之前健民叔不是已和我们聊过，这也就是他为什么希望我们能把技术留给宁波的原因。”

“不，我不是这个意思。”

宁波不是包括镇海县吗？难道这也算是区别？李阿牛一下子转不过弯来，问:“那你是什么意思？”

“之前你不是强调过‘农业时代拼的是蛮力，工业文明时代拼的是智力’吗？”

虽然这句话并非自己所提炼，但李阿牛打心里认同，更何况十天前就在丁浩面前说过。于是李阿牛点头后反问：“难道你不认同？”

“无论是农业还是渔业，拼的不光是蛮力，还得有智力！”

李阿牛感到很奇怪，现在两人紧挨着坐，丁浩有必要加大嗓门强调吗？他细细回味丁浩的话，似乎明白对方的强调中应该突出表达的是渔业。再回想刚才的对话，李阿牛这才揣摩到丁浩为什么有这样的怪异行为。他弯腰捡起一块石片，歪低身子用力一扔，只见石片在湖面弹飞起三个小水柱，在银色月光的照耀下，泛起了一圈圈涟漪。看丁浩连头都没动一下等着自己的答复，李阿牛干脆直接点明了话题：“是不是觉得你小爷现在的生活有点委屈？”

“回旅馆后，我终于明白了小爷‘以前叫卖是生活，现在生活是叫卖’这句话的含义。”

虽然丁浩没有直接表达，但引用的这句话的意图十分明显，何况丁老板后半句还有从省心到闹心的抱怨。即便李阿牛并不认同这爷孙的片面观点，可毕竟人家生活水准与过去相比有着天壤之别，如果一味地反驳，反而会戳痛对方。于是李阿牛好言相劝：“别想太多，一起努力，相信你小爷的日子会越来越好。”

丁浩听到这话眼圈又红了，说：“老李，其实我和你差不多。也许我的父母还在南洋活着，可他们在我心里其实早就死了。若说我在人世间还有亲人，那唯一的亲人就是曾养我一年的小爷。”

听丁浩第一次讲过去的事，李阿牛像儿时听郑爷说书一样，立马坐稳身子竖起了耳朵。他倒不是有猎奇别人身世的癖好，而是知道此时认真聆听，就是对丁浩的解压。这就好比在延安得知侠民叔牺牲的消息后，丁浩默默陪同自己登宝塔祭祀一样。

这晚，在丁浩缓缓的讲述中，李阿牛大致明白对方儿时的情况。原来丁浩父母到南洋不久，就因琐事而不停争吵。在异乡打拼的两人不但没有齐心，反因各寻新欢而离异。不到 6 岁的丁浩从此由家里的宝变成被双方嫌弃的累赘。两人并不因儿子身上流淌着自己的血液而怜爱，反而因有另一半的基因而心生憎恶。为了讨好新婚妻子，丁浩的父亲乘丁老板来南洋收鱼之际，请这个小叔带丁浩回乡。不料一年后，父亲又催着丁老板把丁浩送回南洋，说是想儿子，其实是再婚妻子因生孩子后家里缺钱用，于是便打起了托养在镇海的丁浩的主意。在打听到有个在南洋的英国人急招童佣后，就撒谎让丁浩回来。当丁浩被当作商品卖到这户英国人家后，刚在镇海找回快乐童年的他又开始了更为不幸的生活。由于亲情的缺失加上雇主的打骂，丁浩越来越叛逆。一次，在端盘子上菜时，丁浩一不小心手滑，那盘精心制作的烟熏鲱鱼片掉在地上，唯美的盘子也碎成了数瓣。已喝得微醺的英国人被意外的瓷器破碎声吓了一跳，转头时本能地手一划，面前的高脚杯从餐桌上飞落。随着又一清脆声响起，地面上又多了玻璃碎片，鲜血一样的葡萄酒以不规则的形状缓缓扩大，就像是一道阴影在丁浩胸口蔓延。那个强壮的英国人推椅起身，上来伸手要扇丁浩的耳光。丁浩本能一闪，脚力不稳的英国人一个踉跄，正好踩在碎瓷片上，整个人差点滑倒。怒不可遏的英国人，借着酒劲拿过鞭子狠狠毒打了丁浩一顿。当天晚上，趴伏在床上的丁浩没有一点睡意，无望的生活和仇恨的冲动让他盘算起报复计划。那天刚好是阴天，被黑云遮挡的月亮使大地在寂静中越发的诡秘。听着四下无动静，丁浩悄悄溜出居住的杂房，熟门熟路地登上洋房的外台阶，轻轻推开客厅的窗户，爬进房间，蹑手蹑脚地溜进厨房，打开煤油桶倒在地上，划亮火柴后一扔，立即逃出洋房，拼命向外跑去。也许是不久冲天的大火和远处传来的惊叫声吓蒙了躲在树后的丁浩，他深知自己闯下大祸。为了避免再受皮肉之苦，他干脆来到一处无人的沙滩，并一步步走向大海。海水渐渐从丁浩的脚踝向上攀升，不久就漫到胸口，直至脖子。不知过了多久，也不知道自己漂浮到哪，丁浩后来只记得有人在朝自己叫喊，并有条船径直开了过来。原来在南洋为新四军买到药品的“一德大药房”的船只在返程时发现了丁浩，并及时救了他。丁浩那时根本不知道有支抗日队伍，更不清楚新四军是干什么的，但那时没有其他退路的他，走上革命道路是唯一的选择。

听完丁浩的讲述，李阿牛这才明白丁浩为什么这么多年对家人避而不谈，也清楚了他是看到小爷窘迫的生活而难过。李阿牛想不出如何劝对方，只能重复刚才的话：“我们要相信日子会越来越好。”

“沿海工业基础不如内地，更无法和东北相比，我今天看了小爷的生活，生出想调到宁波工作的冲动。”

丁浩的想法让李阿牛感到惊愕且有些担心。虽说出差到宁波是来学习，但这些天的学习让李阿牛看到了宁波薄弱的工业基础，除了正在试搞的高能成形技术，宁波的工业基础根本无法和沈阳相提并论。要知道自己当初从延安想办法到东北工作，就是因为沈阳有着强大的工业基础和良好的发展前景。只因在这样的城市，方可大显身手并有所作为。假如当时转到宁波来工作，能有如今这样的业绩和成就吗？估计不是在船修理厂修修补补，就是在纺织厂为修理梳棉机、并条机、粗纱机或槽筒跑来跑去，连个加热炉或分馏塔都见不到，所以李阿牛认为丁浩也应该和自己一样，为有幸调到沈阳工作并快速成长为行业的专家而庆幸。现在丁浩蓦然提出想调到宁波工作的想法，这究竟是他一时的冲动还是深思后的决定？甚至还有可能是自己听错了，李阿牛一时想不出该如何接话，干脆带疑问的口气虚应一声：“嗯？”

“宁波若想把工业搞上去，真的需要我们这样懂技术的人过来工作。”

丁浩如此直白的话让李阿牛有些紧张，刚才对方还只是谈个人的想法，现在竟然把他也拖了进来。这已不是冲动，简直是非理智下的莽撞！撇开两个城市完全不能相提并论的工作平台不提，就说现在两人可不是单身，不是说走就可以动身。目前两人各自建立了家庭，如果真想调动，那不但需和爱人商量后再决定，还得提前对接好宁波住房、爱人工作、孩子入托和上学等较为难办的事项，不能见了小爷，旋即脑门一拍就把这样的大事定下来。恰好这时一阵风吹过，一根鸡毛从地面翻滚着坠入湖面，李阿牛油然想起郑爷说书中提到的“宁当凤尾不做鸡头”这句谚语，于是当即斩钉截铁地说道：“我亲人现都在沈阳，就算是我有想法到宁波，抱石肯定也不会同意。”

丁浩并不在意李阿牛的态度，看似很随意地问道：“记不记得刘军那天在修船厂答复你的问题？”

这些天都是高强度学习和复习，李阿牛满脑子都是高能成形，哪会去记十天前的琐事话题。于是脱口反问：“什么问题？”

“福建工业基础虽薄弱，但湄洲湾因有海水深、岸线长、航道宽和风浪小等地理优势，发展很是乐观。”

李阿牛想笑，丁浩不但故意在结尾加重了语气，而且有心忽视这是刘军的个人判断。李阿牛暗自想道：如果丁浩你真觉得宁波也可以凭借这样的优势来发展工业，那我可不想刻意纠正，但也绝不允许你把这种观点当作语录来劝我。李阿牛绷住了嘲笑的意味，眼睛虚望那根在湖面漂浮的鸡毛，语气却极为坚决地否定：“我不认同。”

“虽然这里工业基础还是较弱，但你也知道，浙江省政府现将化学工业作为一个重要的正式工业门类看待，如今不但化工产业取得了较大突破，还积累了一定的技术和管理经验。我们不得不承认浙江的石油化工业已开始步入发展的轨道。”

步入发展的轨道？李阿牛认为丁浩有点信口开河，他转过脸，盯着对方直接问道：“你真打算调到宁波？”

“今年初程崎灿厂长调去市轻工局工作后，我当时就有过换个工作平台的想法，但并不是很明确。今天看了小爷，我考虑再三还是打定了主意。”说到这里，丁浩两眼闪起明亮的光，“老李，东三省其实不缺你我这样的人才，可宁波不一样，我们若能把所学所知发挥出更大的作用，那岂不是更好？这好比在延安时期你去石油厂一样，不但解决了厂里不少生产上的难题，想必你自己也在有所作为中感觉幸福。”

李阿牛觉得这两件事不能混为一谈，于是坦率地提醒道：“老丁，之前你从化工厂调往机床厂我劝阻过你，这一次我还是劝你再慎重考虑一下。你现在的技术能力在工业发达的沈阳是数得上号的专家，能解决很多生产上的问题。如果到以农渔业为主的宁波，你可能就发挥不了多大的作用。要知道，千里马若只是套在磨坊，那再努力也不过是不逊色于拉磨驴子的优秀拉磨良马，但也就仅此而已。假舆……假如宁波这边有工业基础，我也相信你肯定能做成事，可其实你也看到了，底子薄得连个像样的焊工、铆工、钳工也难找，更别说是大炼油化工厂了。”

李阿牛本想引用荀子《劝学》中“假舆马者，非利足也，而致千里；假舟楫者，非能水也，而绝江河”，可话到嘴边，觉得过度强调平台的重要性很可能会伤对方的自尊心，于是迅速改口。丁浩虽不明白李阿牛的用意，但这并不妨碍他对李阿牛说法的强烈抵触，所以对方话音刚落，他当即接过话反驳：“作用？你觉得在沈阳能把自己的作用发挥到最大吗？没有一定的权力，只能是围绕上面的想法来发挥，即便有十分力也只能用七分。”

对于丁浩丝毫不遮掩的看法，李阿牛立马联想起他在调沈阳第三机床厂前分享的关于配角与主角的见解。看来丁浩刚才的话题内在的核心要义，还是在于能不能当更大的官、做更大的事。这次李阿牛觉得很有必要纠正丁浩的想法，于是不留情面地回应：“不，老丁，欲穷千里目，更上一层楼。我们现在所处的位置和能力应该还看不到问题的全面性，所以你所说的遗憾三分，可能恰恰就是刚愎自用下的错误三分，不然也不会有揠苗助长、画蛇添足这样的故事。”

“老李，看来你还是对历史了解太少。其实现实中事与愿违的结局，很多都是配角鞭长莫及、爱莫能助所造成的。楚汉相争时，范增若能在鸿门宴拿主意，何来养虎之患？王安石若能真正说了算，熙宁变法不但不会出现执行偏差，还会让国家积贫积弱的局面得以改变，更不会两次被迫辞去相位。相反，曹操的连环战船惨败，晁盖的劫寨遭伏丧命，这全是主角固执己见、自以为是造成的。”丁浩似乎有提前准备，当即前后连用四个历史故事来回击李阿牛。而且这次提出了新的主角与配角观点，还引用了历史典故来佐证。

丁浩所举的案例让李阿牛一时语塞，低头沉思一番后，李阿牛也举起当今的实例来印证自己的观点：“老丁，你也清楚，新中国成立之初我国不但经济薄弱、物资匮乏，技术人员更是极其稀缺，如果当时把苏联的156项援助项目均分各地，那势必让本就有限的技术人员更加的力单，这也是我当时设法要把你也调到沈阳的原因。而你的到来，不但帮我解决了不少的生产难题，到机床厂后更是挑起了大梁。不光我们个人成长了起来，我国的工业体系也渐渐完备。现在，大庆油田也同样证明了集中力量定能办大事，如果没有4万名石油勘探的‘铁军’，我们肯定到现在也无法实现石油基本自给，更别说彻底改变我国石油工业的落后面貌。”

“集中力量定能办大事？”丁浩苦笑一下后，向四周打量了一遍，确认无人后，头转向李阿牛耸了耸肩，压低了声音说道，“当初全民大炼钢铁该是大集中力量吧？你看是办成事了还是搞坏事了？”

“这——”李阿牛不但对此一时语塞，而且感觉这样敏感的话题太烫嘴。

“所以说，集中力量要审时度势，否则就可能把优势变劣势。同时，还要注意与人民群众切身利益相关的衣食住行、柴米油盐等小事，如果用大事挤压这些小事，即便大事成，也要大打折扣。对了，这在古代也有个说法，叫作分不分为縻军，聚不聚为孤旅。”

“分不分为縻军，聚不聚为孤旅？”

听李阿牛虽复诵了这句话，但语气明显不解其意，丁浩就解释道：“这是《李卫公问对》一书中的一句话，意思是该分散而不能分散，那只能成互相束缚的军队；该集中而不能集中，那只能成孤立无援的军队。”

李阿牛没听过这本书名，只好用刚才的语气继续询问：“《李卫公问对》？”

“对，这本书是李世民与李靖讨论军事问题的言论辑录。”

李阿牛赶紧摇头否认：“这是军事谋略，和刚才的话题简直是牛头不对马嘴。”

丁浩也摇着头笑了笑，缓缓起身，面对日湖，似乎是为了说服李阿牛，但更多的像是在说服自己：“我们党的最终奋斗目标就是实现共产主义。老李，人生看似漫长，其实弹指一挥间。既然古人都知道‘一花独放不是春，万紫千红春满园’这个道理，我们更要争去处女地开垦，这可都是机会呀。”

话说到这个份儿上，李阿牛知道多说无益，也就起身望着再也看不到那根鸡毛的湖面，很是应景地背诵一句诗：“此别应须各努力，故乡犹恐未同归。”

丁浩明白李阿牛这时引用杜甫《送韩十四江东觐省》的意思，心想，既然劝不了对方不如干脆不再讨论，把之前并肩作战的想法改为一山难容二虎，起码不会出现在延安和沈阳化工厂时当配角的尴尬。再说，让李阿牛继续留在沈阳，自己万一遇到困难还可求助，只会对自己在宁波的发展更好。想到这里，丁浩转身伸出手重复朗诵这句诗：“好！此别应须各努力，故乡犹恐未同归。”

握完手，李阿牛正准备转身回旅馆，丁浩却突然一把拉住了他，说："老李，来场比赛再回去？"

"比赛？"李阿牛很是奇怪，这里能比什么？

丁浩弯腰从地上捡了一块石片，直起身掂着手中的石片并不答话，就像是举着出鞘宝剑的剑客，用挑衅的目光等对手出招。李阿牛会意，笑着也从地上挑了块石片，并当仁不让地走到合适的位置，用拇指和食指捏紧石片，余下三指握圈后紧贴石片底部，使石片呈水平状，旋即歪斜身子手腕用力一甩。只见那块石片像刚才一样，横着擦水面不断蹦跳，砸出一个又一个小喷泉似的水柱。

"1，2，3，4，5，6。才6个，看我的。"

丁浩数完后也像李阿牛一样扔出了手中的石片，李阿牛刚开始数，余光看到一个人影跌跌撞撞冲了过来，还没等他细辨，只听那人已气喘吁吁地叫上了："阿牛，你三更半夜不睡跑到湖边来干吗？"

原来是傅抱石。不等李阿牛接话，丁浩右臂在胸前用力一顿，"我赢了！"说完，转过身，边拍着手中的灰土边取笑道："老李，看来你的确是离不开温柔的怀抱。"

傅抱石并不明白一语双关的真实的含义，脸羞得一下子抬不起头，李阿牛急忙打岔："老丁，我刚才没看清，你打出几个水漂？"

"反正比你多，走，睡觉去啰。"

三人重新回到旅馆，洗漱后的李阿牛刚关灯躺下，傅抱石就悄声问道："刚才你们在湖边聊什么？"

"老丁想让我一起回宁波来工作……"

傅抱石听到这里“噌”的一声坐了起来，语气一下子变得有些紧张：“你怎么想？”

李阿牛双眼已适应了黑暗，并通过窗帘透过的微光看到那对黄褐色眼珠正急迫地等着自己的答案。他迎着那灼灼的两个小火球，边抱过傅抱石边说：“我不想调动，也劝了老丁好久，不过他听不进。”

虽然李阿牛没有过多地解释，但这结果让傅抱石大为宽心，李阿牛既没有想离开沈阳，还劝丁浩别回宁波，那自然不会坏了当下平静的生活。她很是乖巧顺势倒下，并把头倚在李阿牛的肩上，为了掩盖刚才的冲动，柔声说道：“人往高处走，水往低处流。宁波的工业基础薄弱，肯定不利于你的发展，如果哪天对你有利，我肯定会支持。阿牛，能力是获得平台的前提，但平台是实现价值的重要载体。”

妻子的话，让李阿牛想到了之前学过的《晏子春秋》中的那句“橘生淮南则为橘，生于淮北则为枳”。是的，同样的种子因环境的不同，结出的果实大不一样。沈阳应该就是目前自己人生实现最大价值的地方。打定主意后，他轻轻拍了拍傅抱石的肩，说：“太晚了，快睡吧。”

“嗯。”

没过一会儿，耳边就传来傅抱石轻而缓的匀称呼吸声，犹如一曲绵柔的轻音乐，安详得让人能听到自己的心跳声。可倦意已浓的李阿牛却丝毫没有睡意，回味刚才和丁浩的对话，发觉他的话虽偏激又固执，可还是有些道理。也许是云层遮挡住了月亮，屋内一下子黑了下来，睁眼望着黑乎乎的四周，李阿牛觉得黑暗其实也是一种不同寻常的明亮，而且这会让人更加珍惜光明。

十五　苦难隐情

就在李阿牛渐渐忘了镇海之行时，临近年底，丁浩突然打来电话，说他和妻子接到了调令。李阿牛握着话筒暗自吃惊，因为跨省的人事调动极不容易，之前为了把丁浩从山西调到沈阳，不仅自己厚着脸皮去央求竺厂长的相助，而且还惊动了刘鼎副部长出面协调。现在沈阳第三机床厂本就视丁浩为宝，当初“全力相争”好不容易将丁浩抢到手，现在又怎么可能轻易拱手相送？可能一时反应不过来，让电话那头的丁浩误以为信号不好，冲着话筒连问：“老李，能听清我说的话吗？听得见吗？”

“你真要回宁波了？”

“没有。”对方否定语气中有点嘚瑟的味道。

“那你是……”

“不是调往宁波，是调往上海。”

难道上海炼油厂又因生产急需调人，可此前没听史冷霜说起此事，相反她还在来信中说厂里现在生产很平稳，所以李阿牛不得不求证：“上海？”

“对，我和老婆去上海吴泾化工厂。”

听到这个厂名，李阿牛心头怦然一动，虽远隔千里，但两个月前这家由国内自行设计、自行安装和试车的第一个大型氮肥厂投产的消息，在全国炼油化工企业中还是掀起了不小的轰动，李阿牛也关注到这家能年产2.5万吨的合成氨装置，了解到它是净化采用“三触媒”流程中温变换、低温变换和甲烷化的典型工艺。不过这些并不重要，重要的是这家厂的地理位置是在上海。对李阿牛来说，之前的上海是因为有方液仙而让他惦念，而现在的上海是因为有史冷霜而让他牵挂。

“怎么又没声音了？老李，你有没有听到？”

“老丁，我都听清了，祝贺你如愿去开垦处女地。”李阿牛意识到自己的失态，于是马上又补上一句，“我只是有点舍不得和你分开。”

“上海怎么谈得上是处女地。咦？对了，你之前不是在上海待过吗？”

李阿牛不想提上海那段往事，于是马上打岔道：“对，现在上海石油厂应该就是万紫千红春满园，我们所史冷霜之前也调到了上海炼油厂。”

“对，我们用的原料就是由上海炼油厂提供的渣油。”

听对方已把自己当成上海吴泾化工厂的成员，李阿牛猜测丁浩对这次的调动可能比上次调往沈阳第三机床厂更为满意和憧憬，于是好奇探问道：“老丁，你在沈阳三机厂不就是主角吗？”

丁浩内心深处似乎被人触动了，沉默了片刻终于轻声道出了原因：“之前我也觉得是这样，可现在从结局来看，我仍不过是处于从属地位跑龙套的次要人物。”

“你不是全面负责科室工作吗？”

“这和职务没有一定的联系。”丁浩说到这里特意举了个例子，“比如之前铣刀改造，我让一个塔轮的制造时间骤减到只要五十分钟就能完成，由此受到极大关注，可现在全厂上下只提车铣结合操作法的作用，似乎没人来关注我的发明改造效果。”

“哦。”搞过设备工作的李阿牛自然理解丁浩的这种苦恼，但又觉得不应该有这样的苦恼，因为一时不知如何接话，也就只能简单应了一声以示回应。

“那时年轻，以为登上舞台就可以施展拳脚当主角。现在我也算是看明白了，如果台上已有人在，你很难让台下的人把目光聚集在自己的身上。”

听完丁浩的经验总结，李阿牛脑海中蓦然跳出一个历史人物的形象，似乎耳畔传来“既生瑜，何生亮”的嫉妒长叹。记得郑爷在说书时常拿三国时期的周瑜警告大家，说他虽才智超群，可气量狭小，也因容不得别人比自己强，结果被诸葛亮巧设“三气周郎”之计，最终金疮迸裂吐血而死。即便近几年读了正史才知周瑜“性度恢廓”“雅量高致”，不但有辅平江东、开拓荆州、赤壁破曹之大功，也有谏阻纳质、始不垂翅、终能奋翼、征伐益州之雄略，是个胸怀宽广、善待倚老卖老的程普等元老的政治家。和许多人一样，受文学、戏曲和说书等先入为主的传播影响，李阿牛现在往往还是把周瑜当作嫉妒的典型，也认识到嫉妒的危害可不能小觑，这种庸俗的想法就是拿别人的成就折磨自己，既乱了心智，又会迷失自我和方向。所以，出于对好友的负责，李阿牛由衷劝道：“老丁，我觉得把事做成就好，没必要去想别人的目光盯在谁的身上，何况换个舞台也不见得就是全场瞩目的主角，说不定导演本就看好老主角。”

丁浩瞥了一眼手上的话筒，嘴角露出一丝难以察觉的轻蔑笑容，觉得没必要和李阿牛就这样的话题进行争辩，也许对方事业上的顺心根本不会有这样的感受。同时，他坚信自己选择的路是正确的，之前选三机厂就是因为程崎灿是自己的大靠山，也的确靠他的信任与支持做了些事，取得了一定的成就。如果当初仍待在沈阳化工厂，那不可能比李阿牛还早一步当上副科长。可人算不如天算，现在程崎灿调市轻工局当副局长快一年了，老话都说“树倒猢狲散”，自己是该另寻突破口了。当然，这些心里话不能说出口，于是丁浩就打起了哈哈：“嗯，是。”

“不管能不能成为主角，我想即便是优秀的配角，我们一样出彩。”

对于李阿牛有点苦口婆心的劝说，丁浩干脆笑着坦言：“在上海吴泾化工厂，我可能会穿配角的戏服，唱主角的大戏。”

李阿牛似乎听出了弦外之音，马上追问：“老丁，你是去当……”

拖长音的逼问没有让丁浩反感，他反而乐呵呵地揭开了谜底：“还是设备科的科长。”

并非副厂长，而是平调，这样的结果出乎李阿牛的意料，于是就脱口继续问道：“那不是一样吗？干吗还跑这么远？”

丁浩纠正道：“怎么是跑远？无论是我还是老婆，离老家更近了。”

李阿牛一愣，是呀，从两人不同的角度出发，不难得出截然不同的看法和观点。

“不说了，我还得抓紧处理些事情，碰面再聊。”

听到对方有挂电话的意思，李阿牛急问：“什么时候走？”

“起码还要半个多月。”

“行，知道了。”

“再见！”

“再见！”

话音刚落，话筒里就传来忙音，李阿牛怔怔地望着话筒，刚才的对话让他对丁浩有些担心。虽然十年前丁浩就对于工作提出过主角与配角的一番看法，但那时只是一种对成功的渴望，现在似乎已偏离了正常的轨迹，表现出强烈的欲望。渴望和欲望看上去只一字之差，却有着本质上的区别。前者是接近于天性和本性的正当需求，后者却是后天受学习、工作、生活环境所影响，从心理上产生并非真正需要，甚至是超过自己能力的不合理需求。它会让人像喝了兴奋剂一样干劲十足，却隐患极大。也因此老子就告诫后人：“祸莫大于不知足，咎莫大于欲得。”李阿牛慢慢把话筒搁上电话架，提醒自己，善用其心，控制欲望，多欲为险，寡欲则平。

一周后，李阿牛和许师兄吃完午饭边聊边走出食堂，下完台阶准备分手时，许师兄突然开口提议：“老李，约一下老丁，明天晚上我请客，给他送行。”

李阿牛脱口诧异地问道：“许师兄，前天不是刚在一起吃过……”

“前天那顿饭又不是送他，而是祝贺你获奖，再说你们又带老婆，又带孩子，太闹腾，说不了什么话。”

李阿牛一时语塞，许师兄是没说错，前一天吃饭是没提给老丁一家送行，可大家都明白那一顿饭也带有饯行的意思，只是没有提议干一杯。再说前一天老丁的妻子也在，人家夫妻可是一起调走，难不成我们只送当家一个人？嗯？会不会至今还独身的许师兄觉得前一天吃饭场合不舒服？尽管李阿牛仍有心想为许师兄物色伴侣，可自上次被厉声呵斥后，他和傅抱石再也不敢“吃饱了饭瞎操心”。不过令李阿牛奇怪的是，口口声声说自己会找个合适的，但许师兄至今还没谈过一个对象，除了工作，他似乎就爱好一口吃。厂里甚至有人背地议论许师兄是个“假”男人，说别看他身材魁梧、声如洪钟，其实和宫内的太监一样，不然为什么连澡堂也不去。看李阿牛一声不吭走神的样子，许师兄一脸不满地揶揄道：“怎么？弟妹那里批不了假？”

回过神来的李阿牛连连摇手：“不是，不是。”

“老丁这一走想再碰面可就难了，昨天早上他碰到我谈了新的工作想法，我觉得有的事还得当面再聊聊。”

听到这话，李阿牛顿时有点自惭形秽，想刚才许师兄说昨晚吃饭太闹腾，说不了什么话，想必他还有些话要细说，于是立马说道：“许师兄，我回办公室马上联系老丁。”

“行，那就这样。”

许师兄说完抬眼看了看天，扭头走了。可就在他转头的一瞬间，李阿牛发现许师兄的眼圈红了。

第二天晚上，还是在座无虚席的“宝发园”。三人坐定后，依然不用翻点菜单，服务员马上把“饭店四绝”摆上了桌，不光菜的量和色泽没有变化，连盘子的花边也一模一样，更令人叫绝的是四道菜的左右上下顺序也一成不变，就像是安分守己的机床的零件绝不错位。若不是眼前两人的服饰有变化，李阿牛真怀疑是不是回到了十年前第一次吃饭。不过和之前不同的是，自四年前按傅抱石的意见到许师兄的办公室退物品后，对方似乎揣摩出了李阿牛的用意，不但大大方方当着没来得及退出办公室的主任的面收下了牛肉干和补上的小米的钱和粮票，而且从此所有吃饭都是 AA 制。

“许厂长，请用。”服务员的招呼声打断了李阿牛的思绪。

“好。你去忙吧。”

许师兄挥手示意服务员离开后，拿起桌上的“马三酒”要拧瓶盖，丁浩起身欲夺酒瓶：“许厂长，还是让我来吧。”

许师兄抬手挡住了丁浩，随后掌心向下连压两下，说：“不，今天你坐，我来倒酒。”

由于酒量不济又不喜欢喝酒，李阿牛每次吃饭都不会主动倒酒，可这天这架势他有点坐不住，自觉地接过了话：“许师兄，那就让我来吧。”

对此感到颇为意外的许师兄停顿了一下，旋即把酒瓶往李阿牛那边一递：“哦，难得你主动一下，你是该谢谢老丁这么多年给你倒酒。”

李阿牛接过酒瓶，边拧盖子边感慨地说道：“就是，时间也太快了，一晃十年过去了。”

“你也太婆婆妈妈了，倒酒！”

“马上，马上。”李阿牛倾过酒瓶，分别给桌上的三个空杯倒满了酒。

许师兄率先起身端起酒杯：“来，祝老丁一路顺风！”

“干！”

“一路顺风，事业有成！”

两个杯子底朝天后，像它们的主人一样又回到原来的位置。抿了一口酒的李阿牛放下酒杯，顾不得坐下马上又给两个空杯斟满了酒。

“老丁，前天早上你和我说了关于新工作的想法，我才明白你要走的原因，我支持你的想法。”

刚盖上酒瓶的李阿牛心里咯噔一下，按这个说法，如果现在要说开来就是一嘴难抵四唇。放稳酒瓶后，李阿牛暗暗打定了主意，不管说什么，自己就像这稳当的酒瓶，拧紧口子不出声。这时，只见丁浩又起身端起了酒杯：“许厂长，很感谢您的理解，更感谢这十年来对我的支持和帮助。我去上海后，肯定还会有事要麻烦您，我就先干为敬了。”

“呯”的一声，两个酒杯又见了底。

“老丁，有事尽管说，包括阿牛，我们这边肯定尽全力。”

李阿牛觉得这时不能光倒酒，于是也跟着表态：“只要是用得上我，随时来电报或来信。”

丁浩抹了下嘴角，连续两杯烈酒入喉后，熟悉的那股辣劲已从口腔、喉咙和胃蔓延开来，不但浑身舒坦起来，思维也跟着情绪开始异常活跃起来。等三人重新坐定后，丁浩边给两人各夹了个丸子到碗中，边说：“许厂长，我昨天和您只是说了个想法，经您提醒和鼓励，我现在完全有信心让新建项目从铝带蓄冷器冻结高低压空分流程尽快升级到石头蓄冷器冻结全低压空分流程。”

李阿牛有些吃惊，丁浩所说的空分流程应该是指为合成氨配套的空气分离装置。渣油可用部分氧化法制得合成氨原料气，生产过程比天然气蒸气转化法简单，但前提是必须有能将空气分离不同组分的装置。他顾不得咬了一半的丸子，松开口抬眼提醒道：“老丁，这可是新工艺……”

不想话还没说完，丁浩已满是信心地打断了李阿牛的话：“我要的就是全新的工艺和最先进的设备。”

"不错，有拼劲。"许师兄含糊着声音点头认可后，急急咽下嘴里的丸子继续说道，"不过石头蓄冷器冻结全低压空分流程虽比之前的流程操作与维护整套设备方便，而且能耗也低，但占地面积大、工程费用高不说，膨胀机又采用固定喷嘴，只能靠压力调节气量，这种调节范围不大，也就存在一旦工况有所变化，设备的适应性较差的弊端。"

即便许师兄所言都是自己想说的，可李阿牛还是对他有条有理的剖析颇为意外。丁浩这时也对许师兄突然指出的新工艺相关问题感到有些吃惊。前天一早碰到许师兄时，他特意聊了几句对当下空分设备的一些改进想法，目的不过是希望到上海放开手脚工作时，能得到沈阳这边的支持。许师兄似乎对他的想法很是赞赏，频频点头，并说不光要从设备上下功夫，还该多关注新工艺流程，努力走在先进的前列。告别许师兄回厂后，厂部通知他下午参加空分装置新设备设计准备会，虽然只是个准备会，却让丁浩了解到了新的空分流程。于是丁浩马上有了当第一个"吃螃蟹"人的想法，可没想到在许师兄眼里，这个新流程有这么多的不足。丁浩有些泄气地问道："那这个流程我们不用？"

"不，我不是这个意思。"许师兄抬起拿筷子的手摇了摇，"对于工艺流程，我们既不能墨守成规、循规蹈矩，更不能故步自封、抱残守缺，而是要在不断的认知中推陈出新、独辟蹊径。作为工厂的领导，我们要掌握新的技术，但也要学会核算，建和改都是有成本的。上海有与世界石油化工企业交往的底子，沈阳有十多年的石油化工建设经验，这就需要我们两地多联系、多交流，力求把事做到最好。"

李阿牛听了暗自叹服，许师兄这个提议不但有两地合作的格局，而且还在讲话中连用了6个成语。如果是他拿发言稿说的，就不稀罕，可眼下他连腹稿都没打，就像是出口成章的才子。李阿牛忘了嚼在嘴里的丸子，咬着筷子抬起眼皮打量许师兄，似乎要找到这种大变化的答案。这时，只听坐在对面的丁浩接起了话："谢谢许厂长，您讲得太好了，我都记下了。"

"我可没这个水平，也是巧，大前天参加了省组织的空分流程学习会，所以我这也算是现学现卖。其实省里同意放你这个人才走，不光是为了支援上海技术力量，更是为了两地日后的交流与合作。"

李阿牛这下厘清了这场饭局的用意。看来许师兄之前所说"有的事还得当面再聊聊"，就是想在交换工作思路中，打通两地的联系。大概是未来的合作机会让李阿牛憧憬又愉悦，在不知不觉中他也喝了两杯。

直等"宝发园"服务员提醒要关门时，三人才走出饭店。此时，浓墨早已肆意挥洒天空，寒气在空中蔓延，无数的星星在月光照不到的阴黑处，挣破夜幕在厚密的空气里忽明忽暗，就像智者在不停眨眼思考问题，也像偷窥者鸟瞰芸芸众生。

也许是喝多了，许师兄不但哼的军歌有些走调，脚也跛得更为严重。这次许师兄没有拒绝上来搀扶的李阿牛，三人走到一个四岔路口时，许师兄停下脚步，指着左边马路对丁浩说道："你先骑车走吧，回家早点休息。"

"许厂长，我和老李先送你到家吧。"

"不用，我能走。"许师兄像以往一样霸气地摆了摆手。

"行，那我先走了。再见！"

和丁浩告别后，李阿牛继续一手推着自行车，一手搀扶着许师兄向前走去。按以往，两人再走百米也得在岔路口分手。可没走几步，许师兄突然指着边上一座紧闭大门的四合院，说：“停车。”

即便是逢年过节，许师兄也从不让人去他家，李阿牛也不例外。不过李阿牛可以确定这个四合院不是许师兄的家，应该还需走一段路，误以为许师兄喝高的李阿牛就提醒道：“许师兄，您应该不是住这里，我们还得向前吧？”

“当然不是。”许师兄突然一把推开李阿牛，径直走到四合院外的台阶上，一屁股坐下后，指着边上的位置说，“别磨蹭，坐！”

大冬天坐这种地方？不过李阿牛也仅仅是犹豫了一下，他知道许师兄接下来要说的事肯定很私密，于是立马停好自行车，挨着许师兄坐了下来。

“哎呀，这北方的冬天还真的冷到刺骨。”

对许师兄双手拢着衣袖的抱怨，李阿牛忍俊不禁，这不是他自找的吗？如果上他家，何至于喝这个西北风？心里虽这样想，可除了屁股轻移更贴近许师兄，嘴上也就只能好心提醒：“许师兄，刚喝了酒，可别着凉。”

“你有什么打算？”

猝不及防的发问让李阿牛一下摸不着头脑。联想到刚才饭桌上丁浩提前求助的招呼和许师兄的表态，李阿牛回答道：“老丁去上海后，只要我能出得上力，必定全力支持……”

许师兄从衣袖中抽出手，随手一挥，很是粗暴地打断了李阿牛的话：“我是问你自己。”

李阿牛似乎听懂了许师兄的意思，却还是试探着问道：“许师兄，我若想回老家，您会支持吗？”

“树移死，人挪活。换个地方并不是坏事。”许师兄虽没有直接答复，但言语已表明了他的看法和态度。

李阿牛有些紧张，是不是许师兄已有调自己离开沈阳的想法？可自己不但在老家没亲人，而且由于目前工作顺利，他早把沈阳当作了自己长久扎根的城市。为了不让许师兄误判，也为了不让傅抱石担忧，李阿牛不得不赶紧申明：“许师兄，正如您所言，树移死，人挪活。我也是跑了不少的地方，相比之下，我觉得沈阳是我此生最为满意的地方。”

“嗤，你才多大？何谈此生？”

许师兄的两个连问显然并不代表不解，相反鼻孔发出的声音有着强烈不屑的味道。李阿牛不得不拿出半年前傅抱石的意见：“许师兄，上次去宁波出差，我发现当地的工业基础较差，如果调往宁波工作，可能会做不了什么大事。不瞒您说，我认为能力是获得平台的前提，但平台是实现价值的重要载体。”

“嗯。”

听许师兄只是简单应了一声没接话，李阿牛接着探问道：“许师兄，您是有意向要回宁波？”

“你怎么看？”

许师兄的反问让李阿牛舒了口气，原来是许师兄有调往宁波的想法，刚才这些话应该是来征求自己能不能同行。既然自己的态度已明确，那也得替许师兄这样考虑。于是李阿牛缩了缩脖子，边扣棉衣风纪扣边劝道：“许师兄，我记得您在宁波也没什么亲人，师傅又早没了，我们在哪都不算浮萍，就像当时我们在延安种榆树，扎根下来就是。再说您现在管理着这么大的厂，宁波不可能有这样的厂能让您施展抱负。”

“宁波现在的工业基础是弱，但我相信由于地理位置和外出人员的影响，加上浙江省政府的决策，日后这个城市会大变样。阿牛，如有合适的机会，还是该考虑回宁波。”

由于之前无论是刘军还是丁浩，都有过地理位置和浙江省政府决策的强调，所以李阿牛对这样的观点并不奇怪，但许师兄说的外出人员，李阿牛并没搞明白，既然已离开宁波，那还谈什么作用？当然，许师兄最后这句话虽和傅抱石表达的词语不同，但意思可以理解为一致，那就等有了平台再说。也就是说不用当下慌不择路地冒进尝试，而是日后从容不迫稳妥地择机而行。因为心里有抵触的想法，所以李阿牛只简单地应了一声：“噢。”

或许看出了李阿牛心里的想法，许师兄继续说道：“即便你现在没有落叶归根的想法，但也难保日后会有这样的念头。宁波之前有像你我这样因生活困难背井离乡的人，也有出于抱负勇闯世界的人，现在其中有不少人已掌握一技之长，甚至有的人在行业崭露头角，成为业界翘楚，这些人会有强烈的回乡愿望，有为家乡做事的意愿。他们就像战场上铆足劲的战士，一旦有人吹号，就会汇聚起强大的力量。”

许师兄的这番话让李阿牛马上联想到方液仙，若方老板仍在世，那以这位化工大王的性格，必定会到家乡办企业。可想到自己全家现在沈阳生活得好好的，一旦拖家带口去老家，就怕不但事业干不成，还会把生活也搞得乱七八糟。李阿牛暗自提醒自己，千万别在许师兄面前松口，不然他可能还真有机会就考虑把自己“赶出”沈阳。想到这里，李阿牛不得不再次强调：“许师兄，我现在孩子还太小，真要回宁波晚几年再考虑。”

“是，你我不一样，你在这里上有老下有小。”

许师兄的回复让李阿牛不但放心许多，也找到转移话题的好机会，他佯装头皮痒，摘下帽子挠着头皮说道：“许师兄，有件事……我还想说……”

正翘着手指剔牙缝的许师兄不解地看了一眼此时说话吞吞吐吐的李阿牛，口齿不清地催促：“什么事？扭扭捏捏像老娘们一样，有话就说嘛！”

李阿牛重新戴上帽子，垂下头结结巴巴地说道：“许师兄，您……就是……您个人……”

许师兄像是被定了神，抬眼盯着李阿牛，犹如狩猎者听到了动静，全身神经高度警觉起来。在一片死寂中，许师兄缓缓放下剔牙缝的手指，但眼神仍死死地盯着李阿牛，似乎一不留神就会让对方逃了。李阿牛觉察到了异样，不安地偷瞄许师兄一眼，不料正好撞上许师兄那道犀利的眼神，李阿牛像是刚出洞口就遇到狩猎者的兔子，慌不择路急促闪避，连结巴声也发不出。也不知过了多久，许师兄突然起身，抛下一句“跟我来”。说完，也不顾李阿牛有没有跟上，径直向前走去。李阿牛顾不上取自行车，起身拍了拍屁股，赶紧尾随在一瘸一拐的许师兄身后。

右拐又走上五十来米，许师兄在一排砖木房前停了下来，掏出钥匙准备开自己的房门。李阿牛有些小紧张，即便许师兄到沈阳和自己以及丁浩成了无话不说的朋友，却从不允许他们进他的住房，就连送他到家门口也不行，之前甚至毫不留情面地回绝了傅拖石上门拜年的请求。据厂职工反映，大家也不知道许师兄住在哪里。世事往往越搞得神秘，越让人有探究的欲望。这晚许师兄毫无征兆地突然带自己来这里，面对即将开启的寻常木门，李阿牛心跳蓦然加速起来，似乎这道门背后藏着巨大的秘密，而推开这道门，一切将在一览无余中解密。李阿牛又暗自好笑起来，自己好歹也是上过战场经历过生死的人，眼前不过是许师兄的房子，有什么好紧张的。

“吱”的一声，随着许师兄推开房门，昏黄的路灯急吼吼地挤进门内，门后一小块水泥反射出淡淡的白光，恰好这时刮来一阵大风，让黑乎乎的房间添了几分瘆人感。许师兄迈过门槛，抬手拉亮了电灯，房间顿时亮堂起来。

“进来吧。”

李阿牛刚迈进门，许师兄就关上了房门。随着寒风被挡在门外，室内煤球炉的暖气如涌起的潮水严丝合缝地把李阿牛包裹起来，使他吹了许久冷风的脸不再生疼。李阿牛转着头打量起许师兄的住房，不但没啥特别，更是和自己住的房子没多大的不同。住房分前后里外两间，没有门，只有一道帘子。外间约 12 平方米，集厨房、用餐和会客功能。虽也烧着炉子，可因缺了女主人，多少感觉有点冷清。想来里间大概是卧室，李阿牛就走到桌前，等许师兄过来一起落座，可许师兄没坐下的意思，自顾自地打开煤球炉的封口，捅了捅煤球灰，随后到水泥池前，拧开水龙头灌了壶水，把水壶放在炉上。干完这些后，许师兄转过身朝李阿牛抛下一句“跟我进来”，旋即就掀起布帘进了里间。

随着里间灯亮，李阿牛发现虽然外间的摆设和普通家庭没什么不同，甚至还更为简陋，但里间的摆设更是出乎他的意料。这间卧室除了简单的床、衣柜和樟木箱，有张桌子上面竟然供了两个牌位，顿时让这个并不宽敞的房间在昏黄的灯光下有种阴森森的感觉。许师兄抬手朝左边的牌位一伸，就像为李阿牛介绍新朋友一样："这位是黄团长。"说完，许师兄把手移向右边的牌位："这位是许护士。"

没听许师兄的介绍前，李阿牛误以为两个牌位是许师兄的父母，听了后他反而一头雾水。对于黄团长，李阿牛不但认识，而且偶尔也会听许师兄提到他，可那位许护士从来没听许师兄提过，她和黄团长是什么关系？许师兄为什么把这两人的牌位供在卧室？许师兄为什么要带自己看这个？一个念头突然浮现在脑海里，这个许护士会不会是许师兄的孪生妹妹？记得以前在"范记"打铁铺学打铁时，师傅一次酒后告知许师兄，说他有个孪生妹妹，当时一同被父母贴了张生辰和名字遗弃在铁铺的门口。师傅有心收养两人，可又没有能力养两个，何况女娃日后也干不了铁匠活。就在他为难之际，恰好有个外地操山西口音的商人路过，围观得知情况后，乐得像捡到宝，疾步上前俯身抱起女娃。据商人说，家里全是男孩，算命先生说自己火大命硬，导致家门阴阳失调，财运不济。若有带水女婴进门，日后定财源滚滚。这次到镇海进货，不但地名带水，女孩名带水，这年又是癸亥年，无论是天干的"癸"，还是地支的"亥"，都属阴水。在众人的目送下，商人如抱得金娃一样开开心心地走了。本是同根的孪生兄妹，从此天各一方再无音讯。就在李阿牛想如何验证自己的推测时，只听许师兄悠悠地说道："阿牛，我只能暂时把黄团长和许护士放在这里。"

"黄团长这样的英雄无后真是太可惜了。"这时，李阿牛已看清了许护士的牌位，名字很好听，叫许雅。这名不带水，可以断定许护士并非许师兄的孪生妹妹。即便刚才猜测错了，李阿牛也还是为自己临时说出一语双关的话暗自得意。

奖状
奖状
奖状

“不，黄团长在老家有两个孩子。”

虽然许师兄前后两句话矛盾对立，但李阿牛这次没听糊涂。当时确实有人离乡参加革命后与原配离了婚，这不是长期分居的见异思迁，而是在经历战火洗礼后志同道合的结合，估计黄团长和许护士也属于这种。为了证实自己的想法，李阿牛直接指着黄团长的牌位问道：“黄团长在老家已有老婆？”

“是。”许师兄应声后，转身回到了外间，率先在桌前的椅子上坐下，并指着边上的空椅，“坐。”

李阿牛猜测许师兄接下来要讲述黄团长和许护士的故事，就安静坐了下来。果然，许师兄缓缓解开棉衣扣子，就像解开隐藏在胸口数十年的秘密，毫无保留地向李阿牛展示。

原来，黄团长在一次战斗中负了伤，送战地医院后，院方安排来自北平有经验的许护士专门护理黄团长。许师兄当时已是排长，并在那场战役中担任先锋排，连连攻克敌人构筑的阵地，战后打扫战场时得知黄团长受伤，就急匆匆找到连长，请了假去医院探望。刚进医院，看到黄团长的新勤务兵正好端着盆路过，许师兄二话不说上前就是拳脚相加。勤务兵一来不是许师兄的对手，二来不敢对已升排长的前任勤务兵还手，更何况黄团长负伤，自己居然毫发无损，这让他在部队丢尽脸面内疚不已，恨不得代团长受伤，甚至牺牲也行。医院数名警卫好不容易制止并控制住许师兄，随后向许师兄的团部作了情况通报。团政委得知团长的老勤务兵在医院打架寻事，不但把没在战场上受伤的团长的新勤务兵揍得鼻青脸肿，而且还打落了一颗牙后，自然大发雷霆，当即亲自赶到医院提人。在和病床上的黄团长通气并向医院道歉后，押回许师兄到团部处置。好在团政委既念许师兄在这次战场上立下的大功，又想日后对黄团长有个交代，在关三天禁闭后，让当了才四个月排长的许师兄，又变成了黄团长的勤务兵。许师兄对自己受到的惩罚没任何的意见与不满，但许护士在为黄团长护理过程中，得知许师兄是名战斗英雄后，为他受到的撤职处分很是叫屈。更有意思的是，她得知那天打架时，医院两个警卫居然还拉不住这名同姓排长的拳头，情窦初开的许护士更加被许师兄的忠义与勇猛所折服。在北平受过良好教育的许护士见惯了文雅下的虚伪，莫名欣赏起这种粗暴行为下的阳刚之气。当许师兄再次以勤务兵身份来医院准备接黄团长时，黄团长留意到许护士见许师兄就羞红脸，自然明白了其中的原因，就有心为两人牵起了红线。这时，师部来电要求黄团长马上赶赴蟠龙前线，许护士也不知哪来的勇气，主动向医院领导申请陪黄团长去前线。考虑到黄团长还没完全康复，医院同意了许护士的申请，还公开表扬她无畏的精神。可蟠龙战役彻底改变了许师兄的生命轨迹，在攻打敌军重重设防的集玉峁时，面对我军两次进攻失利，急红了眼的黄团长重新部署主攻部队，并冒着密集的枪弹冲上一线指挥作战。不料倚仗坚固工事的敌军又调来了新大炮，当一排炮打来，许师兄虽然反应快，迅速扑向黄团长，可数枚炮弹已在身边连续炸响。当许师兄在医院刚睁开眼，就声音虚弱地向医生问黄团长的伤情，可两个噩耗让他差点昏了过去。原来在他被炸昏时，黄团长颈部动脉被弹片深划出一个大口子，许护士不顾个人安危，和几名抬担架的战士冲上前，分别把黄团长和许师兄从弹坑边抬起往后撤。许护士边跑边扯出一大截纱布，用力按住黄团长的伤口。可没跑几步，又一排炮弹呼啸而来，一颗炮弹就落在许护士的脚边，不但把抬黄团长的担架掀翻在地，而且还把两名抬担架的战士炸成了重伤，年轻漂亮的许护士更是全身被炸得血肉模糊，当即没了呼吸。许师兄急着去看牺牲的黄团长和许护士，当他翻身手撑床板想下床时，这才发现左腿使不上劲，让他更绝望的是下身缠了一圈纱布，用手一摸，再次昏了过去。半个月后，当许师兄出院再次上战场时，由于将生死置之度外，本就有较好军事素养的许师兄更是显现出非凡的战斗力。无论是攻击战还是阻击战，许师兄总是屡获战功。渡江战役结束时，他已升任为连长。抗美援朝战争结束后，他以营级干部的待遇转到地方工作。由于自己是“残疾”人，为了不拖累别人，他只能不近情面地拒绝所有好心人的相亲介绍。

李阿牛惊呆了，以至于许师兄讲完后，他还是微张着嘴反应不过来。

“记住，帮我保密！”

李阿牛忙不迭地点了两下头，旋即又追问：“许师兄，你以后怎么办？”

许师兄竖起拇指向里间指了指：“没什么以后，我早就和他们一起死了。”

李阿牛觉得这话有点自欺欺人，两个房间就像阴阳相隔的两个世界，我们应该怀念为国家献身的烈士，但不能混为一谈。他们可以不吃饭、不说话、不做事，但我们必须吃饭、说话、做事，于是劝道：“许师兄，未来的路还长着呢，千万别这样想。”

“我没什么未来，所以我每个月都把钱全放在‘宝发园’，只希望吃得好别生病。哪天若是病了，就直接去找他们。”许师兄说到这里，拿手在脖子上比画了一下。

一股愧疚之情瞬间涌上李阿牛的心头，之前自己和傅抱石还质疑许师兄极有腐败堕落的可能，没想到许师兄吃的和给的都是他的血汗钱。李阿牛心里暗自打定了主意，若许师兄日后真生病了，自己一定要照顾好他，这既是对国家有过贡献的人负责，更是对他困难时候相助和日常工作支持的感恩。就在李阿牛想着如何再劝说许师兄时，突然传来“扑哧”声，扭头一看，是水烧开溢出了壶盖，炉子飘出一道水汽。许师兄起身拿上抹布，到炉前拎起水壶。李阿牛见状抢前几步从柜中取下热水瓶，说：“许师兄，我来。”

“不用，你回去吧，现在很晚了，别让老婆担心。”

许师兄的话让李阿牛反而有些尴尬，不是因为许师兄回绝自己帮忙并要赶自己走，而是从一个没有找老婆的男人嘴里说出“老婆”这个词语。李阿牛已经记不得当时是怎么和许师兄道别的了，只记得出了门，神情还是比较恍惚。

那个静谧的冬夜，冰冷的月色穿过薄霭在大地洒了一层薄薄的霜，让黑色变得不再纯粹。走了一段路后，李阿牛突然打了个寒战，这才发现棉衣还是敞开的。系上扣子打了个酒嗝，李阿牛伫立在马路中间发愣，四周静得似乎能听到昏黄的月亮在空中的飞翔声。突然，耳边传来打更声，这打更声好像打得很独特，既不悠远更不洪亮，相反狗的吠叫都比它更有力量。这时怎么会有打更声？没等李阿牛反应过来，旋即传来带着骇怪的尖叫声：“阿牛，你站在这里干吗？”

“抱石，你怎么在这里？”

对于李阿牛的反问，已跑到跟前的傅抱石抹着眼角嗔怪：“你还问我，这么晚没回家，我来找你，却只在半路看到自行车不见人，你说我能不急吗？”

也不知傅抱石是受冻还是伤心，竟然鼻涕直流。李阿牛掏出手绢替妻子擦净后，一把搂住对方：“是我不对，今天……”

傅抱石仰起脸把鼻子凑近李阿牛的嘴，打断道：“你好像喝了不少酒，人没事吧？”

“没事。”说完，李阿牛仰起脖子，下巴盖过妻子头顶，深吸一口气嘟圆嘴长长吐出酒气，“以后想碰到丁浩就难了，今晚多喝了点，又去许师兄家坐了一会儿。”

自从李阿牛说丁浩将调往上海后，傅抱石的心又忐忑了起来。上床躺下后，心神不宁的她没有一丝睡意，也无法合上眼，想着等李阿牛回来再探问他们聊的话题。随着时间的流逝，她从煎熬变得担心。当李阿牛超过往常回家的时间时，她已有心出门去找李阿牛，好不容易说服自己按捺住了性子。可过了饭店关门的时间李阿牛还没到家，傅抱石再也躺不住，悄悄下床，替两个孩子掖好被子，就出门急匆匆往“宝发园”赶来。半路看到李阿牛的自行车，傅抱石心生疑窦，看样子饭局早就散了，李阿牛为什么不回家却进那个四合院？这是谁的家？李阿牛到那里干吗？傅抱石走到四合院门前侧耳听了一会儿，除了寒风掠过的呼啸声，什么也没听到。她不甘心地从大衣的口袋里掏出手，捏起冰冷的铁门环，屏息轻轻敲了敲门。虽没有人应答，可不远处的狗却狂吠起来，似乎在呵斥她三更半夜骚扰的举动。傅抱石的心一下子揪了起来，既担心吵醒别人，更怕狗上来咬人，就在她恐惧地四处张望时，一眼看到了不远处正仰头看天的丈夫，于是像是找到了救星一样，尖叫着跑了上去。现在李阿牛说什么她都不会放心，但在听到“以后想碰到丁浩就难了”后，她惶恐不安的心一下子安定下来。这就好比是一锅沸水倒进了冰水，并迅速撤掉了柴火。

骑上自行车带傅抱石回家后，头昏昏沉沉的李阿牛倒到床上就睡着了。这天晚上，李阿牛梦不断，他在梦中回到了白墙黑瓦、袅袅炊烟、花田烂漫的家乡，那里虽没有什么大机器，也看不到多少高大的烟囱，但烟雨蒙蒙中泛着白光的鼓楼城墙青石，甬江两岸纤细柔软的垂柳，波光涟漪中的轻舟，氤氲水汽萦绕的小桥流水人家，水云萌动之间依然美得如同一幅粗犷雄奇中含有清秀、浓彩泼墨中透出淡雅的水墨画。突然，许师兄走到自己面前，说是要带自己去设计重整反应塔，就在李阿牛高兴地接下这个大任务时，丁浩又过来说上海吴泾化工厂要新建一个尿素塔，需要他参与设计。李阿牛迷糊了，而就在自己左右环顾不知如何抉择时，眼前两个人突然都消失了，顿时让李阿牛没了方向感。可也因为没了方向感，李阿牛反而瞬间又踏实起来，可这种踏实又蕴藏着莫名的空虚与悲哀，甚至让他感到有点窒息……

十六　诬陷得解

丁浩一家的调离，对沈阳这个大城市来说，就像是一滴水从大海蒸发，无论是沈阳第三机床厂，还是有业务联系的厂家，似乎没受任何的影响，就好像丁浩不曾存在过。这对李阿牛来说，是一种新的感悟与认识，一个人往往会认为自己在这里是多么的重要，其实这种不可或缺的认知极有局限性。估计丁浩现在就像一滴水流入大海，至于什么主角和配角，不过都是替角。李阿牛更是暗自提醒自己，永远不要想着当名角，更不能当傅筱庵那样的丑角，自己即便不能像岳飞一样流芳百世，也不能成为秦桧之流遗臭万年。

这天早上，李阿牛接到许师兄的电话，通知他马上去许师兄的办公室。李阿牛知道，每次许师兄突然来电让自己去他办公室，必定是有新的重要任务。当李阿牛急匆匆地赶到许师兄的办公室门口，见许师兄正和两人说话，正犹豫该不该回避时，许师兄却已抢先叫道："老李，快进来，就等你了。"

就在李阿牛大步迈向许师兄时，两个背对自己的客人也扭过了头。虽看清了两位客人，但李阿牛心里很是困惑。一位是市轻工局副局长程崎灿，另一位在几次会上见过，是敢于当先锋、见红旗就想扛的黎明铝制品厂邵厂长，李阿牛对他的印象较为深刻。他们来找许师兄和自己会有什么事？

“阿牛，把藤椅搬过来，坐。”

“好。”李阿牛顺着许师兄手指的方向，转身搬来那把藤椅。

等许师兄介绍相互认识后，许师兄对李阿牛开门见山地说道：“今春，邵厂长去广州参加广交会，看到英国产生的压力锅非常实用，于是买了一口带回来，想试着研制出我们国家第一口压力锅，可目前密封问题一直解决不了，想听听你有什么办法。”

李阿牛这才发现许师兄的办公桌上有两口奇形怪状的锅，邵厂长这时也把这两个锅推到了李阿牛的面前。李阿牛粗粗瞄了一眼，这两口锅很有意思，锅盖上有个小铁帽，而且锅盖不是平盖在锅体上，而是像长了牙咬住锅体。他猜测这锅之所以叫压力锅，是因为其内部像炼油反应器一样，会有一定的压力。虽然压力锅小到与反应器无法相比，可制作难度不比反应器小。反应器可以通过石棉垫片用螺栓让壳盖和壳体紧连，而压力锅直接让盖子和锅体相扣，本身密封难度就大，加上不可能采用一次性的石棉垫片，所以想确保锅内压力不泄漏更加棘手。这时，邵厂长指着两口压力锅解说道：“这口英国压力锅是铸铝，我们照着铸铝锅造出了二十多口这样的锅。原先铸出的锅不但有气泡和砂眼，而且锅体不平整。先是车工用车床加工，再由钳工师傅们用粗细砂纸手工打磨，好不容易锅体过了压力关，但密封胶圈漏气很严重，根本封不住锅内的压力。”

封不住锅内压力的锅，那还叫什么压力锅，就和普通锅没什么两样。听明白了需要解决什么问题的李阿牛把黎明铝制品厂生产的压力锅拿在手上，边转着圈查看边提出了自己的主张：“密封胶圈这个问题不大，和安全阀熔片一样，可以邀请前进橡胶厂先调试不同的橡胶配方和胶圈的厚度，再确定出最为理想的配方和厚度。但如果说铸铝锅有这么多的瑕疵，需要靠人力不停打磨，那就很难批量生产。”

“很好，既提出了解决密封胶圈的可行办法，又点明了问题的关键。”一直没吭声的程崎灿点头肯定后，又把头转向许师兄，“上个月邓副总理考察机械工业后，就曾对我们指出机械工业要实行专业化生产和协作，没有专业化，先进技术就不可能发展。”

对于程副局长突然搬出邓副总理的讲话内容，许师兄误以为对方有意向让沈阳铸造厂承担铸铝锅的任务。虽然他个人并不反对组织专业化制造这样的锅，但是他认为这样的小事不应该让铸造厂来接，现在全厂上下因为保全国的大设备制造和援外任务，生产计划排得满满的，如果硬插进这种任务，耽误了国家大工业建设或国与国之间的交往，那可就不仅仅是顾此失彼，而是因小失大。程副局长话音刚落，许师兄不假思索地回应道：“铸铝锅日后是长久性的生产，今天厂长和书记都出差在外，等他们回来我马上把您的意见转告给他们，然后……”

程崎灿看对方误解了自己的意思，于是摆手打断了对方：“老许，我今天带黎明铝制品厂的厂长过来不是要增加你们新的生产任务。黎明铝制品厂是互助合作的小厂，现在只能生产铝汤勺、铝盆和铝饭盒，如果不开发新产品，他们很难生存。这次他们决心要搞压力锅，我想可以借助大厂的人力给予技术上的支持，让他们也能制造出复合模具，也能应用变薄拉伸和模反拉伸的新工艺。当初那羊角沟公社有了小李的现场指导，不就很快提升了炼钢的产量吗？”

不等李阿牛接话，许师兄抢先对两位客人表态：“黎明铝制品厂什么时候需要我们这边的人，我们肯定随时全力支持。”

“谢谢，谢谢，太谢谢了。”邵厂长听到这里激动地站起身，双手撑桌，连连向三个人点头鞠躬。

程崎灿看着李阿牛总结性地加了一句：“只要我们坚持走社会主义道路，没有我们做不成的事。”

在程副局长提炼钢一事时，李阿牛推断程副局长此行的目的就是找自己帮忙解决黎明铝制品厂的生产难题。想到如果丁浩仍在沈阳，这事估计根本不需要他这么麻烦，一个电话估计就能让丁浩上铝制厂。现在程副局长突兀地强调社会主义道路，本意不过是在等自己的表态，于是李阿牛面带笑容点了点头，示意一切听从安排。

没想到为了一个小小的压力锅的制造、检验和投放市场，李阿牛和黎明铝制品厂的职工奋战了长达三个多月。当产品通过沈阳市新产品鉴定，并以注册“金鸡牌”商标投放市场后，李阿牛这才结束两头跑的工作状态，重新开始专心致志地在研究所开展各项攻关工作。当得知高压锅获得市场的追捧，黎明铝制品厂全员满负荷生产，仍难以满足市场需求的情况后，李阿牛深刻认识到了中央之前强调“抓吃穿用”的意义，看来民生对生产确实会起到较大的促进作用。

这天刚结束一个设计会，李阿牛因为尿急，捧着一叠图纸就冲出了会议室，由于走得太急，在楼道口撞上了刚上楼的人，不但图纸丢在地上，连眼镜也从鼻架上滑落。李阿牛顾不得看对方，边蹲下捡图纸边道歉：“不好意……”

“就是敌人攻楼也不至于这样慌里慌张嘛。”

李阿牛一听乐了，捡好图纸，捡起眼镜，起身从容地用衣角擦了一下没摔碎的眼镜，面朝许师兄打趣道：“我得看清这个敌人，决不能让他进楼。”

许师兄抬手就打了李阿牛后脑勺一下，说：“你小子也学会贫嘴了？快带我去你办公室。”

“不行。”

“真有急事？”许师兄有些诧异。

“对。”李阿牛俏皮地指了指小腹，“敌人想水淹我军。”

许师兄大笑着又打了李阿牛后脑勺一下：“快把图纸给我。”

“不行，是机密。虽然你是领导，但是还不能看。”

“行，快去，我在你办公室等。”

“我马上回来。”说完，李阿牛又像刚才一样急着向厕所跑去。

重回楼道时，李阿牛开始揣摩起许师兄的来意，是约吃饭还是安排新任务？可这两件事都让他为难。自从知道“宝发园”饭钱真相后，李阿牛觉得之前每一口酒和菜都是在吸许师兄的血，如果放在那里的钱不吃完，或许他会因有所节余而对未来有寄托。可若是新任务，那也让他焦躁。现在研究所所有的人工作都很饱和，前一天一个老工程师虽完成了手上这份图纸的设计任务，可人却晕倒在桌上，好在发现及时，现在总算在医院醒了过来。如果再有任务下达，真不知找谁去干了。胡思乱想中，李阿牛回到了自己的办公室。没想到才进门，坐在客椅上的许师兄已数落起来：“懒人屎尿多，你这一泡尿时间也真够长的。”

李阿牛自然不会浪费这推托饭局和新任务的好机会，就边虚掩门边说：“许师兄，你真是冤枉我了，我这可是两泡尿积在一起去的厕所，我现在都恨不得把时间掰开用。”

许师兄瞪着眼霸气地指了指对面的藤椅说道："我还不清楚你事多？赶紧坐。"

李阿牛不敢再多话，也顾不得倒茶，把手中的图纸往桌上一放坐下，等对方自揭谜团。

"中央下发了《1965年计划纲要》。"

对于许师兄的开场白，李阿牛即便听清了也摸不着头脑，只能细问："有什么重点？"

"之前'三五计划'的'大三线建设'战略全面落地了。"

李阿牛对于"大三线建设"也是有所耳闻，理解中央这一战略的制定，它不但可以使我国成为世界上唯一拥有两套完备工业体系的国家，而且一旦战争打响，即便打烂了一套，我们依然还有一套可支撑着进行有力的反击。可也因为既懂设计又知安装，李阿牛认为大三线项目由于需要匹配国防需求，在选址上要遵循"靠山、分散、隐蔽"的原则，其建设的难度和进展都会受到很大的影响。看着许师兄的眼睛，李阿牛突然灵光一闪，脱口问道："许师兄想去大三线？"

"这是个宏伟的计划，不但可以改变我们这一代人的命运，更会影响未来百年的国运。"

即便许师兄没有正面答复，李阿牛也已证实自己刚才的猜测，于是又追问道："许师兄，您不是想回镇海吗？"

"如今战争不像我们那时。要知道，现在一颗原子弹可以让一个城市瞬间夷为平地，氢弹更是不得了，一线城市太不安全了。"

李阿牛暗自纳闷儿，许师兄不是舍生忘死吗？怎么突然变得贪生怕死起来？留意到李阿牛眼神中露出的诧异，许师兄意识到刚才的表达会让人误解，于是又补充着纠正："我可不是怕死，何况我这副模样生不如死。但我们不能让后人再吃我们吃过的苦，即便我没有后人。"

许师兄那句"不能让后人再吃我们吃过的苦"，让李阿牛又想起了沈阳工学院图书馆外墙上的枪洞。当年，日本关东军的炮响打破了校园的宁静，使当时的东北大学成为近代中国第一所流亡大学。广大师生只能背井离乡，流离燕市，转徙长安，借住开封，南渡潼川，直至抗战胜利后才迁回沈阳。许师兄这两句话的后半句都提到了自己的痛，这让李阿牛听了心里越发难过，于是马上转移话题："许师兄，您之前不是说想调回镇海工作吗？现在是不是因为局势的变化改去大三线？"

许师兄不答反问："你是怎么想的？"

李阿牛这才明白了许师兄此行的目的，想着之前已有过类似话题的沟通，这次就不再正面答复："许师兄，就算大三线建设很重要，但也不能把沈阳掏空吧？"

"好，我明白了。"

李阿牛再次追问："您决定了？"

许师兄眼神一闪，虚盯墙面："嗯。去一个无人知道我隐私的地方，对我来说也算是解脱，就像我之前来沈阳。"

许师兄的话让李阿牛一脸尴尬，原来许师兄这次并非约自己同行，而是在确定自己不动后的独行。同时，这话细品之下还有把私密告诉自己的悔意。李阿牛思忖片刻后，扫了一眼门窗，旋即脸色凝重地宣誓："许师兄，您那天的话我都烂在肚子里了……"

许师兄抬手打断了李阿牛的话："不用多说，我既然能告诉你，就知道你会替我守住秘密。”

“谢谢许师兄！”李阿牛心里好歹好过了些。

“行，那你继续忙吧，我走了。”

李阿牛立马也推椅起身，抢先走到前面拉开房门。许师兄刚准备跨出门框，突然转过身，伸手握住李阿牛的手，用力上下摇了摇。

“许师兄，真舍不得与您分开。”说完，李阿牛的眼眶顿时就红了。

“别这样，好男儿不该轻易落泪。”

李阿牛强忍泪水应道：“嗯。”

许师兄突然像是想到了什么，拉着李阿牛退回房内，随后手拉门框一推。等重新掩上门，许师兄盯着李阿牛开口说道：“我无人可托，有件事日后还得靠你替我办妥。”

“许师兄，您尽管吩咐。”

“我去世后，你把我和许护士带回老家埋在一起。”

即便许师兄提的这个要求极其苛刻，李阿牛还是决心帮他完成这个心愿，于是急忙从口袋掏出笔和本子，随后问道：“许护士埋在哪？”

许师兄不解地问道：“你问这干吗？”

“那我怎么挖出来移到镇海？”李阿牛的表情比许师兄更是不解。

许师兄当即听明白了，脸上的表情一下轻松起来，说：“入土为安，不能再动。肉体只是个形，不必麻烦，我是让你日后把我的牌位和她的牌位合在一起。”

本来愁肠寸断的李阿牛听到这里哭笑不得，如果连肉体都只是算作形，那木头做的牌位岂不更是形？但望着许师兄认真的表情和期待的眼神，他心里最软的那部分似乎被电了一下，忙不迭地允诺：“许师兄放心，我一定做到，一定做到。”

许师兄旋即转身拉开房门，也不再和李阿牛握手，抬手挥了一下算作告别。站在楼道望着许师兄下楼后一瘸一拐的孤独背影，他再也控制不住自己的情绪，泪水夺眶而出。

这天晚上，傅抱石听了李阿牛的讲述后，考虑大三线生活条件较差，便叮嘱丈夫近期身上带点钱，有空就陪许师兄去“宝发园”多吃点好的。可不承想所里又承接了几项重大任务，而且在这节骨眼上，岳母在家意外晕倒，送医院抢救检查，才知道是恶性心律失常，李阿牛和妻子第一次听到“心房纤颤”这个词。因为两头忙，李阿牛才陪许师兄吃了两顿饭，许师兄就接到了赴自贡东锅厂的调令。送许师兄等人上车离开后，刚走进办公室，李阿牛右眼皮毫无征兆地连跳了三下。想到打小每次眼皮跳都有不好的事发生，他转身冲出办公室站在楼道踮着脚尖眺望，马路上车来人往，早已看不到载有许师兄的大卡车，心神不定的李阿牛只能在楼道来回踱步，也不知过了多久，等重新走进办公室坐在椅子上，也无法集中精力看桌上的图纸。李阿牛叹了口气，干脆起身虚掩上门，收起图纸，摊开信纸给丁浩和史冷霜写起了信。丁浩的回信写完，给史冷霜的信开了个头，这时突然有人直接推开办公室的门走了进来。李阿牛停笔抬眼一看，暗自吃了一惊。进来的共有三人，虽然不认识两个穿“五九式”警服的人，但是边上那个瘦高长脸的男人化成灰他也认得，即便已多年没有见过，可那独特的水泡眼、薄嘴唇和驴脸，早已深深烙在脑海中，成为自己挥之不去的梦魇。

“对，就是他。”

在瞿永雷指向自己时，李阿牛暗自吃一惊，这倒不是因为害怕，而是觉得很神奇。上次眼皮跳还以为是有人破坏生产，后又以为是被岳父傅桢谩骂，最后才明白是瞿永雷写匿名信告自己。看来这条“蚂蟥”叮咬自己时，身体真会有预警。李阿牛甚是惊奇身上的这一“特殊功能”，似乎比雷达捕捉敌机还要精准。虽知道瞿永雷的出现就是麻烦事，但李阿牛内心反而安定了下来，因为这可以确定眼皮跳和许师兄没关系。由于尚不清楚这条“蚂蟥”如何下嘴，李阿牛只能提醒自己气场要盖过对方，于是搁下笔看都不看瞿永雷一眼，客气地问两名警察：“两位找谁？有什么事？”

“我们是市局的。”男警察从口袋里掏出证件亮了一下，随后拉着脸问道：“你就是李阿牛？”

“对。”李阿牛不露声色地应了一声。

“有人举报你不仅行动上抵制中央制定的‘大三线建设’，还鼓动别人留沈阳。”

虽然警察已点明了找自己的原因，但李阿牛听了感到更加糊涂。自己也就上一次和许师兄吃饭时试劝过对方留在沈阳，之后再也没有和谁提过，即便是对妻子，也没提过半字，那瞿永雷哪来的消息来恶告自己？对于这一场无准备的仗，李阿牛暗自提醒自己这时候气势一定要强，不然会让警察误以为自己心虚。于是他推椅起身，眼一瞪：“谁在胡说？”

瞿永雷觉察到自进门李阿牛只瞟了自己一眼，视线立即转向边上的警察，没有片刻的停留。而在指认对方后，李阿牛根本没有搭理自己，而是平静地问警察“两位找谁”，这明摆着要把自

7

己当空气予以无视。现在有了接话的机会，瞿永雷自然不甘示弱地回应："到底是我在胡说，还是你在胡作非为？！"

李阿牛还是不接瞿永雷的话，绕过桌子，手向客椅这边一伸："两位请坐！"

就在李阿牛离开桌子的那一瞬间，瞿永雷一眼瞥见正摊在桌上的信纸，这一看，让他更是妒火中烧。没想到史冷霜和自己离婚后一直对自己不理不睬，却和这个男人在卿卿我我。不过这意外的发现让瞿永雷也有点小兴奋，他决心关键时刻再加一把火，让这个曾扰乱自己平静生活的男人彻底毁灭。

"瞿永雷同志，你过来坐这里。"女警察指着边上的位置招呼瞿永雷后，马上打开了笔记本。

"谢谢！"瞿永雷大大方方地在椅子上坐了下来。

男警察开口问瞿永雷："瞿永雷同志，你在哪里听到李阿牛同志抵制'大三线建设'的言论？"

瞿永雷略侧上身，半个屁股落在椅子外面，说："上周在'宝发园'饭店，我亲耳听到李阿牛说大三线选的都是山区荒地，去了就是吃苦。由此可见，李阿牛不但没有党性，乱评中央的决议，更是个贪图享受的人……"

男警察打断了瞿永雷的话："不要定性，只反映具体内容就行。"

"他作风腐败，天天吃喝，是'宝发园'的常客。还有，他上班不工作，背着老婆和其他女人勾勾搭搭。"瞿永雷前半句是观察到饭店服务员和李阿牛熟络，并从对方的态度断定常来吃喝。至于后面的推断虽是临时发挥，但相信桌上那封信就是有力的佐证。

看李阿牛不恼不火地歪着嘴角睥睨瞿永雷，男警察开口询问："你常上饭店？"

"很少，而且和老朋友仅去'宝发园'，所有饭钱都是我们的工资。"

听李阿牛一口气说清了情况，男警察觉得没有必要再了解这个，他们重点是要掌握李阿牛有没有反革命的言行，于是又回到之前瞿永雷反映的问题："你有没有妄评'大三线建设'？有没有鼓动他人不参加'大三线建设'？"

李阿牛坦诚地说道："我十分理解与支持'大三线建设'，也在研究所动员过技术人员。我因不想和我师兄分开工作，的确劝过他继续留在沈阳一起工作。"

对李阿牛并不正面的回复，男警察似乎并不满意，于是又追问："你有没有抱怨去大三线太苦？"

看着对方帽徽上的五星和领章上的金色浮雕盾牌，李阿牛动容地说道："如果我是个作风腐败不想吃苦的人，我就不会在抗日时冒着风险远赴千里到延安参加革命，也不会在新中国成立后就申请到沈阳参加新中国的建设。"

"无耻！"不等男警察接话，瞿永雷抢先发出不屑的声音，随后尖酸刻薄地指出，"明明是想从敌占区逃命到革命圣地，明明是想到工业发达的沈阳分享成果，居然被你说得如此冠冕堂皇。"

两句用于证明自己肯吃苦的话，不料被瞿永雷这番篡改，就像两条吐着信子的毒蛇咬向自己。李阿牛觉得心里一阵发痛，被激怒的他"腾"的一下从椅子上跳了起来，指着瞿永雷破口骂道："你这个专门告黑状的魏……"

李阿牛本想骂瞿永雷就是当今为非作歹、搬弄是非的魏忠贤，但突然一个急刹车是因为就在快出口时，他想起史冷霜曾说当时离婚前有个替瞿永雷隐私“保密”的承诺，如果自己图一时痛快把这事抖搂出来，那就等于让史冷霜失去了诚信。可即便李阿牛没把话说完整，瞿永雷还是从中猜测到了对方想说什么。他相信这戛然而止的骂声绝非对方理性的回归，也不是对方良心发现留口德，而是猛然意识到揭他人短的同时，会露出自己的马脚。而这种蹩脚的表现只能更加证明那对狗男女的确有问题，若他们没干不可告人的肮脏事，一个女人怎么可能会和男人提下半身的事？瞿永雷眼前甚至浮现出史冷霜依偎在李阿牛身上，哭诉自己不幸的婚姻。恼羞成怒的瞿永雷也跳起身，不甘示弱地指着李阿牛厉声呵斥：“你这个专门勾引妇女的败类！我今天就是要把你的皮扒光，让你身败名……”

“啪——”不等瞿永雷说完，只见男警察猛拍一下藤椅把手呵斥，“都给我坐下！”

被打断话的瞿永雷硬生生把最后一个字咽了回去，瞪了一眼李阿牛，扭头朝男警察堆起笑容点头并平静地坐下。被脏水泼在身上的李阿牛气不打一处来，但也克制地重新坐到椅子上。这时，男警察把头转向瞿永雷：“你两次说李阿牛有作风问题，有什么证据？”

“请等一下。”瞿永雷眼一亮，似乎看到猎物已被自己的猎枪锁定，只要扣动扳机就可以猎杀了对方。

当瞿永雷起身跑到自己办公桌前，李阿牛这才想起桌上有给史冷霜还没有写完的信，他感到无比懊恼。之前，为避免傅抱石担心，李阿牛和史冷霜的通信都是回家后当着妻子的面写，今天也是鬼使神差，竟然上班写起了信。更麻烦的是这封信只是开了头，空白的内容可以让人想象，可以认为是谈工作，也可以像瞿永雷之前说的认为是上班时间背着老婆和其他女人勾勾搭搭。早知有这出戏，那就先不给丁浩写信，而应该先给史冷霜写信。果然，瞿永雷拿着信纸回到警察面前，拍着信纸说道："你们看，他上班关上门在干啥？可不是我们想象的那样在忙碌工作，而是专心致志地在勾引妇女！"

男警察接过信扫了两眼，旋即交到女警察手中并扭头问李阿牛："这个冷霜是谁？志远又是谁？"

这一问让李阿牛一下子精神起来，对呀，自己每次在去信问好冷霜后，习惯性地让对方代问童志远好。现在这句客套话不仅可以成为保护自己的盾牌，还可以当作有效进攻对方的长矛，所以他不急不躁地清了下嗓子答复："咳。他俩都是我们所之前的技术人员，现在都调到上海工作，两人是夫妻关系。"

一旁的瞿永雷听到这，嘴里像塞了一根无形的糖葫芦，愣了片刻，抿紧嘴连咽了几口唾沫，似要把蹿到嗓子眼儿的火苗硬压下去。他曾听说史冷霜到上海炼油厂又成了家，但如今从一个仇人口中确认了这样的信息，还是让他胸口袭过一阵揪心的疼痛。更让他懊恼的是，若是知道信上提到的这人是史冷霜的新欢，他也不至于把这信当作巨石去压死陷阱下的李阿牛。现在倒好，不但搬起石头砸自己的脚，而且让李阿牛踩着这块石头爬出了陷阱。这时，李阿牛也起身走到桌边，拿起那封尚未封口的信，转身回到藤椅上，抽出信纸连同信封交到男警察手上，说："刚才送我师兄去大三线后，回到办公室想着日后要打通三地技术交流，于是就关上门写起了信。这封是我刚写给从沈阳调上海工作的丁浩的信。"

男警察展开信纸迅速浏览内容，重新折起信纸时，严肃地问道："我现在需要再确认一下，你有没有鼓动他人不参加'大三线建设'？"

"我承认我是希望我师兄和我同留在沈阳工作。但我不想离开沈阳并不是因为贪图安逸的生活，而是认为我们不能厚此薄彼，沈阳现在一样需要人，若我们都走了，沈阳怎么办？"

李阿牛坦诚的申明让两名警察的情绪得以舒缓，最后的反问更是打动了同在沈阳工作的他们。只见男警察朝女警察递了个眼神，女警察把信纸往瞿永雷那边一举，用几近命令的语气要求道："放回去。"

瞿永雷的脸憋得通红，神情比挨霜打的芭蕉叶还要蔫，可也只能按要求接过信纸重新放回桌上。

当瞿永雷再次坐下后，男警察这才起身下起了结论："我看调查就到这里吧，应该没什么问题。"

瞿永雷像是被针扎了一下，情绪激动地抗议道："你们怎么还没调查清楚就下结论？应该去问问'宝发园'，调查一下他师兄……"

"这用得着你来教？！"

当前一天瞿永雷跑到市公安局，说是来举报诋毁"大三线建设"的人时，市局极为重视。但当上一年从沈阳化工厂调到市公安局当治安处副处长的欧阳飞出面接待时，发现又是瞿永雷举报李阿牛，心里立马就有了几分底。了解情况后，欧阳飞基本断定又是一起无中生有的事。只是当初不露面的举报信，现在改为了举报人。想当初就是这人浪费自己的时间和精力，还差点让自己和同事起矛盾，现在李阿牛在行业中是响当当的人物，他老婆又是自己老单位的人事科副科长，按他俩现在的地位与为人，不可能做出这样的事。但出于谨慎，在记录完毕后，欧阳副处长还是安排了当天陪同接待的两名警察次日实地到李阿牛的办公室对质。两名警察来之前已大致明白了欧阳副处长的用意，所以当瞿永雷话中的“应该”和自己来前判定的“应该”意思大相径庭，并且有训导中带要求的味道时，马上引发了男警察的强烈不满，也就没有好脸色地打断瞿永雷的话并呵斥。

瞿永雷恼怒到了极点，虽说自己是带有复仇的成分，但反映的是实打实的问题，所以被打断话后，他愕然片刻，随即毫无怯意地强硬回应道：“如果不调查清楚，我会向上反映。”

一旁的女警察找准时机声明道：“我们当然要调查清楚，但如果你反映的事情不真实，或添油加醋，或自我臆想，或武断，那同样我们会追究你的责任。”

这一威慑的话让瞿永雷知道没有必要再谈下去，于是“腾”的一下从椅子上跳起，连个招呼也不打，直接拉开门扬长而去。望着急速离开的瞿永雷，李阿牛想到了刚离开沈阳的许师兄，同样是见不得光的“残疾人”，许师兄为国而“残”却一心为公，瞿永雷天生“无能”却终日搬弄是非。李阿牛心里暗骂瞿永雷是当今的魏忠贤，可刚骂完，又觉得骂得太轻，不能让这种人自缢身亡，得诅咒他像刘瑾一样凌迟三千刀而死。想到这里，李阿牛绷得紧紧的脸一下子被笑意冲淡了。

男警察本想对李阿牛宽慰几句，可看对方的神情觉得自己说这些话有点多余，于是起身笑了笑：“李阿牛同志，我们也走了。”

“真不好意思，给你们添麻烦了。再坐一会儿吧，刚才冒失得连茶也没倒。”

“不用客气。我们还要向欧阳副处长汇报。”

李阿牛明白了今天为什么能够先惊后安，于是更加客气地把两名警察送下楼。重回办公室，或许是刚才的突发事件让他从与许师兄离别的伤感中走了出来，于是重新提笔，迅速写完了给史冷霜的信，旋即又重新审核起管接头镗孔机床——自己所里这个借助苏联技术自行研制的项目已接近尾声，因为能够较好地解决好钢管加工通孔的形位，相信它不但可以有力支援我国的石油开采输送，也必将对其他行业起到重大的作用。

这天晚上，当李阿牛从医院提着空饭盒回到家时，傅抱石一边询问母亲的病情，一边动作利索地取出捂在被窝的饭菜。自岳母住院后，李阿牛和傅抱石便协同作战。傅抱石下班回家准备晚上的饭菜，李阿牛到幼儿园接淼淼回家，然后提上傅抱石做好的饭菜，重新骑上车赶往医院。当李阿牛回家告知母亲第二天就可以出院时，傅抱石的心顿时放松下来，情绪也随之高涨起来。在听完李阿牛讲述白天发生的事后，傅抱石很是大气地挥了挥手中的筷子，那样子就像是挥去一只嗡嗡作响的恼人的苍蝇：“没事，这个人我了解，不用在意，我们吃自己的还怕他告？”

“嗯。”

令李阿牛感到意外的是，傅抱石既没提瞿永雷诬告自己破坏“大三线建设”一事，也没提瞿永雷诬告自己勾引妇女一事，只是对瞿永雷诬告自己贪图享受一事作了回应。是的，之前就是傅抱石叮嘱自己一定要吃自己的，哪怕是那三年困难时期，也坚持把小米和牛肉干退回去。即便后来证实这只是对许师兄好心安排的一次误解，但也让他养成了不贪婪和谨慎的习惯，这就好比是身前挡上了厚实的钢板，X 光根本伤不到自己。不过李阿牛还是把白天发生的恼人事件连细节也描述得清清楚楚，他可不是担心瞿永雷能再闹出什么动静来，毕竟公安局已有了基本的判定。李阿牛原来最担心的是上班给史冷霜写信一事，可向来敏感的妻子现在只字不提，究竟是故意忽略还是完全信任？该不会是接下来向自己重点“过问”这事吧？

果然，就在李阿牛应声后刚往嘴里扒饭，只见傅抱石夹了一筷子菜似乎想到了什么，悬停在空中看着李阿牛问道：“你不但在家给史冷霜写信，在单位也写？”

“没，这是一次偶然。”李阿牛瞄了眼正在做作业的磊磊和边上玩布娃娃的淼淼，又轻声讲述了白天写信的原因。

“噢。”傅抱石的筷子终于落到自己的碗中。做了十多年的人事工作，让她有着洞察人心的自信。她相信李阿牛说的是真话，也认为李阿牛没有学坏的动机。

“现在沈阳，我除了你们，再没有亲人了。”

傅抱石不是很满意李阿牛的表述，在沈阳本就她们傅家三代是丈夫的亲人，无论是史冷霜，还是许师兄或丁浩，他们不过是丈夫的朋友而已。人只有亲疏有度、远近相安，才能不被别人伤害，家庭才不会出现危机。不过这么多年来，傅抱石也了解李阿牛，这个男人是值得自己信赖的，但由于之前他有过一段与别的女人的感情纠葛，而且还是在自己放下女孩子的矜持而主动向他示好时发生，所以断不能大意。想到这里，她匆匆咽下嘴里的菜，故意纠正道：“阿牛，你在世上虽除了沈阳再没有了亲人，但像许师兄、丁浩这些朋友，他们也算得上是亲人。”

李阿牛不是笨人，自然听得懂妻子刻意对朋友和亲人二者关系强调的用意，也就挑明了说道：“抱石，我 7 岁就成了孤儿，靠镇海李家的帮助，我才有了学习并到延安的机会，后又在刘鼎和刘福贵的帮助下到了沈阳。在我心里，不光镇海李家是我的亲人，包括一路走来的刘鼎、刘福贵、许师兄、丁浩和史冷霜，都可以算是我的亲人。史冷霜是我到沈阳认识的第一个人，在俄语学习上给了我很大的帮助，现在你也知道，他们夫妻俩经常在上海有什么新的技术，就会写信告诉我。像这次管接头镗孔机床的研制，就是史冷霜帮忙收集了许多炼油生产一线的资料，我们研究所才能够对症下药，真正解决当下生产的困难。”

傅抱石其实很认可李阿牛的坦率，但对“炼油生产一线的资料”这一说法抱有戒心，这多少意味着李阿牛内心有到炼油一线的想法。记得在从宁波返程沈阳的前一晚，临睡前因李阿牛告知丁浩有回家乡的想法，自己曾有过“人往高处走，水往低处流”的表态。但这前提是调宁波，而不是上海，绝不能让自己再生活在丈夫和他曾爱慕的女人在一起工作的阴影中。傅抱石也边吃边坦诚地说道：“这或许是男人和女人的区别，在我眼里，除了我妈，现在就你和孩子才是我的亲人。在宁波时，我说宁波的工业基础哪天真对你有利，我肯定会支持。但一年过去了，我看还是不行，相反沈阳应该更有利于你的才华发挥。”

“我不是……”

傅抱石很罕见地举筷打断了李阿牛的话，继续说道：“据考证，我们沈阳早在新石器时代，就有人类在此农耕渔猎、繁衍生息，光是建城史就不止两千年。从新中国成立到现在，完成了新建与扩建沈阳变压器厂、沈阳拖拉机厂、沈阳高压开关厂、沈阳毛织厂等一系列重大工程。即便现在国际形势严峻，我相信沈阳仍会在发展中给你发挥才华的平台。”

李阿牛这次等傅抱石完整表达完才反驳："抱石，许师兄也说了，现在大三线从零起步，对于我们来说，这正是报效国家施展才华的机会。"

当听到李阿牛把自己的"发挥才华"改成"施展才华"后，傅抱石暗自笑了，于是把最后一口米饭咽下后，说："阿牛，发挥和施展看上去一样，其实是有区别的。前者是褒义词，着重表现内在的性质和能力，后者只是中性词，既可表现运用能力显示本领的方面，也可用于坏的方面。现在你好歹也管着一所之人，日后抽空还得多学些近义词运用的差别，一定要用对词。"

对于傅抱石卖弄式的提醒，李阿牛在愕然中停止了咀嚼嘴里剩余一半的饭菜。他望着对面的妻子心想，若真像妻子所说的那样，那他岂不是正事不干，闲事一堆。傅抱石像是洞穿了李阿牛的心思，接着又说道："清朝时我们意识到了西方先进舰船的重要性，在经历两次向美英购舰的骗局后，终于成功地向德国购到了 7000 吨的铁甲舰。可那时我们制造的还只是 1000 吨的木头战列舰，知道为什么吗？"

李阿牛一下子被问住了，但也来了兴致，于是咽下还没完全嚼烂的饭菜急忙追问："为什么？"

"基础弱、起点低、技术不独立。"

"有道理。"

"这就像要立起的铁塔，基础很重要，基础不牢，即便铁塔立起，那也必定会倒塌。"

"对。"李阿牛觉得这些都是废话，应了一声后拿起碗把最后一口饭扒进嘴。

傅抱石直了直上身，说："如果永远依靠外来力量，那只能是跟着别人走，永远被人牵着鼻子走。”

傅抱石的话触动了李阿牛的内心，的确，现在很多技术，无论是炼油化工装置的工艺和设备，还是汽车制造等，几近于照抄苏联的作业，所以他放下碗筷，含糊着问道：“你有想法？”

“我一直在想，有没有可能你的研究所开始具备技术独立发源的特征？”

“技术独立发源的特征？”李阿牛第一次听到这样的词语，但又觉得它像块磁铁把自己吸得紧紧的。

傅抱石手捂嘴角抿笑了一下，然后说道：“老祖宗都说，教会徒弟，师傅饿肚。国与国之间的技术转移也肯定会留一手，别妄想人家会倾其所知来传授。解决一个问题的最佳办法不是扬汤止沸，更不是抱薪救火式地再犯一个错误去掩盖问题，而是跳出问题所涵盖的问题，拔本塞源式地彻底解决。阿牛，我不会因为吃苦而反对和你一起去大三线或其他城市。我认为你不能简单地做重复的工作，而是要在工业技术上多钻研，使我们国家也有技术独立发源的特征。现在放眼全国，不可否认沈阳的基础就是最好的，是名副其实的‘共和国装备部’。还有，我们是社会主义的国家，有着集中力量办大事的优势，我觉得你可以在这里为国家开拓出一条新路来。”

傅抱石的这番长谈阔论并没有让李阿牛感觉不适，反而点醒了李阿牛，让他想起了程崎灿之前说的那句“只要我们坚持走社会主义道路，就没有我们做不成的事”。是的，无论是上一年成功引爆第一颗原子弹，还是当下的“大三线建设”，都是这个道理。记得新中国成立后不久，巴黎统筹委员会马上成立了对中国实行禁运的执行机构，企图阻止我国工业化的推进。目前，正如傅抱石所言，炼油化工装置的设备基本是照抄苏联的作业。现在，随着国际局势的变化，中苏关系已发生重大的变化。日后，无论是有意还是无意，都要设法在这股强大的洪流中，主动适应变化并走出一条适合国家更好发展的工业路。因为对傅抱石的论断发自内心地认同，李阿牛由衷地点头肯定：“分析得很有道理。”

“真的？”

“当然。”

这时，磊磊举着课本走到傅抱石身边：“妈妈，这段课文老师让我们背诵。”

傅抱石接过课本：“阿牛，那这里交给你了。”

“你去吧。”李阿牛利索地收拾起了碗筷。

就在傅抱石刚起身之际，李阿牛的右眼皮蓦然跳了一下，他想去捂住眼眶，突然房门被人急促地敲响：“傅科长，快去医院，你妈不行了。”

李阿牛抢先放下手中的碗筷，飞速打开了房门，只见和岳母同病房病人的儿子叶文忠慌慌张张地催促道：“李所长，快，快，去医院，你岳母……”

李阿牛拉住对方的手：“老叶，慢点说，我妈怎么了？”

“你离开医院后，你妈口渴想喝水，刚喝了一口，突然就倒在地上，太吓人了。”

“现在怎么样？”

“医生正在抢救。”

这时身后传来磊磊的惊叫声：“妈妈，你怎么了？”

李阿牛扭头一看，傅抱石瘫坐在地上，那本语文课本也掉落在地……

十七　释怀南下

元宵节前一天，李阿牛终于收到了史冷霜的回信。对于这次之所以回信比较慢，史冷霜在信里解释得很详细。原来，因工作需要，童志远上一年已调往第七机械工业部〇六二基地，成为首批大三线建设者。为了解决夫妻两地分居问题，来自四川射洪的史冷霜主动向组织申请赴川工作，她的这种行为和不少人想留在上海形成了鲜明的对比。恰好中央为了给大三线储备技术人员，决定让部分高校在大三线办分校，其中上海化工学院需在自贡建立分校。上海市相关部门的领导见有人主动请缨，考虑到此人不但毕业于沈阳工学院，还在上海炼油厂职工学校当教研主任，可以说既有学历，又有厂矿工作和教学经验，所以就马上调史冷霜进上海化工学院任职。上一年年底，当史冷霜和收养的孤寡老太太，带着两个女儿终于来到自贡分校时，即便来前已有思想上的准备，还是被眼前的困难着实吓了一跳。可前来接家人的童志远却乐呵呵地告知，这已是条件相对好一些的地方，他所在的〇六二基地选址是偏远村庄，既不通电，也没自来水。几个人报到后，放下行李领到的第一件任务是和工人们一起挖厕所。学校给史冷霜这些老师虽分了房，但都是临时搭建的四面透风的木棚房。史冷霜说，孤寡老太太虽半聋半瞎，但不知她之前在哪里学的技术，居然在学校建设后勤物资的支持下，把透风的地方用铁皮包上，还在房顶安好了瓦片。让李阿牛感动的是，史冷霜还特意抽出时间去了一趟重庆医学院，找到了钱惪教授。不但带上了李阿牛的问候，还要到了联系方式，并随信附上了通讯地址。

上一年岳母骤然离世后，出于对妻子日后的担心，李阿牛特向医院朋友借阅了一些资料，利用业余时间钻研起恶性心律失常相关的医学知识，最后他认为西药在治疗这类病症时，确实能起到一定的效果，尤其是对危重病人，表象立竿见影，却无法根治病灶，而且因药物的服用和静脉的输液，还在一定程度上加重了病人的负担，易诱发其他病症。而中医虽在病症急重期很难力挽狂澜，但在病症初发和稳定期可以通过望闻问切四诊法，依据人的症状、舌象、脉象进行辩证的开方用药，相当于哪里出了问题治哪里。李阿牛觉得中医医生就像一个有经验的设备维保人员，通过现场眼的观察、鼻的嗅闻、手的测摸，再加上听棒的耳诊，从而判断出机泵运行是否正常。他还曾总结多年的工作经验，给电机的检查编过“听声识故障”的口诀：听到持续“嚓嚓”响，转子定子有碰擦；转速变慢“嗡嗡”响，线圈碰壳相通地；转速变慢“吭吭”响，线圈断线缺一相；轴承室里“嘘嘘”响，轴承润滑油干涸；而一旦轴承部位发出“咯咯”响，那必定是轴承已损坏，这时不再是可以通过添加润滑油、调整零件的间隙度等解决问题，而是需要停机解体大修了。由于对中医有了进一步的认知，现在李阿牛不需再向钱惪教授讨教“废医存药”和“废医验药”的问题，却更为迫切地咨询自己所了解的恶性心律失常的处方是否有效。李阿牛收起史冷霜的来信，马上展开信纸提笔向只有一面之缘的钱惪教授讨教起这方面的知识。在信封上填写好钱教授的地址后，李阿牛又给史冷霜写起了回信。

对于史冷霜返乡团圆的举措，李阿牛想起了两人第一次见面时史冷霜曾说过的一句话：教育是立国之本，关系着国民素质高低和民族兴亡沉浮。因此，李阿牛在回信中先祝贺她走上了一条与国民素质和民族兴亡相关的职业发展道路，并让她尽快来信告诉自己需要什么。在介绍完这几个月所里的工作后，李阿牛又在信中说了许厂长调往大三线的经过，并告知对方恰恰也是在自贡，希望史冷霜抽空去自贡东锅厂找一下许师兄，代自己问好，并请许师兄能给自己来信，好让自己有对方的寄信地址。当然，在信中李阿牛没有挑明另一个想法，那就是从史冷霜的信中得知当地条件艰苦后，觉得孤身一人的许师兄更需要有人照应，既细心又周到的史冷霜去了自然会明白自己的用意。

晚上吃过饭，李阿牛从包里取出史冷霜的来信递给傅抱石，同时说道："今天刚收到志远和冷霜的来信，他们也调到四川去了。"

傅抱石接过后边抽出信纸边问："也是'大三线建设'？"

"对。志远是组织调动，冷霜是主动申请。"

傅抱石一目十行地看完了信，带有点羡慕的口吻感叹："还是人多力量大，也幸亏有了孤寡老太太，不然真不知道怎么过冬了。"

正在收拾碗筷的李阿牛愣了片刻，这封信的内容很多，妻子怎么单挑这个事说？而且他们的关系应该是志远和冷霜好心收留了残疾的孤寡老太太，现在妻子像是一叶障目，似乎只看到了孤寡老太太对他们的帮助。不过李阿牛可不想为这样的事争辩，于是眼神和手略微卡顿后，又利索地干起了活，同时嘴上回应：“就是，家有老人就是宝。”

李阿牛的卡顿时间虽然很短，却没有逃过傅抱石的眼睛。她本就担心李阿牛受许师兄的影响，多少也有去大三线的冲动，若史冷霜再来加这最后一根稻草，那就极可能前功尽弃。而一旦让李阿牛和史冷霜同处一个城市，即便两人不会闹出绯闻，自己也难扛过精神压力这一关。现在既然到了这一步，不如顺势而为，于是她说道：“阿牛，三线刚起步，我是吃得起苦，但我不想让你再受苦，也不想让孩子受苦。”

李阿牛觉得之前已讨论过这个话题，于是马上申明：“我没说要去大三线呀。”

“从目前的形势来看，国家必须对资源进行重新布局，之前全国集中于东三省的资源势必进行大调整。以你的能力和职务注定要调动，与其被动调动，不如也像史冷霜一样，来个主动申请。”

李阿牛越听越糊涂，放下碗筷追问：“我们也去大三线？”

“不，回家。”

“回家！？”李阿牛惊得瞪大了眼睛，难不成傅抱石倔强到宁愿待在家里也不听组织的安排，她不仅搞人事工作多年，而且现在好歹也是人事科的领导，难道因这事沉沦为无组织无纪律的人？李阿牛想起了两人看的第一场电影，记得当时傅抱石认为影片《思想问题》的内容太夸张，三个多月的时间不可能改变一个人的人生观。当时两人只是从所处环境对人的人生观变化进行讨论，现在看来时间还真有可能让一个人的人生观发生质的变化。

“对，全家跟你回宁波。”

听到这话的李阿牛暗吁了一口气，对于妻子的突然决定虽有些意外，但毕竟之前就这一话题已有过两次交流，还是能接受。于是问道：“你真觉得现在宁波的工业基础有利于我的发展？”

“这几天我也一直在考虑你留和去的问题。留有留的理由，但你是有技术的人，又是党员领导，所以去更有去的鲜明态度和觉悟。同样是去，如果是在人才济济的大三线，有可能让你难以脱颖而出。相反，如果我们去了工业基础相对薄弱，却有着地理、社会环境、人文等优势的宁波，那肯定更有利于你的发展。这就是逆向思维。”

李阿牛认为这并非妻子这几天深思熟虑后的抉择，大概率是这天史冷霜的来信让她在心中果断下了决心，即与其去大三线拉近与史冷霜的空间距离，不如干脆反其道而行之，由向西南改为南下。其实目前李阿牛内心还真没有调往其他城市工作的冲动，即便当下“大三线建设”的热潮已激发了许多人的豪迈热情，就像当年抗美援朝一样，许多人都积极主动地向组织递交了参建的申请书。而作为大厂的研究所所长，李阿牛却没有动静，他平静地说道：“我看一切随缘吧，听从组织的安排。”

随缘？这怎么可能？自己就是搞人事工作的，强调的就是掌控全局，让所有事物的变化都能按自己设定的节奏走。如果拿人事工作打个比方，那她就是谱写乐谱的人，无论你是弹钢琴、拉提琴，还是吹笛子、敲铜锣，只能按自己写的乐谱来演奏，不然一个庞大的乐队，没有人来组织协调，即便全是顶尖的演奏名家，混在一起所发出的声响也不是美妙的音乐，而是烦人的噪声。为了让李阿牛下定决心，傅抱石莞尔一笑，说：“阿牛，我是做人事工作的，我觉得目前这个形势下，你不主动，只会给你带来不必要的麻烦。”

“这能有什么麻烦？”李阿牛对此不以为然，甚至觉得妻子有点恫吓的味道。

“你专搞技术，不是很能理解国家面临的巨大压力。但这种压力也不是坏事，相反能让我们变得更为强大。对了，就像你之前和我讲的石油勘探故事一样，没有地壳的压力，地下的石油即便打井成功，那也喷不了油。”

“嗯？”李阿牛还是不明白妻子想表达什么。

“之前，你也知道我们的‘三五计划’框架就是‘抓吃穿用’，所以一度还让你大材小用，参加研制高压锅的工作。现在美苏不但嚷嚷着要联手以此恐吓我们，还想强行打断我国的发展节奏，中央也就不得不改变原有的计划，被迫压缩民生部分，开始集中力量让三线和一线的工业发展取得同步，从而拥有另一套军事生产能力，建立起牢固的战略大后方。即便家底薄、负担大，中央还是下决心宁愿这一代人十年饿肚子，也要为后人扎稳百年基业。”

对于傅抱石这些长篇大论李阿牛心里都很明白，中国的历史一再告诉自己，只有立于不败之地，才有资格面对世界列强，如果只是工业取得成功，让人们过上富裕的生活，那也不过是小儿怀璧过街。无论是千年前的宋朝，还是被推翻的清朝，教训不可谓不深刻。在研究所里，李阿牛也常用这些观点作相关动员工作。可现在越明白妻子所说的话，却越不明白向来言简意赅的她到底想表达什么。乘对方停息之机，李阿牛及时把话题转到之前的困惑：“不主动递交参建申请书会有什么麻烦？”

“作为一名有技术的党员领导不响应国家战略部署，没有为国分忧的担当，没有为民请缨的作为，上面自然不会信任重用，下面也不会支持拥护，甚至不排除会有恶人大做文章。”

对于妻子前面的话，李阿牛并不在意，他相信厂领导既然没有找自己谈话，就应该有留自己在沈阳的想法。作为全国最大的铸造厂，不可能让有技术的人一调了之，这里同样需要人。支援必须是量力而行，是分出部分有生力量，而不是敲骨吸髓式的全盘托出，不然其结果极可能根朽枝枯。起兵反元建立陈汉政权的陈友谅当时拥有三十万的汉军，兵强马壮，可在进攻同为元末起义军的朱元璋老巢应天府时，只因中计分兵三路，结果兵败失去了称霸天下的机会。可在诬告这事上，由于不但自己吃过亏，还给他人带来过麻烦，所以妻子的提醒一下子让他警觉起来。但在言辞上他还是掩饰自己的担心：“这有什么文章好做，应该不会吧？”

“阿牛，你永远不要低估恶人的手段。之前两次被调查的经历，难道不是被人陷害吗？”

傅抱石的反问让李阿牛陷入了深思，他垂着眼帘思索了片刻，等重新恢复常态后，询问道：“那我明天也向上级申请去宁波？”

“我听说大前天浙江那边给省政府来了个函，说是希望能在工业建设上给予专家人才的支持，你这时候去，相当于给组织解决了一道选人难题。”

“行。我明天就去找厂长。”

“那就这样？”傅抱石抬起屁股半离椅子征求李阿牛的意见。

“好。”

傅抱石把信往李阿牛那边一推，弯着腰开始收拾碗筷：“你去看看磊磊的航模做得怎么样了，这里我来收拾。”

“好。”

当看到李阿牛拿上信推椅起身离开的那一刻，傅抱石暗自摇着头乐了。没想到整整思考两天觉得难以解决的问题，竟然被史冷霜的一封来信瞬间就点通了。傅抱石心里明白得很，像李阿牛这样的异地人才，日后想留在沈阳是不行的。可去大三线她又不甘心，作为妻子，她可以陪同李阿牛一起吃苦。但作为母亲，她实在不忍心让孩子过学难上、住简陋、吃又差的日子。之前，她也想过全家去宁波，尤其是在得知辽宁省政府接到浙江来函后，更让她犹豫起来，而这犹豫仅仅是因为宁波和上海太近。现在既然史冷霜全家已迁至四川，她再也没有什么顾虑了。虽然宁波还是处在大一线城市，而且各方面条件也无法和沈阳相比，但是只要能守护住爱情，能让全家平安，她觉得一切就都可行。是的，外界的物质很重要，时间和空间都依附于物质的变化，并构成紧密联系不可分割的时空。她就是要在无尽永前的时间和无界永在的空间中，把控好物质的变化，使时空对自己更为有利。

放好信后，李阿牛在指导磊磊做航模时有些心不在焉。若是去宁波，那就意味着一切从零开始，对于他这名孤儿来说，在宁波无论是家人还是有恩于自己的李家父子，早已不在人世，可以说这个城市并没有什么人可以让自己牵肠挂肚的，儿时生活的场景也在忙碌的工作中早已淡去。相反，在沈阳工作生活十多年来，他已习惯了这里的生活。沈阳不同于延安，这座城市和家乡只有纬度上的差异，而延安不光是纬度，经度上更是相差不少，所以刚到延安时，自己和丁浩都有过水土不服的现象，想必出生在这里的一对儿女，若去大三线也会如此。但一想到乱咬自己不放的瞿永雷，选择和当初史冷霜一样决然离开沈阳，也算是一种无奈又有效的方法。唉，一切还是等试探过厂领导的意思再说。打定主意后，李阿牛认真指导起磊磊：“你看，这片机翼的前端你没有磨好，这会影响到机翼的安装角，从而使整机的重心发生偏移，轻则歪身飞不远，重则马上翻跟斗摔落。”

“爸，我怎么看不出差别？”

“这就是经验。我们不光要勤奋，还要学会在实践中总结经验，经验会让我们不犯同样的错。从别人那里学到经验，那会对我们起到事半功倍的效果。”

话音刚落，坐在桌子对面玩积木的森森突然奶声奶气地插问：“爸爸，什么叫事半功倍？”

不等李阿牛开口，磊磊不耐烦地代为回答：“唉，你这都不知道。就是花的力气少，效果却很好。”

“爸爸，是这样吗？”森森不放心地求证。

“是的。你哥哥上学了，学了不少的知识。”

“爸爸，我什么时候可以和哥哥一样去上学？”

“快了呀，你看妈妈已给你准备好了书包。”说到这里，李阿牛指了指窗外，“等门口这树叶长出发黄后，你就可以进学校学习了。”

“那我就可以戴红领巾了？”

望着女儿发亮的眼睛，李阿牛柔声鼓励道：“只要你好好学习，在学校听老师的话，肯定能马上加入少先队。”

这时，傅抱石也擦着手走了过来。森森见状推开椅子朝傅抱石撒起了娇：“妈妈，我想再背一下书包。”

“好，妈妈给你拿下来。”傅抱石转身放下毛巾，从墙上的挂

钩上取下小书包，帮女儿斜挎到肩上。

“妈妈，你会送我去学校吗？”

“去，我们一起去更好的学校。”

李阿牛觉得妻子在答女儿时，那话完全变了味。未来生活还真难以确定，一家四口人就像在一艘盲目行进的船只上，不知道接下来会漂向哪里。

次日李阿牛想去找厂长时，恰巧厂长出差。据办公室的人说，这次厂长出差有重要任务，半个月后才回来。当对方问需不需要找临时负责厂里工作的副厂长时，李阿牛赶紧找个借口下了楼。

两周后，李阿牛收到了钱惪教授的回信。钱教授在信中说，欣闻李阿牛在工业战线取得一系列成绩，不仅表示热烈的祝贺，还热情邀请李阿牛到重庆走走。随后，钱教授不但指出心律失常属于“心悸”“怔忡”“胸痹”之范畴，而且告知可分为心气亏虚、心血亏虚、心阴亏虚、心阳不振、心胆气虚、心脉瘀阻、痰湿内阻、肝气郁结八类，而类型不同则有不同的治疗重点。在告诫这样的病人睡姿、饮食和运动需注意的事项后，钱教授肯定了运用中医治疗心律失常不但副作用较少，而且显效后进行疗效巩固，还可以整体调节患者的免疫功能。最后，钱教授就当下中医的存在与意义谈了自己的看法，说我们中国有着在西方看来难以置信的独特的中医基础理论，这种以阴阳、中医的辩证和气化理论认知疾病，完全不同于以解剖、病理、生理等为基础的西医认知疾病。也因为造成疾病的根源不同，所以西医有时很不理解有些相同的疾病，我们竟然开出不同的处方，认为这是没有标准的医术。当下我们国家各种医疗检查器材还相对紧缺，即便像血常规化验、X 光等检查，只有县一级人民医院才配有相关的医疗仪器，这就更需要靠有经验的中医来为普通的百姓服务。在另附的一页信纸上，钱教授还就心律失常八类症状开了 8 个处方给李阿牛参考。

读罢钱惪教授的来信，李阿牛颇有几分小激动，没想到仅有一面之交的钱教授能在收到自己的信后，竟然花时间耐心回复，并细心地就心律失常八类症状开了 8 个处方。李阿牛收藏好这张难得的处方，还没摊开信纸回信致谢，桌上的电话响了，原来是厂办公室来电，说是厂长回来了。

等出了厂长办公室，李阿牛抬手看了一下手表，从进门到出门前后不到五分钟。李阿牛提出准备外援宁波工业的打算后，厂长当即否定了李阿牛的提议，说除非上面点名要人，不然绝不会放李阿牛离开铸造厂。同时，他还透露管接头镗孔机床已得到省里领导的表扬，马上有更重要的任务要安排李阿牛负责。看厂长态度如此明确且坚决，李阿牛自然打消了外援的念头，何况自己的本意也是不想离开沈阳。傅抱石得知这个结果后，自然也是高兴，毕竟之前打算去宁波只是被迫做的无奈选择，现在能留下自然是好的结果，而且李阿牛又将担当大任，那何乐不守沈阳？

又过了半个月，许师兄和史冷霜的信也相继寄到了。许师兄为再次见到当年的老手下而高兴，说现在东锅厂基建工作已全面展开，等忙完这段时间，他就去看小童两口子，并约他们一起吃饭。看到“吃饭”两个字，李阿牛的眼眶一下子红了。自从知道许师兄的处境后，李阿牛十分理解许师兄的生活态度，也就工作和吃饭能麻痹自己，一旦回到寝室，他又将面对那两块牌位沉浸在痛苦的回忆中。相对而言史冷霜的来信，李阿牛读起来很轻松。来信告知李阿牛，现在组织上很关心参建人员的生活，许多困难都在解决中。不过最让她烦恼和心疼的是孤寡老太太的身体状况——老太太入川后因水土不服腹痛腹泻。由于童志远等人刚到四川也有类似的症状，所以他们都没太在意，可没想到随后老太太皮肤出现大块大块的红肿，如今更是胸闷气短，很难入睡，人瘦得不成样。史冷霜信中说，计划抽空请假陪老太太去找钱惪教授看看。

凭借之前对中医的认识和自己两次迁移的经验，李阿牛赶紧给在上海的丁浩发了个电报，请他尽快给史冷霜寄些鱼干。李阿牛坚信让孤寡老太太吃点家乡的菜，然后喝上自己在回信中叮嘱的用苏叶、陈皮、苍术、黄芩、羌活和薏米熬成的茶水，老太太应该马上能好转。

就在李阿牛原有的生活和工作按部就班地进行时，许师兄的一个来电彻底打破了本有的宁静，就像是晴空万里的蓝天，突然炸响一个惊雷。

这天早上，正在所里开会的李阿牛突然被进门的厂办公室的人叫了出来。当李阿牛一头雾水地走出会议室，看到眼前站了个穿“五九式”警服的人，脑袋“嗡”的一声，脑海中本能地闪现出瞿永雷那张镶有一双水泡眼、薄嘴唇的瘦长驴脸。

“怎么？当了所长就不认识我了？”

看对方一本正经地责怪自己，李阿牛仔细一瞧，拍着脑门惊喜地叫道：“哎呀，没想到是欧阳处长大驾光临，失礼了，失礼了。”

看李阿牛连连抱拳拱手，欧阳副处长这才笑着说道：“也不知道你在开会，刚才到你们厂有点事，本想顺便看看你，那就改天再聊。”

李阿牛听出欧阳副处长这客套话中暗示有事，于是马上接话：“我没事，我没事。走，到我办公室坐一会儿。”

“行，那就讨杯茶喝。”欧阳副处长扭头对陪同的厂办公室的人说道，“你去忙吧，谢谢！”

“好，那我就不陪同了。”厂办公室的人应声后又对李阿牛说道，“有事打我电话。”

欧阳副处长进了李阿牛的办公室，等接过李阿牛递来的茶杯后，拍了拍边上的椅子说道：“坐，我有事找你。”

见对方不客套地直接想进入话题，李阿牛马上转过身，挨着欧阳副处长坐了下来，问道：“欧阳处长有什么事？”

“高峰马上要出来了，你这边能不能安排一下工作？”

李阿牛的脸顿时红了，没想到这五年自己一点也没想起过高书记，更没有去探望过，愧疚之情瞬间涌上心头。想当初自己刚到沈阳化工厂，高书记还担心自己错过吃饭时间，特意买了熏肉大饼并保温。之后不但力荐自己到沈阳工学院进修，还在瞿永雷诬告陷害时力保自己，甚至对于自己的婚姻高书记也热心牵过线。可谁能想到高书记的牢狱之灾背后的黑手就是自己的妻子。

看李阿牛红着脸沉默不接话，欧阳副处长大为不满，甚至有些恼火，但他还是克制住情绪，放下手中的茶杯继续说明来意：“高峰搞人事出身，既无技术又爱面子……”

李阿牛连忙拍着胸口表态：“我一定会想办法安排好，请欧阳处长放心。”

“看来我还是没看错人，高峰也没白培养你。”

这时，桌上的电话响了起来。出于礼貌，李阿牛没去接电话。可电话那头特别的固执，似乎不接通不罢休。连续的铃声逼得欧阳副处长也只好打住话提醒：“你先接电话吧。”

“喂！”

“四川自贡长途。”

总机报完长途来电城市后，马上转接通了电话。李阿牛听是自贡长途电话，猜想必是许师兄或史冷霜来电，于是捂着话筒抱歉地对欧阳副处长解释：“是长途。”

欧阳副处长点头，又端起茶杯喝起了茶。

“喂！”

当听筒里传来许师兄熟悉的声音后，李阿牛赶紧接话：“许师兄，近来好吗……”

“阿牛，你确定你妈去世了？”

许师兄这一莫名其妙的发问让李阿牛大惑不解，难不成自己连这个也会搞错？天下哪个儿女拿自己父母的生死骗人家？如果这话出自其他人之口，李阿牛早就驳斥对方了。但对于许师兄，他只能耐心答道：“是呀。我爷爷和父母都死于1937年8月26日的日军空袭。”

“不对呀。”

许师兄的自言自语让李阿牛眉头一紧，怫然不悦地说道：“许师兄，这事我怎么可能记错？三年前我去宁波出差时还扫过墓。”

“你听我说。昨天我去了小童家，他们收养的老太太我总觉得有点眼熟，可真想不起在哪里见过。问她，她也不认识我。本以为她是上海人，可我听她的口音是镇海的，果然用镇海话一对，完全对得上。更为奇怪的是，老人什么都不记得，却说自己有个儿子叫李阿牛。”

想当年去上海的镇海人多得是，李阿牛暗自怪许师兄大惊小怪，但出口还是变成了自嘲：“许师兄，我这个名土得掉渣，是有不少同名的。”

“但老太太懂打铁！”

李阿牛一下子想起史冷霜曾在上次信中提到那个半聋半瞎的老太太，不但会安瓦片，而且还会包铁皮。难道母亲真的在空袭后侥幸活着？李阿牛一下子激动了起来，说的话也变得毫无逻辑：“不会吧？嗯，难道，巧合，这不可能呀。”

“我今天特意先打个电话给你，让你有个心理准备。这两天小童他们会拍个全家福给你寄过来，你看看老人是不是你妈。”

直等许师兄挂了电话，李阿牛还是回不过神来，缓缓放下话筒，伫立在原地不知所措。从事公安工作的欧阳副处长从李阿牛的对话与神情上猜测到了有大事发生，起身走到李阿牛边上问道：“有什么我可以帮忙的？”

李阿牛望着警服一怔，猛地一把拉住欧阳副处长的衣袖，急迫地说道：“欧阳处长，那年日本空袭镇海没能找到我妈的遗体，便只好立衣冠冢和我爸合葬一起。刚才许厂长来电，说自贡有个老太太可能就是我妈。”

欧阳副处长觉得这事有点不可思议，求证道：“不在镇海而是自贡？”

于是李阿牛把史冷霜一家收养这名残疾孤寡老太太的事简单叙述了一下。

“我让那边的公安帮着查一下，等我消息。”说完，欧阳副处长觉得这天无法再就高峰一事聊下去，既然李阿牛已答应会办妥此事，也没有必要再啰唆。

恍恍惚惚送走欧阳副处长后，坐立不安的李阿牛再也没了工作的心思，他现在急盼公安方面的调查，更盼着史冷霜能尽快把照片寄过来。

当天晚上，傅抱石听了这离奇的故事后，认为这个可能性还是比较大的，并推测当年婆婆是被日军的炮弹炸伤昏过去，随后海水卷走的，至于之后到底是如何到的上海，那只能等日后解谜了。

欧阳副处长虽然马上联系上了自贡的警方，可当地警方上门了解后，还是无法从当事人身上得到有效的身份信息。第二天傍晚，李阿牛在电话中谢过欧阳副处长，他也只能把最后的希望寄托于将要寄来的照片上。随后的那段时间，每天晚上，李阿牛都躺在床上努力回忆母亲的外貌，曾远去的母亲影像在脑海中勾勒得越来越清晰。

每天两次到门卫询问有无来信成了李阿牛的习惯，可每每都失望而归。这天晚上到家刚进门，只见傅抱石赶紧放下手中的活，拉着李阿牛坐下后，转身从包中取出一封信递向李阿牛："史冷霜的加急挂号信到了，下班时刚收到。"

李阿牛暗自吃惊，自己一天两趟去门卫，甚至还叮嘱过门卫有信马上联系自己，可怎么这信还是到了傅抱石手中？这让他又想到当年史冷霜在沈阳工学院时那封寄给自己却不知去向的来信。他心事重重地接过已启封的来信，手指立马触摸到了信中夹有的照片。

傅抱石挨着李阿牛坐下后，挽着丈夫的胳膊主动解释："阿牛，许师兄很细心，担心那老太太真是婆婆，怕你一个人拆信难过，就让史冷霜把信寄给了我。"

解开来信的谜团后，李阿牛甚是感动，没想到许师兄工作这么忙，还为自己可能的情绪变化予以巧妙安排，不但提前打来长途电话，还考虑到收信人这样的小细节。当李阿牛两根手指捏住夹着照片的信纸后，他感觉到自己心脏那毫无节奏的慌乱的心跳声，感觉到一道洪流不可遏制地冲向脑门，不光双唇微颤，双手更是抖得捏不住信封和信纸，似乎那是千钧之物，沉得让自己难以动弹。他屏住了呼吸，终于在傅抱石的帮助下慢慢抽出信纸。当傅抱石打开信纸，一张全家福照片顿时映入眼帘。仅仅一瞥，李阿牛先一震，旋即睁大眼睛凑近了照片，顿时眼泪就像是决了堤的洪水，浩浩荡荡地从眼眶倾泻而出。照片中的母亲虽然和记忆中的母亲有很大的差别，但仅从照片中老人右边完整的眉目、鼻子和嘴型，已能基本认定这就是母亲。尤其是留意到因长期扛"泥马船"下海涂，造成右肩低左肩高的怪现象，及搭在史冷霜大女儿身上的左手背上那道隐约可见的一寸长疤痕，更可确认老人就是已快二十九年没见的母亲。

"阿牛，别激动，再看这张。"即便已从李阿牛的强烈反应中确定照片上的老太太就是自己的婆婆，傅抱石还是捏开两张叠在一起的照片。顿时，母亲那张夹杂着苦难与沧桑的脸让李阿牛哭出了声。

在另一张桌上玩跳棋的磊磊和淼淼听到异常声响后不约而同地扭过头，兄妹俩随后作出了不同的反应。磊磊上前不解地望着父亲，在他眼里，父亲从来没有流过眼泪，即便一次在劈柴时，左手被斧子砍出深深的伤口，鲜血流了那么多，父亲也没流过一滴泪。当时他问父亲疼不疼，父亲反而亮着右手掌上的疤痕，说这个被钉子扎时心里很疼。可现在这是怎么了，而且他从来没见过一个人会有这么多的泪，那双眼睛似乎是两口泉眼，正源源不断地喷出泉水。淼淼则偎在妈妈一旁，一脸紧张地问道："妈妈，爸爸这是怎么了？是不是我们惹他伤心了。"

傅抱石揽过女儿，笑着回答道："傻孩子，爸爸这是高兴。"

不光淼淼听不懂，磊磊也瞪大了眼睛问道："高兴也会哭？"

傅抱石认识到这样解释孩子们肯定听不懂，于是直接说出了原因："你们的奶奶找到了。"

磊磊更为诧异地追问："奶奶不是和爷爷葬在镇海了吗？"

听到这话的李阿牛抬手一把抹去眼泪，指着照片破涕为笑地纠正磊磊："不，你们的奶奶还在。"

一起凑过来的淼淼看到照片后，被独眼的老太太吓了一跳，童言无忌地说道："奶奶长得好可怕。"

"不，你们奶奶是天下最漂亮的奶奶，即便她受了伤。"

磊磊知道父亲参加过抗日战争，于是马上追问："爸爸，是打日本鬼子的时候吗？"

"对。"

磊磊兴奋地问道："哇，那奶奶也是英雄，她现在在哪？"

"在四川，我们马上去把她接过来。"

因为已从信中得知婆婆水土不服的症状还没完全好转，傅抱石不假思索地补充了一句："阿牛，争取早日回宁波。"

李阿牛知道这一次他再也没有留在沈阳的理由了，即便宁波的工业基础再不行，即便有再重要的任务，那也得说服厂长。对，南下之行的计划就从今天开始……